Guy Maestracci

Et si Dieu était une chèvre ?

Roman

SCUDO
EDITION

ISBN : 978-2-490584-22-2

La Maison bleue - Hameau de San Benedetto, 20167 Alata
Site : www.scudoedition.corsica

PRÉFACE
Danièle Maoudj

Avec ce premier roman, Guy Maestracci entre en littérature comme il exerce son métier de vigneron : en taillant à la serpe les mots vendus sur le marché des mensonges par les trafiquants de sens. D'une sensibilité lucide, il conduit son lecteur à explorer la complexité des rapports entre les différents personnages qui trouvent leur origine dans sa fine observation de la société corse.

Le décor est planté dans un village d'une Corse granitique. Village-laboratoire, où le lecteur recueille les lambeaux de la mémoire, comme un pansement posé sur les plaies de l'inquiétude. Ces lambeaux apaisent le temps de la volonté de croire à une autre Corse, celle du partage et d'une nature qui n'a pas capitulé.

C'est le récit de la rupture et de la perte d'un monde, symbolisé par Antoine, le personnage central. Veilleur d'un Temps et de valeurs engloutis dans le puits de l'individualisme et des mirages de l'argent, Antoine se débat entre la lumière de l'enfance et la détresse du soleil.

Antoine, reste fidèle à une mère aimante, d'un amour possessif, qui s'interroge sur sa culpabilité d'avoir enfanté un fils incapable de créer son foyer. Pourtant charmeur, il a toujours attiré les femmes. « [...] *Mais invariablement tu les as fuies comme pour te préserver et finir par t'isoler dans ta montagne* » dit Marthe celle qui l'a aimé dans sa jeunesse.

Le lecteur peut se demander également, à qui cet homme en quête d'absolu est fidèle, lui qui ne cesse de s'opposer à la contagion du consentement, à la société du paraître, de la consommation et de la violence : « *Tu connais l'A-B-C-D de la Corse ? Alcool, Béton, Chaos, Drogue* ».

Le héros déplore de voir les siens perdre la sa-gesse alors que les Anciens savaient se contenter : « *Ci voli accuntintassi* », répétaient-ils à satiété sentant le danger surgir.

En accord avec son idéal, Antoine refuse « *La peste* » et s'exile sur sa montagne avec son troupeau de chèvres. Il embarque le lecteur vers les cimes bleues quand, soudain il aperçoit la gangrène qui s'étale sur les côtes, comme autant de tumeurs qui rongent l'écrin somptueux, qui hier encore appartenait au commun. En dépit des lumières artificielles qui détruisent la vie nocturne d'une faune en sursis, Antoine trouve l'apaisement dans l'ivresse de l'immortelle.

Au loin, Antoine entend bourdonner la rumeur

d'une langue qui ignore les secrets de celle longtemps protégée par les récifs indomptables. Des bribes de la langue d'une mémoire en souffrance, surgissent, çà et là, au milieu de conversations où, le comptoir du bar tient lieu de place du village. Heureusement, ses lectures, véritables compagnes, lui permettent de scruter l'énigme des orages qui condamnent l'Humain à sa destruction.

Éloigné des ritournelles et de l'exotisme bon marché, Guy Maestracci s'engage à bouleverser les représentations d'une identité compensatoire. Il bat en brèche la caricature d'hommes surjouant leur virilité à vouloir rester corses. En ce qui concerne les femmes, teindre leur chevelure en blond est gage d'adhésion à la femme dominante, symbolisée par la féminité des magazines people de la capitale.

Antoine n'est pas homme à transiger avec ceux qui détruisent les lieux, avec les tenants de la fureur meurtrière qui s'empare d'individus orphelins de la Loi, insatiables de toute puissance.

Guy Maestracci nous emmène à la rencontre de visages de femmes et d'hommes pulvérisés par un monde qui a cessé de faire monde. Où tout le monde ressemble à tout le monde ! Il nous fait découvrir également le « *changement de comportements de nationalistes qui cédèrent à la corruption et aux passe-droits, un choc pour celui qui a lutté pour une Corse pour tous* ».

Pour Antoine, figure emblématique du roman, la solidarité n'est pas un vain mot et il ira jusqu'au bout de ses convictions. Toujours disponible à soutenir ses semblables, même Petit-Jean, l'ami d'enfance qui pourtant a pris le chemin des pestiférés.

Ce récit est-il la tragédie de l'impossible amour ? Faut-il alors s'éloigner de l'île pour qu'Amour et Symbolique s'entrelacent ?

À ces questions, le titre *Et si Dieu était une chèvre* semble donner une réponse.

En effet, nous connaissons l'insolence et l'indomptable soif de liberté des capri salvatica, alors les identifier à Dieu, celui qui initie l'individu à s'affranchir de tout dogme, en quoi serait-il une provocation ? Les chèvres ne seraient-elles pas nos guides comme le suggère Diodore de Sicile ?

Antoine nous livrera son secret.

À chaque voyageur d'étreindre le plus fervent des utopistes pour retrouver les rires d'un Dieu qui n'existe pas.

Bastia, le 20 avril 2021

Dédé

Capizzuli di fulminanti ùn ni manghjara micca

Il ne mangera pas des amorces d'allumettes.

— *Dédé' ! Ci servi* ? Dédé ! Tu nous sers ?

Les trois hommes venaient de s'affaler sur les chaises en plastique blanc usé de la terrasse du bar du village, La Pergola. Tous les trois portaient une casquette rouge orangé, vissée sur leurs crânes rasés. Ils avaient en commun les caractéristiques d'une nouvelle génération de chasseurs... Bien gras, le ventre débordant, la démarche pataude, ils donnaient l'impression d'avoir entre les jambes, une gêne orgueilleuse si grosse qu'ils devaient arc-bouter les cuisses pour se déplacer en dandinant les épaules. Le visage marron rouge et bouffi, garni par une barbe négligée, avec le regard et la gestuelle de durs à cuire, ils semblaient être les derniers survivants du front d'une bataille sanglante.A ne pas en douter, à voir leur mine ténébreuse due aux efforts, ils avaient dû faire face à un ennemi redoutable et avaient déployé vaillamment dans leur lutte acharnée, une énergie hors du commun ! Dédé, ses lorgnons sur le bout du nez, dut quitter la lecture de sa page préférée du quotidien local, laissant

tomber le stylo qu'il mâchonnait sur le plateau en formica de la table. Depuis le matin, il faisait de savants calculs et s'apprêtait à choisir les bons chevaux du jour, dont il connaissait le palmarès, l'entraîneur, le propriétaire et le jockey. Il est vrai que Dédé avait conservé des amis dans le Var, de qui il détenait des tuyaux, « des spécialistes » comme il aimait à le dire, particulièrement doués dans le domaine des courses truquées !
— *Chi vulete beie* ? Que veux-tu boire ?
Tout en s'essuyant le nez du revers de la manche de sa chemise poussiéreuse, après avoir craché par terre, Joseph s'exclama « *un pastizzu* » avec beaucoup d'eau et des glaçons, « *aghju una sete chi scopu.* » Je meurs de soif.
— *È voi altri* ? Et vous autres ?
— *Per mè un casà...*, pour moi un casa avec un peu de grenadine !, répondit Augustin.
— *È tù Jean Batti* ? Et toi Jean-Batti ?
— *Per mè u fifti one* ! Pour moi un fifti one !

Différence importante pour des connaisseurs raffinés entre le casa et le 51,avec un brin de dérision pour compléter son choix, tout en donnant une connotation anglo-saxonne à sa boutade, avec les deux seuls mots de la langue de Shakespeare que Batti possédait. Batti était fier et sa fierté il savait l'afficher en bombant le torse, mis en valeur par un tee-shirt sur lequel était inscrit en toute lettres « *A populu fattu bisogna à marghjà.* » « Un peuple qui existe doit avancer. » Son frère Augustin et lui, ressemblant assez à

leurs animaux, régnaient sur un cheptel d'une centaine de vaches vivant en totale liberté. La plupart de ces bovins faisaient des incursions régulières dans les jardins du village, en quête de maigres brins d'herbe après avoir ratissé ceux épars et jaunis qui surgissaient le long des fossés, en bordure de route. Quand le propriétaire faisait la découverte de son potager dévasté et osait se plaindre, les deux éleveurs avaient une réplique cinglante et sans appel « *Ù navète chè à ghjode* !» « Vous n'avez qu'à vous clôturer ! » Ce qui en clair signifiait que les vaches en divagation étaient dans leur droit et qu'il incombait au propriétaire mécontent de clôturer son terrain s'il voulait le préserver.
Dédé retourna derrière son comptoir et avec la dextérité du barman pro qu'il était, il prit tour à tour les différentes bouteilles d'une main, en plongeant la pelle dans la machine à glaçons de l'autre. En un clin d'œil, la première tournée était prête.
Tout en saisissant le plateau, Dédé frappa sur le zinc d'un coup sec avec sa grosse chevalière. C'était lui le patron ! Avec tous les signes d'une appartenance à une certaine catégorie d'hommes ! Des vrais ! Sa chemise noire entrouverte laissait apparaître sur le haut du buste une chaîne plaquée or aux épais maillons. Elle venait décorer une poitrine à la pilosité bien fournie. Pour compléter la panoplie, Dédé avait le poignet droit orné par une gourmette en argent tout aussi épaisse que sa chaîne et une montre Rolex en or, selon lui de 18 carats, qu'il avait achetée en Suisse lors d'un déplacement pour affaires, cela laissait supposer qu'en aucun cas elle

ne pouvait être une copie chinoise !
Ainsi Dédé possédait tous les attributs incontournables d'un ancien caïd, avec en prime une grosse BMW gris métal d'une quinzaine d'années, garée devant son établissement dont il prenait le plus grand soin mais malheureusement pour lui, le plus souvent en panne. Dédé aimait parler de ses anciens amis du milieu varois. Immanquablement, il prenait pour la circonstance l'accent toulonnais, enrichi d'un vocabulaire d'une grande distinction, qui exprimait à la fois la qualité de ses relations et pouvait laisser planer le doute à ses interlocuteurs, d'un rôle de premier plan qu'il aurait pu jouer dans des activités louches. « Une belle époque… », « La grande époque » comme il aimait à le dire.
Tout en essuyant le dessus de la table d'une chiffonnette, Dédé questionna les chasseurs.

— *Alora ? ch'avete fattu* ? Qu'avez-vous fait ?
— *Sì n'hè scappattu*, il s'est sauvé, répondit Joseph.
— *Paria un sumere* ! On aurait cru un âne ! surenchérit Augustin.
Les trois chasseurs refaisaient le film de la battue, sans omettre le moindre détail. Chacun interprétant l'action de la matinée, du chien ayant débusqué le sanglier, aboiements imités à l'appui rendant le récit plus convaincant, jusqu'au moment où la traque avait pris fin.
Malgré la tactique de ces grands stratèges, le vent avait été contraire et la bête avait pu fuir par un poste laissé vacant, pourtant « *una posta murtale* ! c'était un poste

mortel ! », avait souligné Battì avec réprobation s'étonnant en tant que chef de meute que personne n'ait eu l'idée de l'occuper ! D'autres participants avaient rejoint le groupe et les conversations comme les cris s'intensifiaient. Les chasseurs parlaient à haute voix et parfois hurlaient aussi fort que leurs chiens. Ils refaisaient non seulement la chasse du matin, mais toutes les battues d'anthologie, y compris celles auxquelles ils n'avaient pas participé mais dont ils avaient recueilli toutes les anecdotes par des anciens.
Ils passaient en revue rabatteurs, postes, chiens et tireurs depuis des générations, en y ajoutant leurs exploits respectifs dans le déroulé des opérations et bien entendu leurs tirs d'une précision exceptionnelle sur des cibles mouvantes se déplaçant à la vitesse d'un éclair, bref de véritables snipers d'élite de sangliers, voire plus s'il le fallait... et sans la moindre compassion...
Antoine, assis au fond du bar, après avoir bu son café, parcouru les titres et lu plus concentré la revue nécrologique. Las de ces conversations toujours identiques et débilitantes, il décida de partir. Depuis des années il entendait les mêmes discussions et se demandait comment certains hommes pouvaient parler avec autant de passion d'histoires toutes semblables.
Certains n'étaient plus là pour décrire leurs tableaux de Tartarin mais la relève était largement assurée.
— « Dédé, quantu ti devu per u caffè ? Dédé, combien je te dois pour le café ? »
— Un euro. Tu as vu sur le journal, il y a l'avis de décès pour le pauvre Max ? Il a tiré sa révérence ! Lui, tu peux

dire que c'était un grand ! Il avait de la mentalité. Moi, quand j'étais dans les affaires sur la côte, j'allais souvent dans sa boîte à Saint-Trop. Il y avait de ces gonzesses... toutes des bombasses ! Lui, il savait recevoir, pour nous et ses amis c'était au champagne, du Dom Pérignon, la grande classe ! Dédé semblait, à défaut d'être ému, nostalgique de ces années où il avait tout au plus la vingtaine et avait fréquenté l'aristocratie du crime, selon ses dires.

Cuscenza hè morta ind'i Pratali

La conscience est morte au lieu-dit Pratali

Le Max en question était originaire du village, ce village de la partie haute de la vallée. N'ayant pas froid aux yeux et surtout peu scrupuleux, son cousin germain l'avait recruté après la guerre d'Algérie, pour étoffer son équipe de voyous. Très rapidement Max avait pris du galon. Son inconscience conjuguée à sa violence faisait qu'il avait su se faire respecter dans ce monde sans foi ni loi. Après avoir grandi dans une famille d'éleveur de porcs, où déjà enfant, il participait à la tuerie des cochons ; le sang versé ne l'impressionnait pas. Max n'avait pas hésité à égorger une prostituée, qui avait préféré se mettre au service d'un protecteur plus généreux que son cousin Paul Jo. Max avait considéré que c'était une trahison impardonnable et après avoir accompli son geste crapuleux, il vida le chargeur de son 11/43, réservant la dernière balle pour exploser la tête de ce maquereau napolitain. Cette enflure de rital qui se croyait en pays conquis ! On ne pouvait pas s'assurer sans vergogne les services de tapins et leur faire faire des passes alors qu'ils ne vous appartenaient pas ! Ce

jour-là, impressionné par le sang-froid et la détermination de sa jeune recrue, Paul Jo confia à son cousin Max des tâches plus importantes que le simple ramassage d'enveloppe et la baston de payeurs récalcitrants. Sur la base de témoignages de clients du bar où la scène s'était produite, la police finit par remonter la piste et coincer au petit matin l'impétueux gangster qui sortait de sa chambre d'hôtel pour aller boire son café.
Lors du passage de Max aux assises, Paul Jo avait su faire pression sur une partie des jurés et faire sienne la duplicité des autres membres. Un chauffeur de taxi arménien avait témoigné en faveur de Max prétendant l'avoir déposé le même jour et à la même heure du double crime à plus de 100 kilomètres des lieux du forfait. Aucune charge sérieuse ne pouvait le confondre, d'autant plus qu'un ancien officier de police, marié à une Corse du Niolu, s'était rétracté sous serment durant le procès, prétextant que lors de sa déposition il avait probablement confondu l'individu. « Le meurtrier habillé d'un complet bleu ayant fait feu était petit et gros, alors que Max, était beaucoup plus grand et mince. » La presse avait suivi l'affaire et fit du procès ses choux gras. La une sur l'acquittement titra en gros caractères, photo à l'appui « Relaxe pour l'accusé, dit le charcutier dans le double meurtre du Bar le Sans Soucis. » Ainsi Max passa à la postérité. Le gangster fit une ascension fulgurante. Rien ne manquera à son palmarès tumultueux : braquage, racket, prostitution, jeux et trafic de stupéfiants. Paul Jo ravagé par un cancer des poumons et sensible à la fidélité de soncousin, comme à sa

discrétion, lui confia la direction de ses affaires. La seule contrepartie était de veiller à l'éducation de sa fille Marthe et d'envoyer régulièrement de l'argent à sa vieille mère restée seule au village. Max s'en acquitta et inscrit la fille de Paul Jo dans les meilleures institutions religieuses, quant à la mère elle ne manqua jamais de rien. Max contribuera largement à la réfection de l'église paroissiale du village dont il fit restaurer entièrement le clocher. Désormais Max régnait sur un secteur couvrant une grande partie de la Côte d'Azur et des cercles de jeux sur tout le territoire. Chacun de ses retours au village était un véritable événement. Mais Max finit par avoir des ennuis avec la justice : commerce de stupéfiants et blanchiment en lien avec un trafic de drogue. Max eu la chance de tomber avant la loi anti-drogue et après plusieurs années de cavale, il s'en tirera avec une condamnation de cinq ans de prison dont deux avec sursis. À sa sortie de la maison d'arrêt, son retour au village fut un triomphe. Il fut reçu avec tous les honneurs. Le maire, le curé, le conseiller général étaient présents. Le député de l'arrondissement lui fit une visite discrète en espérant que Max n'ait pas une quelconque ambition politique. Dédé était en admiration devant cet illustre personnage qu'il considérait, ainsi que beaucoup d'habitants du canton et bien au-delà comme une divinité tutélaire, que l'on avait le privilège de connaître.
Après son service militaire, Dédé fut séduit par l'idée de ressembler à son héros. Mais ses activités relevaient de la petite combine. Il eut des déboires avec la justice pour la vente de faux permis deconduire dont il faisait

commerce avec la complicité d'un fonctionnaire indélicat de la préfecture et l'entremise d'un moniteur d'auto-école. Après sa condamnation et un séjour aux Baumettes, l'équivalent pour Dédé de l'épreuve du baccalauréat qu'il aurait décroché avec mention, il ressortit de prison avec un tatouage au bras et en quelque sorte un diplôme en poche. ant pas l'envergure suffisante pour ce métier à risques et surtout face à la concurrence des voyous maghrébins de plus en plus présents sur le secteur du midi, Dédé préféra se mettre au vert. Il revint travailler dans le bar de son oncle dont il finit par hériter pour ne plus partir du village. Mais Dédé auréolé de son passé de pseudo truand continua à fantasmer sur ce monde marginal dont il avait la conviction intime d'être un membre.

Antoine se leva sans dire un mot et passa devant les chasseurs.

— *Salute*. Bonjour.

— *Salute, và bè Antò* ? Bonjour, comment vas-tu Antò ?

— *Iè, femu andà*. On fait aller.

Antoine contourna les deux pick-up garés en travers de la route et laissant à peine le passage pour la circulation. Sur le plateau du L200 noir étaient attachés trois chiens courants aux longues oreilles qui semblaient éreintés pour leur première sortie de l'année : c'était le 15 août le jour de l'ouverture. Les trois chasseurs, en attendant le reste de l'équipe de battue, poursuivaient leur grande discussion. Ils étaient passés à l'analyse sur les performances et la précision de leurs carabines respectives, faisant étalage de leur science en armurerie et, ça

va de soi, de leur grande qualité de tireurs. Au passage d'Antoine un des chiens aboya.
— *Cuscia* !,couché intima Joseph de sa voix de crécelle en direction du chien, suivi d'un « ressers-nous » à l'attention de Dédé, qui, lui, avait repris sa lecture assidue des paris turfistes et de possibles combinaisons !

Antoine n'avait pas un réel intérêt pour le bar du village, qui pourtant avec les enterrements restait le seul endroit où l'on pouvait rencontrer du monde. Il lui arrivait de penser que la génération des vieux qu'il avait connus jadis était tout autre. Bien sûr le jeu de carte était toujours présent. La belote avait survécu même si quelquefois, en plein hiver, trois joueurs avaient du mal à trouver un quatrième partenaire. La scoba, la manille avaient sombré dans l'oubli. Le rami, le poker et tout autre jeu d'argent, faute d'engouement et surtout de liquidités, n'avaient plus d'adeptes, après avoir déchaîné les passions durant des décennies etet même ruiné des familles. La belote restait la reine des jeux de cartes avec ses champions incontestés. En fait elle donnait lieu à des disputes entre partenaires. Un joueur reprochant toujours à son coéquipier de ne pas avoir choisi la bonne couleur ou encore ne pas avoir coupé avec le bon atout ou n'avoir pas su faire l'impasse. Le tout accompagné de cris et vociférations qui donnaient l'impression qu'un drame pouvait se produire à tout moment de la partie. Les touristes de passage au bar n'osaient plus dire un mot et essayaient de se faire tout petits. Blêmes, ils s'imaginaient qu'un joueur pouvait sortir un pistolet à tout moment et tirer sur ses compagnons de table. Ils risquaient ainsi d'être victimes d'un dommage collatéral faisant les frais d'une balle perdue. Heureusement la tournée de pastis ou de ballons d'eau apaisait l'atmosphère et les esprits redevenaient plus calmes. A leur table les touristes se sentaient soulagés d'avoir évité le pire mais préféraient rester silencieux et demander timidement l'addition. Les concours avaient fleuri un peu partout ces dernières années. Ils étaient dotés, suivant la saison, d'un agneau, cabri ou bouteilles de vin pour le duo vainqueur. Mais de la simple partie à la victoire d'un concours, l'honneur de gagner et surtout de ne pas perdre, valait plus que le lot quand bien même, fût-il *un prisuttu*, un jambon. Désormais de jeunes femmes participaient. Elles s'étaient affranchies, une sorte de conquête féministe dans le domaine du bar autrefois réservé exclusivement aux hommes, où quelques décennies en arrière la simple apparition de l'une d'entre elles dans ce lieu de perdition exclusivement masculin fut impensable. Cela risquait de porter atteinte à la réputation de toute une famille.

Le village s'apprêtait à vivre ce moment intense de la fête de la Vierge. Le curé polonais en charge des paroisses du canton viendrait dire la messe du 15 août, assisté du diacre, lui, corse ! S'ensuivrait la procession et comme l'indiquaient les affiches placardées sur les platanes le long des routes et des poubelles « Grand bal et chants corses à vingt et une heure au groupe scolaire

suivi d'un feu d'artifice, avec en ponctuation, venez nombreux ! » L'association « *In paese dumane*, Au village demain », organisatrice de l'événement avait fait paraître le programme sur le quotidien. Dans la foulée elle avait fait aussi l'annonce des festivités jusqu'à la fin de l'été. Le samedi suivant devait avoir lieu le concours de boules et le dimanche d'après un trial long de 17 kilomètres, au départ de la place de la mairie franchissant « *A Bocca di San-Martinu*,Le Col de Saint-Martin » jusqu'au village derrière la montagne.
Après quoi le village retomberait dans sa léthargie durant de longs mois. Il se viderait de ses résidents de l'été. Qu'ils soient à la retraite ou en activité, beaucoup retourneraient dans les villes, sur le continent ou en Corse. La population se donnait comme ultime rendez-vous ces quelques instants de distraction avec en point d'orgue le bal où l'ensemble des habitants jeunes, vieux, enfants et touristes seraient tous présents. Puis, l'isolement et la solitude angoissante seraient le lot quotidien de ceux qui restent, donnant l'impression d'une lente agonie qui n'en finit plus : pas d'école, plus de Poste, plus d'épicerie, l'achat d'une simple baguette de pain devenait un problème. Le marchand ambulant ne passait presque plus. Les visites du facteur et de l'infirmière venant faire la toilette aux personnes âgées, restaient les seuls liens avec la civilisation. De cette hémorragie avaient rescapé deux enfants, ultimes symboles de la vie au village, un garçon de sept ans et une fille de cinq ans. Ils pourraient encore, jusqu'à la fin du primaire, bénéficier d'un enseignement dans une classe unique à

l'école communale du chef-lieu, à dix kilomètres de leur maison. Les parents en prévision des futures études dans le secondaire devraient chercher un appartement à la ville et aussi un travail, ce qui n'était pas évident compte tenu de leur niveau de qualification. Mais un nouvel hyper-marché allait prochainement s'ouvrir aux portes de la ville et ils pouvaient espérer, par le biais d'une connaissance, obtenir pour elle une place de caissière et pour lui un poste de magasinier.

Le village allait retrouver sa solitude rythmée par la présence automnale et occasionnelle de quelques chasseurs ou cueilleurs de châtaignes et champignons venus pour le week-end. Profitant de leur passage furtif, ils ouvriraient les volets de la maison et ainsi pourraient contrôler si tout allait bien. A peine la température de l'habitacle de pierres humides était-elle tiédie par une rapide flambée, qu'ils devraient repartir avant la nuit pour regagner leur domicile citadin. Les journées étant plus courtes, le soleil moins intense, ils redescendraient vers leurs lieux hivernaux non sans un pincement au cœur pour cet abandon forcé. Seuls des couples de randonneurs, les derniers jours de soleil, en short, chaussures de marche et sac à dos viendraient s'asseoir au bar. Après avoir pris la précaution de remplir leurs gourdes d'eau à la fontaine et se satisfaisant d'un café, ils poseraient leurs sempiternelles questions. Voulant généralement quérir des indications sur les sentiers de montagne et savoir où pouvoir loger. De préférence dans un gîte rural ou une chambre d'hôte, si possible pas chère, comme le leur indique le guide inséparable du Routard qu'ils ont décortiqué en détails. Ils demanderaient, bien entendu, si un concert traditionnel de polyphonies corses aurait lieu dans une église du coin.

T'aspettu à l'appollù

Je t'attends quand tu viens te poser

Dédé, chaussé de ses escarpins vernis et bien nommé « Dédé l'élégant », n'avait jamais mis les pieds sur un quelconque sentier. Mais qu'à cela ne tienne il fournissait des renseignements des plus détaillés du moindre recoin, enrichi de tas de légendes et d'anecdotes liées à des histoires de « *vindetta* » de vendetta ou berger-bandit se cachant dans le maquis. Ce public, conquis, en mal d'histoires sensationnelles, était très attentif et impressionné par le savoir de leur hôte qui lui consacrait tout ce temps. L'effort nécessaire pour affronter la pente avec un fort dénivelé au milieu d'éboulis donnait le sentiment à ces aventuriers modernes de marcher non seulement dans un endroit d'une exceptionnelle beauté mais aussi chargé de mythes dont ils pourraient bénéficier de l'exclusivité grâce à Dédé. Le tenancier en profitait pour faire commerce d'une assiette d'authentique charcuterie de montagne ou d'un fromage de chèvre piquant du berger local, accompagné de la confiture de figues maison ! Le tout livré par un grossiste en surgelés venu de la plaine. Ces produits dits du terroir justifiaient leur prix et pour faire digérer l'addition à ses clients de passage, Dédé offrait une liqueur de myrte ou de châtaigne,véritable tord-boyaux maison, distillée par ses soins et dont il préservait le secret familial, détenu du vieil oncle qui lui avait transmis la recette avec, au passage, l'alambic de contrebande ! Enfin on ne peut pas tout avoir pour rien et ces produits artisanaux uniques doivent se payer au juste prix !uniques doivent se payer au juste prix !

Pè di Mamma s'impiccianu e labbre duie volte
Pour dire maman, les lèvres se rejoignent deux fois

Antoine avant de retourner dans sa maison tout en haut du village et proche de la bergerie, ne manquait jamais, en montant, de s'arrêter chez sa mère.

— *O mà sè quì* ? Maman es-tu là ?
— *Entri u mo figliolu* ! *induve voli ch'o sia ? aghju fattu a suppa per sta sera, ne piglierai appena, l'aghju fatta cum'ella ti piace, ci aghju messu appena di nepita. Tè, pighja u caffè, hè caldu.* Entre mon fils ! Où veux-tu que je sois ? J'ai fait la soupe pour le dîner, tu vas bien en manger, je l'ai faite comme tu l'aimes en y ajoutant un peu de nepita. Prends donc un café, il est encore chaud.
— *Innò o mà u caffè, vengu di pighjallu indè Dédé.*

Non maman, je viens de le prendre chez Dédé.
— *Ma cosa colli sempre à fà indè su papagalu chì conta chè bucìa !* Mais qu'as-tu à aller toujours chez ce perroquet qui ne raconte que des balivernes !
— *Ci vò pè leghju u ghjurnale.* J'y vais pour lire le journal.
— *E quale c'era ?* Et qui était là ?

— *Joseph cù i sò cucini, i figlioli di" Planche"*. Joseph avec son cousin, le fils de Planche.
— *Ah, bella robba,l'avissini puru lintatu u biddicheddu! ùn anu chè a caccia in capu, farebbenu megliu di travaghjà appena ! Sè dumane li caccianu e prime ùn anu più nunda per campà.* Ah, belle compagnie,il aurait été préferable de ne pas leurs attacher le cordon ombilical ! Ils n'ont que la chasse dans la tête, ils feraient mieux de travailler ! Si demain l'on venaient à leur supprimer les primes ils n'auraient plus rien pour manger !

Marie ne digérait toujours pas la tentative d'appropriation de terres par l'aïeul dit « *U bancalaru*, le menuisier », cousin de son père au troisième degré. Lebonhomme à l'époque avait revendiqué dans le cadre d'un partage, sa prérogative sur la châtaigneraie et d'un caseddu à la montagne. Cette parcelle de terrain dont il prétendait détenir la preuve manuscrite et incontestable de sa possession, lui revenait de droit selon son assertion. Certes, à chaque rendez-vous chez le notaire, il exhibait une enveloppe qu'il sortait de la poche de son gilet mais sans pour autant jamais l'ouvrir pour révéler le contenu. Le terrain indivis et perdu dans la montagne avait donné lieu à une inimitié tenace durant plusieurs décennies.
Finalement le père de Marie avait obtenu, en guise de compensation, un domaine en bord de mer et le caseddu restait sans réels propriétaires. Dans le grand incendie d'après-guerre, les châtaigniers périrent dévorés par les flammes. Un maquis dense avait poussé depuis

et rendu l'endroit en partie inaccessible. De plus, Marie n'avait pas digéré le comportement de ces gens-là durant la guerre, tout au moins de ce qu'elle en avait su. Selon son mari défunt, alors FFI, la famille de Planche, ainsi surnommé, avait pactisé avec l'occupant italien et avait su faire un commerce lucratif. En cette période de pénurie, Planche réussit même à s'enrichir. À la Libération, lors de la phase d'épuration et cette soif de revanche et de colère des opprimés, Planche fut livré à la justice, accusé de faits de collaboration et plus particulièrement de marché noir. Paul Jo, membre influant et reconnu du Front national de la Résistance était intervenu, trouvant des circonstances atténuantes à « *U Bancalaru* », en charge d'une famille nombreuse qu'il devait nourrir dans cette période n'avait jamais dénoncé qui que ce soit. Ces arguments et surtout le témoignage de Paul Jo, dont personne ne pouvait mettre en doute la probité et son engagement patriotique dans la Lutte de Libération, permit à cet individu de s'en tirer et échapper à la vindicte populaire. Mais Marie comme beaucoup au village, même si l'on passait cette vieille affaire sous silence, n'avait pas oublié. À la suite du décès « *di u bancalaru* », les relations avec ces lointains cousins s'étaient tant soit peu apaisées, Antoine étant allé faire ses condoléances. Mais le passif persistait dans les mémoires, on n'en restait donc, avec cette branche familiale éloignée, au salut de circonstance.difficile de disette et prétextant que ce dernier n'avait jamais dénoncé qui que ce soit. Ces arguments et surtout le témoignage de Paul Jo, dont personne ne pouvait mettre en doute la probité et son engagement patriotique dans la Lutte de Libération, permit à cet individu de s'en tirer et échapper à la vindicte populaire. Mais Marie comme beaucoup au village, même si l'on passait cette vieille affaire sous silence, n'avait pas oublié. À la suite du décès « di u bancalaru », les relations avec ces lointains cousins s'étaient tant soit peu apaisées, Antoine étant allé faire ses condoléances. Mais le passif persistait dans les mémoires, on n'en restait donc, avec cette branche familiale éloignée, au salut de circonstance.

Antoine avait pleinement conscience de la médiocrité de cet environnement tout autant que de la pauvreté du journal dont il se contentait de parcourir les titres. Pour lui, les journalistes avaient renoncé depuis longtemps à faire des investigations ou des analyses. Peut-être les pressions qu'ils subissaient, les avaient rendus maîtres d'un style d'écriture où il fallait éviter de prendre parti. Autant relater les faits de façon superficielle, avec un système rôdé de suppositions, ou des phrases du type « ... Il se pourrait que... » ou « ... À ce stade de l'enquête on ne peut rien affirmer... » Cela permettait d'éviter habilement une interprétation fâcheuse pouvant attirer des ennuis ! D'ailleurs, au niveau de la rédaction les consignes étaient claires : « *Pas de vagues, aucune affirmation. Restez neutres, essayez de relater les événements sans rien dire, évitez les prospections zélées !* » Tout un art ! Ces dernières années la presse avait développé des techniques sur les contenus d'information qu'il était difficile de passer sous silence. Cela consistait à dévoiler au lecteur un fait en prenant pour référence la parution d'un article dans un quotidien ou magazine national dont le journal local en aucun cas pouvait avoir la paternité, ce qui dégageait la rédaction de toute responsabilité en cas d'inexactitude ou de vérité trop criante. On ne rapportait pas l'événement mais subtilement la rédaction d'un événement par une presse continentale jugée si nécessaire, provocatrice et même anti-corse. De cette insolente presse « étrangère », en aucun cas les journalistes locaux ne pouvaient être fautifs. Finalement cette forme d'écho indirect renvoyé par le continent, fonctionnait comme une sorte de billard à trois bandes. Quant à la presse nationale à la recherche du sensationnel, elle trouvait en Corse tout ce qui lui fallait. Elle avait réussi à faire de « *La plus proche des îles lointaines, le paradis de l'exotisme* », une sorte d'Irlande du Nord ou de Pays basque espagnol made in France mélangé à une sauce sicilienne. Un endroit où tout était possible et qui ne manquait pas de sel. Elle alternait de l'inédit sur fond de violence ou combines politico-mafieuses avec des reportages dithyrambiques sur la beauté des sites et produits de terroir en oubliant que la majorité des Corses cherchaient tout simplement à vivre dans la normalité.

« *Les faits, rien que les faits, ni cause ni conséquence, laissons faire des analyses à d'autres, ce n'est pas notre boulot* » martelait à ses collaborateurs avec discrétion mais fermeté le rédacteur en chef. « *De toute façon nous avons largement de quoi remplir nos colonnes avec des informations qui ne dérangent personne et font plaisir à tous et intéressent par-dessus tous nos lecteurs : les arbres de Noël, les bals des pompiers, les départs à la retraite de gendarmes. Vous pouvez faire de belles pages avec des Miss en maillot sur la plage, accompagnées si possible d'une photo dans une position un peu provocante. Mieux encore l'interview l'été de stars du moment ou à défaut de quelques vedettes de la téléréalité de passage dans une station balnéaire, c'est vendeur ! Assurément et contents de se faire une publicité gratuite, ils déclareront tous qu'ils adorent la Corse, qu'ils ont d'ailleurs beaucoup d'amis et même des attaches familiales et que notre île est le plus bel endroit du monde et ne perdez jamais de vu que la motivation principale de l'achat du journal par nos lecteurs reste la revue nécrologique.* »

À quoi bon prendre des risques inutiles quand on peut faire son boulot pépère, n'est-il pas plus confortable de caresser tout le monde dans le sens du poil et faire allégeance au pouvoir en place ?
Et puis à l'heure des fake-news l'information a-t-elle vraiment de la valeur d'autant plus que le lendemain elle se sera effacée au profit d'un nouvel événement lui-même concurrencé par des rumeurs plus alléchantes sur la toile... Le rédacteur en chef avait la conviction que la conduite de son journal devait se faire de manière feutrée et quelques fois il lui arrivait de penser au moment de boucler, qu'il avait trahi depuis longtemps la déontologie du métier, ce métier qui l'avait fait

vibrer quand jeune reporter il poursuivait un idéal de justice et vérité, cette vérité qu'il devait faire éclater pour sauver le monde... Il lui restait ses putains de cigarettes, sa bouteille de whisky et ses insomnies...

Le quotidien local devait faire précisément une page à l'occasion de la procession au village. On y lirait une interview de membres représentatifs de la communauté villageoise et bien sûr l'énumération des spécificités locales donnant une fierté légitime et méritée à ces vedettes d'un jour : d'une pierre deux coups pour la fierté des fidèles lecteurs clients ! Une photo de groupe avec des participants de tout âge se ferait, ça va de soi, au bar du village chez Dédé. Il y aurait aussi le portrait d'une ou deux figures locales, des caricatures vivantes, qui raconteraient leur vie ici et depuis toujours dans cet endroit à nul autre pareil, ce paradis sur terre doté d'un patrimoine exceptionnel et unique !

Antoine plongé dans ses pensées sursauta quand sa mère lui demanda :
— Tu vas au bal ce soir ?
— Peut-être ? Je ne sais pas encore.
— J'ai appris par Antonia que Mado est venue quelques jours se reposer, il se peut qu'elle y soit.
Antoine préféra garder le silence.

Bella cum'un fiore

Belle comme une fleur

Mado était très jolie, d’une grâce naturelle et d’un type méditerranéen très marqué. Brune aux cheveux longs, ses yeux noirs pétillaient sur son visage mat. Son sourire laissait découvrir des dents blanches bien alignées qui donnaient à son expression un éclat particulier. Le nez effilé et pointu marquait son profil au charme singulier. Des lèvres fines bien dessinées révélaient un sourire plein de douceur. Mado respirait l’intelligence, sa démarche féline, sa distinction, son élégance insolente et pulpeuse ne pouvait laisser indifférent. Tous ses atouts lui conféraient un avantage certain par rapport aux autres femmes, mais Mado malgré son parcours professionnel hors du commun et sa beauté avait su rester simple. Ce mélange d’aisance et de simplicité lui permettait de s’adresser à tout un chacun avec une facilité déconcertante. Elle manifestait une forme de bienveillance à l’égard de tous, comme un ange qui passe avec humilité. Après ses études de médecine et sa spécialité en gynécologie, elle exerça en milieu hospitalier. Puis portée par une cause d'idéaliste, elle partait régulièrement avec une ONG pour des missions

humanitaires à l'étranger.
Elle considérait son travail comme un véritable sacerdoce. On avait du mal à croire en la voyant si menue, qu'elle pouvait dégager autant d'énergie au service de ceux qui souffrent et tout cela dans la plus grande discrétion. Le village pour elle était un refuge, un havre de paix, où elle pouvait prétendre à un peu de repos, se ressourcer et jouir de la fraîcheur au moment où la lourde chaleur de l'été devient harassante. Marie avait longtemps caressé l'idée que Mado aurait été l'épouse parfaite pour son fils Antoine. Quant à Mado, depuis son adolescence, elle avait une admiration pour Antoine son aîné de plusieurs années. Elle le considérait comme la référence absolue de ce que pouvait être à ses yeux un homme. Antoine incarnait cet être dont la force spirituelle se traduisait par son calme et sa sagesse. Antoine la forçait au respect et lui éprouvait une sublimation identique à l'égard de Mado. L'un comme l'autre gardait secrètement au plus profond d'eux cette estime, un amour caché et presque interdit par la différence de leur âge. Un peu comme un sanctuaire qui serait l'ultime recours au bout du parcours difficile de la vie. Le refuge encore possible quand l'on n'espère plus rien. Mais se dévoiler, avouer cet amour comportait un énorme risque, celui de détruire la magie, souiller la pureté d'un sentiment resté vierge. Mado durant ses séjours en Afrique et y découvrant les abominations de la guerre, la misère et la famine, après des journées d'horreur et de fatigue extrême, cherchait le sommeil et repos dans sa tente en pensant au village et à Antoine.

Certes elle avait connu des hommes et trouvait parfois du réconfort parmi ses collègues dans ces moments difficiles, mais elle ne pouvait éprouver ce même sentiment d'amour qu'elle aurait pu avoir pour son Antoine.

Chi u signore li tenga a so mani in capu
Que Dieu garde sa main sur sa tête

Antoine resta songeur. En tournoyant la cuillère dans le café qu'il avait fini par accepter, il demanda à sa mère, connaissant déjà la réponse.

— *Ci vai à a messa* ? Vas-tu aller à la messe ?
— Pourquoi tu me poses la question ? Aujourd'hui c'est la fête de la Sainte Vierge et il y a la procession et puis tu sais bien que je fais partie de la chorale.
La chorale et les messes qui rythmaient sa vie étaient les occupations les plus prenantes pour Marie, après la confection de bons petits plats pour son fils et son jardin à fleurs. Cette année le diocèse organisait un départ pour Lourdes. Marie avait donné son accord au diacre pour sa participation prévue au mois d'octobre.
— Tu sais Antoine, aujourd'hui c'est aussi ma fête, fais-moi plaisir, accompagne-moi jusqu'à l'église pour une fois. Je sais ce que tu penses de l'église et des prêtres, mais tu sais, ce curé polonais est un brave homme, il est bon et je suis sûre que tu aimerais discuter avec lui, tu l'apprécierais. Au moins tu pourrais avoir un jugement plus objectif.

— Maman, je n'ai rien contre le prêtre, ni les religions en général, mais je ne connais que trop l'utilisation qui en est faite et ce depuis qu'elles existent.
— Dimanche, il doit bénir le départ du trial après la messe et je l'ai invité à déjeuner. *Faraghjiu un tianu di fasgioli cù a carne arranghjata di vitellu.* Je ferai un ragoût de haricots avec du veau.
Antoine se leva et s'approcha de sa mère. Il mit sa main dans sa poche, il sortit une petite boîte verte.
— Bonne fête maman !
— *Chì ghjè u mo figliolu* ? Qu'est-ce que c'est mon fils ?
Marie gagnée par l'émotion s'assit tout en tremblotant à la table de la cuisine. Elle ouvrit la petite boîte verte en carton. A l'intérieur, enveloppée dans un papier blanc en feutrine, elle découvrit une petite croix de corail rouge. Pendant un instant elle resta silencieuse, les yeux d'une lueur baignés de larmes lumineuses, puis elle leva la tête en regardant son fils.
— *O u mo figliolu*, Oh mon fils, il ne fallait pas, pourquoi me gâtes-tu autant ?
Après avoir contemplé son cadeau un moment avec admiration elle dégagea le col de sa chemise en soie au-dessous du gilet noir à mailles fines. Marie passa les mains derrière son cou et décrocha l´émerillon de sa fine chaîne en or à laquelle était accrochée l'alliance de mariage porté jadis par son mari. Elle glissa la chaîne dans le petit anneau au-dessus de la croix rouge vermeille et la rattacha autour de son cou. Elle enfouit le tout sous sa chemise en appuyant fort l'alliance et la croix de

sa main contre son cœur, dissimulées sous son vêtement. Puis elle se leva et enlaça Antoine en sanglotant. Antoine fut lui aussi gagné par l'émotion. L'un comme l'autre éprouvait à ce moment un sentiment d'union inébranlable. Celle unique d'un fils pour sa mère et celle absolue d'une mère pour son enfant. Antoine l'embrassa sur la joue et sentit le goût salé d'une larme fraîche sur ses lèvres. Puis il se détacha de l'étreinte délicatement. Antoine se dirigea calmement vers la porte puis franchit le seuil silencieux. Marie savait que quoi qu'il advienne elle pouvait tremblotant à la table de la cuisine. Elle ouvrit la petite boîte verte en carton. A l'intérieur, enveloppée dans un papier blanc en feutrine, elle découvrit une petite croix de corail rouge. Pendant un instant elle resta silencieuse, les yeux d'une lueur baignés de larmes lumineuses, puis elle leva la tête en regardant son fils.
— *O u mo figliolu*, Oh mon fils, il ne fallait pas, pourquoi me gâtes-tu autant ?
Après avoir contemplé son cadeau un moment avec admiration elle dégagea le col de sa chemise en soie au-dessous du gilet noir à mailles fines. Marie passa les mains derrière son cou et décrocha l´émerillon de sa fine chaîne en or à laquelle était accrochée l'alliance de mariage porté jadis par son mari. Elle glissa la chaîne dans le petit anneau au-dessus de la croix rouge vermeille et la rattacha autour de son cou.
Elle enfouit le tout sous sa chemise en appuyant fort l'alliance et la croix de sa main contre son cœur, dissimulées sous son vêtement. Puis elle se leva et enlaça Antoine en sanglotant. Antoine fut lui aussi gagné par

l'émotion. L'un comme l'autre éprouvait à ce moment un sentiment d'union inébranlable. Celle unique d'un fils pour sa mère et celle absolue d'une mère pour son enfant. Antoine l'embrassa sur la joue et sentit le goût salé d'une larme fraîche sur ses lèvres. Puis il se détacha de l'étreinte délicatement. Antoine se dirigea calmement vers la porte puis franchit le seuil silencieux. Marie savait que quoi qu'il advienne elle pouvait compter sur Antoine. Comme elle lui avait tout donné, tout ce qu'il pouvait Antoine le lui rendrait. Mais Marie était aussi triste et ressentait un sentiment de culpabilité. Son amour maternel n'avait-il pas été trop exclusif ? L'absence de son mari n'avait-elle pas obligé Antoine à s'occuper d'elle au détriment d'une vie qu'il aurait pu espérer ? Elle s'en voulait et se rendait coupable de l'existence solitaire de son fils où le devoir avait pris toute la place. Elle voulait demander pardon à la Vierge et prierait avec dévotion cet après-midi à la messe. Elle réciterait le chapelet pour que son fils ait encore le temps de trouver une femme, créer une famille et avoir des enfants. Elle prierait pour que Sainte Marie lui donne la force de le partager avec une autre et cette autre à ses yeux ne pouvaient être que Mado.

Ogni acellu in fondu di u so nidu
Chaque oiseau au fond de son nid

Antoine s'était levé comme à son habitude tôt le matin. Après un petit déjeuner copieux il se consacrait à son potager pendant deux bonnes heures. Il ne mangeait que très rarement à midi mais aujourd'hui pour le 15 août il partagerait ce repas de fête comme à l'accoutumé avec sa mère. La veille, il était descendu sur la côte pour acheter à son ami Fanfan le pêcheur une belle langouste. Puis il irait faire une sieste réparatrice à l'ombre du vieil olivier au pied duquel il avait tendu un hamac. La compagnie des oiseaux sautillant de branche en branche en gazouillant, constituait un spectacle dont il ne se lassait jamais et tout en somnolant les yeux à demi clos, il les observait en écoutant leurs chants. La lecture l'aidait à trouver le sommeil, le livre a demi-ouvert glissait sur sa poitrine ; Minette profitait de cette opportunité et de cet accessible confort pour sauter sur le ventre d'Antoine et s'y blottir en ronronnant. Antoine s'évadait souvent dans ses lectures. Il restait fidèle à ses amours de toujours. Ceux des auteurs antiques qui depuis plus de deux millénaires avaient su déjà tracer les contours de la nature humaine. Ils les trouvaient étonnamment modernes. Il considérait que les grands philosophes des Lumières et ceux plus contemporains qui les avaient succédés n'avaient pu faire autant évoluer la pensée humaine. Comme ces vieux sages grecs l'avaient réussi en accomplissant un incroyable bond pour l'humanité tout entière. Ils avaient sorti l'homme d'un néant, celui d'une spiritualité archaïque aliénée à des croyances, avec l'ambition de propulser ce qu'était la pensée humaine vers une sagesse qui s'inscrit dans l'existence à la recherche du vrai. Oui, ils avaient tout inventé, la philosophie et ses courants, le concept de la démocratie en jetant les bases des sciences humaines. Nous vivons encore sur leur héritage, méditait Antoine, mais avons-nous été vraiment capables de le faire fructifier pour les bienfaits d'un monde meilleur. L'esprit libre et sa dimension spirituelle ne seraient-elles pas confisquées par les doctrines religieuses et la rigidité de dogmes politiques ? Où pouvions-nous situer aujourd'hui notre niveau de réflexion face à la sacralisation d'une société du consumérisme aux effets dévastateurs, quand seul le profit devient la finalité ultime de l'existence ? Dans ce théâtre de l'absurde, dont nous sommes les acteurs, que devrions-nous faire pour éviter les pièges d'interprétations erronées d'un matraquage permanent d'un flot informations qui se sont immiscées dans la vie de chacun par le biais des nouvelles technologies de communication ? Alors, pour Antoine, lucidité devait rimer avec indépendance d'esprit et refus de l'aliénation avec insoumission. Mais la rébellion avait toujours eu un prix, celui d'un choix de vie fidèle à ce

que nous sommes. Antoine avait depuis longtemps fait ce choix et sa vie correspondait à ce qu'il était.
La maison en pierre d'Antoine paraissait dépouillée et simple et pourtant elle était peuplée de livres qui constituaient l'essentiel de sa richesse. Même s'il avait dû abandonner ses études pour aider son père, quand celui-ci était tombé malade, Antoine avait gardé intacte cette passion de la littérature qu'il ne cessait d'entretenir. Aussi, quand Paul-André venait lui rendre visite durant son congé, il le faisait avec un plaisir non dissimulé. Tous deux partageaient leurs impressions sur tel ou tel sujet en confrontant leurs points de vue souvent concordants. Paul-André, psychiatre de renom, exerçait dans un CHU de la capitale. Il enseignait également à la Fac de médecine, ce qui lui donnait le sentiment, pour être en contact fréquent avec des étudiants, de coller à ce mouvement tourbillonnant de la jeunesse, en prise directe avec son temps. Antoine et lui avaient le même âge et ils avaient poursuivi leurs études au lycée puis à la faculté aux mêmes époques. Paul-André était admiratif de l'érudition et de la faculté d'analyse de son ami. Il mesurait tout autant sa capacité de synthèse que l'étendue de sa culture en se demandant comment Antoine, éloigné de tout, pouvait encore le surprendre par des réflexions pertinentes sur des faits d'actualité, le devançant aussi dans la connaissance détaillée d'expositions artistiques du moment, qu'elles soient à Beaubourg ou au Guggenheim à Bilbao.
Comment Antoine pouvait-il faire la critique d'un livre tout juste paru d'un Michel Onfray, d'un Raphaël

Glucksmann ou du très controversé auteur tel que Michel Houellebecq alors qu'il passait l'essentiel de son temps avec ses chèvres dans le maquis ? Paul-André était convaincu qu'Antoine, malgré des circonstances particulières liées à son existence rude comme le fût celle de ses aïeux, était un homme déterminé voulant préserver ce véritable choix, celui d'une totale liberté. Il possédait cette rare volonté de résister aux tentations de la vanité et de la consommation facile du moment. Paul-André comparait Antoine à une sorte de Diogène préconisant une vie simple et dénonçant l'artifice des conventions sociales. Malgré sa situation des plus brillantes, il éprouvait une admiration sans limites pour son ami berger, jusqu'à se laisser inspirer dans sa sobre tenue vestimentaire du port d'un bleu de Chine dont lui aussi ne se séparait plus l'été pour tenter de ressembler à son ami.

Fumu senza arrostu
Fumée sans rôti

Quant à Antoine, au-delà de l'affection qu'il éprouvait pour Paul-André, il trouvait chez son ami un point de vue pertinent dans l'analyse sur les mécanismes des relations humaines et son regard psychanalytique lui amenait un éclairage, au sien complémentaire. Leurs discussions pouvaient s'éterniser jusqu'à tard dans la nuit. Mais dans leurs interminables controverses, leur sujet de prédilection et le plus passionné restait la Corse. Antoine citait Platon, Socrate, Spinoza, Nietzsche ou Camus. Paul-André faisait référence à Freud ou Lacan, en décortiquant des comportements pathogènes dans les relations très particulières entre ses concitoyens. Selon lui des mères trop souvent castratrices portaient une responsabilité écrasante dans l'évolution néfaste de cette société. Elles n'avaient réussi qu'à produire des hommes, leurs fils, phallocrates en apparence et dont l'affirmation de la virilité n'avait pas d'autre issue, que de passer par le port d'une arme ou la possession d'un imposant 4 x 4, ou d'une grosse cylindrée. Paul-André estimait que bon nombre d'hommes à l'arsenal misogyne souffraient souvent d'une forme d'impuissance inavouable, celle de l'incapacité à résoudre une situation conflictuelle par l'usage de la parole. Finalement il était convaincu que ces machos restaient sous la domination insidieuse de leurs mères.

— Le non-dit règne en maître sur la Corse depuis toujours, la seule issue pour certains individus reste le rapport de force où le plus bête et le plus méchant a des chances de s'imposer. Ne vois-tu pas, ne serait-ce qu'ici, que dans les discussions, celui qui crie le plus fort finit par croire avoir raison !

Paul-André avait une analyse tout aussi sévère pour les femmes des dernières générations. Loin d'être épargnées, elles avaient selon lui comme principal objectif de réussite l'ostentation. Elle ne pouvait se manifester que par le port de tenues vestimentaires dernier cri, accessoirisées par l'incontournable sac d'une grande marque. Pour vouloir être considérées à l'égale des autres, elles se devaient d'adopter tous les critères de la beauté, conformes à la tendance et sans la moindre échappatoire. Cela faisait partie d'une codification qui s'était imposée depuis deux ou trois décennies. Pour celles ne disposant pas de moyens, cela était devenu un aberrant totalitarisme ! Cette course au paraître servait de paravent au vide abyssal de leur existence et témoignait d'une incapacité totale à s'affirmer pleinement comme femmes épanouies. Paul-André comme Antoine, aussi effarés que tristes par ce constat peu réjouissant étaient circonspects face à ces postures locales, ce mal d'une société qui était la leur et qui glissait inexorablement vers un gouffre.

Tous les deux se sentaient héritiers d'une culture issue de l'oralité et transmise d'une génération à l'autre par de vieux bergers. Ces derniers n'ayant possédé ni la lecture ni l'écriture, se servaient de proverbes pertinents, fruits de l'observation de la nature pour ponctuer leurs propos. Jadis ces vieux bergers, gardiens de la sagesse, avaient à leur service de véritables théorèmes. Ces métaphores sonnaient avec justesse et pouvaient en quelques mots par la force de l'image, conclure de manière magistrale au déroulement d'une situation des plus complexes ou des plus pathétiques. « *Più pampana chè uva* », plus de feuillage que de raisin, auraient-ils peut-être dit en voyant débarquer une de ces citadines villageoises avec un sac Vuitton… en y ajoutant l'équivalent du « le ridicule ne tue pas ! » « *li stà cum'è a sella à u porcu.*»comme une selle sur un cochon.

Vale più amizia ch'è parentia
L'amitié a plus de valeur que la parenté

Antoine venait à peine de s'endormir, que le ronflement d'un moteur suivi du couinement d'un freinage brusque le réveilla. Il pensa que Paul-André venait lui rendre visite. Surpris, il vit apparaître petit Jean affolé et pâle comme un linge débarquant de son véhicule sans fermer la portière ni même couper le contact.
— Antoine, il faut que je te parle, j'ai de gros ennuis !
— *Àddiu, cosa ai fattu torna* ? Adieu, qu'as-tu encore fait ?
— Écoute Antoine, c'est sérieux, tu es mon ami et je n'ai confiance qu'en toi. Tu as toujours été là pour moi et, même quand j'ai fait de grosses bêtises, tu m'as toujours aidé sans me juger.
— C'est vrai Jean Jean, nous avons été élevés ensembles et c'est parce que j'ai toujours eu de l'affection pour toi mais tu ne veux pas m'en dire plus ?
— Non Antoine, je ne veux pas te compromettre et c'est grave.
— Alors, dans ce cas, dis-moi seulement quelle est la raison de ta venue.

— Tu te souviens, quand mon père est mort, nous étions encore jeunes, tu m'as consolé et tu m'avais fait la promesse de t'occuper de ma sœur cadette Marie Clémence si quelque chose m'arrivait, elle ne peut pas s'appuyer sur notre mère qui est trop âgée et elle élève seule son fils de sept ans.
— Oui, bien sûr, comment pourrais-je oublier, mais que peut-il arriver ?
— Des gens m'en veulent terriblement, ils sont redoutables et je ne suis pas tranquille.
— Écoute Jean Jean, si tu as réellement de fortes craintes, il faut que tu descendes à la gendarmerie ou que tu t'éloignes d'ici un moment.
— Non il n'en est pas question ! Je ne suis pas un lâche, ni une balance. Je suis juste venu t'avertir pour ma sœur Marie Clémence ! Maintenant je rentre chez moi, j'ai à faire et ils n'oseront pas venir au village. Ah, au fait je suppose que tu es au courant pour le pauvre Max ?
— Oui bien sûr, je suis au courant et ça me fait quelque chose.
— Allez Antoine, *à prestu*, à bientôt, peut-être à ce soir au bal !
— *Forse sì* ? Espérons ?

La famille de petit Jean était voisine de la sienne quand ils étaient enfants. Le père forçait sur la boisson et quand il rentrait du bar à moitié saoul, il battait souvent sa femme. Ignazu était à la fois cordonnier, rempailleur de chaises et savait carder la laine et refaire les matelas. Cela l'entraînait sur les routes pour, avec son fourgon,

faire la tournée des villages. Quelquefois il s'absentait la semaine, mais très souvent revenait sans un sou après avoir dilapidé son argent aux jeux de carte dans les tripots ou dans les débits de boissons de la région. Antonia sa femme était travailleuse et portait la famille comme elle pouvait à bout de bras. Elle était aussi adroite, savait coudre et allait également faire les ménages dans les maisons des Sgiò. Ses deux enfants, Maryse et petit Jean, vivaient dans la rue. Ils étaient souvent livrés à eux-mêmes. Marie les voyant tous deux assis sur les marches de la *stretta*, la ruelle qui montait au lavoir, les faisait rentrer au chaud dans sa maison pour attendre leur mère qui rentrait tard de son travail. Elle leur servait un goûter copieux et si leur mère tardait, elle leur chauffait un bol de soupe qu'ils avalaient avec un appétit féroce.
Antoine jouait tous les jours avec petit Jean. Petit Jean avait le profil de son père. Un visage fin et pointu, avec des petits yeux bleus pleins de malice. Sa sœur cadette Maryse quant à elle, était bien en chair. On disait qu'elle était la fille du capitaine chez qui la mère faisait le ménage. Il est vrai que la fille légitime de l'officier et Maryse se ressemblaient comme deux gouttes d'eau. On serait même allé jusqu'à penser qu'elles étaient sœurs jumelles. Petit Jean était coutumier de l'école buissonnière et attendait le retour d'Antoine pour aller courir dans les prés ou dans les ruelles du *paisolu*, hameau que tous deux connaissaient comme le fond de leur poche. Quelquefois ils allaient jusqu'à la rivière pêcher les truites. Antoine était admiratif de l'adresse de son

compagnon qui attrapait les poissons sous les pierres à la main en leur caressant le ventre et harponnait les anguilles avec une fourchette aplatie. Petit Jean savait tout aussi bien poser des collets pour piéger les grives, qu'il revendait aussitôt pour s'acheter des pétards, des bonbons ou des cornets- surprises à l'épicerie. Antoine avait une affection débordante pour petit Jean et petit Jean la lui rendait bien. Le père d'Antoine titulaire d'une pension militaire, avec son troupeau de chèvres, la vente du lait et des cabris, ainsi que la location de terres sur le littoral permettaient à la famille de ne manquer de rien. Pour le Noël de ses huit ans, Antoine eut comme cadeau une bicyclette. Petit Jean et lui n'arrêtaient pas de dévaler les ruelles du village en pente au risque de se casser le cou, tour à tour, l'un sur la selle, l'autre sur le porte-bagages, bravant le danger dans de grands éclats de rire. Marie qui avait eu son brevet élémentaire faisait faire tous les soirs les devoirs à Antoine et tentait d'y associer petit Jean, mais sans grand succès. L'écolier trouvait toujours le prétexte de disparaître après le bol de café au lait en trouvant comme excuse à la simple vue du cahier ou d'une gomme, une commission urgente que lui aurait ordonné sa mère. Mais la fin de cette vie insouciante était proche pour Antoine. Un jour l'instituteur demanda à Marie et son époux de venir jusqu'au bureau de l'école après les cours.

— Votre fils va rentrer en sixième. Il est le meilleur élève que je n'ai jamais eu. Il a de réelles aptitudes. Il est préférable de l'inscrire au lycée à la ville où l'enseignement qui y est dispensé est d'un niveau supérieur à

celui du collège du canton. Il y a des matières comme le latin et le grec absentes ici au programme puisque l'académie n'a pas jugé utile de nommer des professeurs spécialisés dans le rural. Si vous le voulez je peux m'occuper de son inscription, le proviseur est un ami, nous avions fait une partie de nos études ensembles et nous sommes toujours en relation.
Le maître avait su faire peser l'intérêt de l'enfant, ainsi les parents acceptèrent. Pour Filippu Antò ce ne fut pas difficile. Il était convaincu du bien fait de la pédagogie scolaire, de ce qu'elle apporte à un homme ainsi que la culture : l'émancipation, clé du devenir. N'avait-il pas lui aussi été au lycée et voulant se destiner à une carrière d'enseignant, s'il parvenait à réussir au concours d'entrée à l'école normale, jusqu'à ce que la guerre éclate et que les troupes de Mussolini envahissent la Corse. L'idéal de liberté qu'il s'était forgé avec d'autres lycéens et les lectures de Marx le poussèrent très jeune à rejoindre la Résistance. Filippu Antò avait du courage à revendre. Son engagement patriotique au service d'une cause faisait l'admiration des camarades, ses aînés. Issu d'une famille de bergers, sa connaissance parfaite de la région montagneuse fut précieuse pour son groupe de maquisards, en charge de récupérer les armes parachutées par les alliés sur le haut plateau surplombant le village et échappant à la surveillance des occupants. Filippu Antò était leur guide. À la libération de la Corse, il fut mobilisé, comme beaucoup de jeunes gens pour poursuivre la lutte sur le continent. Blessé sur le front, à la bataille de Cassino, il revint en convalescence au

village et, passablement remis de ses blessures, il se mit au travail, en compagnie de son oncle et son père, derrière le troupeau, pour y rester définitivement

Le départ d'Antoine pour l'internat fut un véritable déchirement, tant pour lui que pour Marie sa mère, mais aussi pour petit Jean. Au tout début de cette nouvelle vie, Antoine plongeait avec une nostalgie débordante dans ses rêves d'enfant se demandant à tout instant ce que petit Jean pouvait faire au village ? Peut-être allait-il relever les pièges où s'était prise une grive, ou rafistolait-il la cabane qu'ils avaient tous les deux construite sur un arbre et dans laquelle ils fumaient en cachette des cigarettes confectionnées avec des herbes sèches enroulées dans des feuilles d'eucalyptus qu'ils remplaçaient les mois d'été par des bouts de fenouil sauvage ou d'asphodèles. La vie de l'internat lui paraissait fade et terne, lui qui avait pour habitude de courir dans les vergers et grimper croyances se trouvait l'histoire fantastique de Sainte Lucie de Syracuse. Après avoir traversé la Méditerranée cette ancienne croyance avait donné naissance à un mythe : celui du pouvoir de la guérison que se transmettait les « *mazzeri* », sorciers le soir de Noël utilisant de l'huile, de l'eau et du sel sur une assiette avec une formule secrète aux accents de prière. *« L'ochju »*, l'oeil plus que chasser le mal pouvait éloigner les sortilèges funestes... Quand les paupières d'Antoine commençaient à cligner, Filippu Antò portait son fils à l'étage et le couchait délicatement sous l'épais édredon de plumes, dans un lit douillet, chaud d'une brique bouillante, emballée dans du papier journal

qu’avait glissée Marie sous les draps de coton. Antoine fermait les yeux au son du pas de son père faisant craquer les marches en bois en descendant l’escalier, non sans qu'au préalable il eut déposé un baiser sur le front de son fils. Antoine était heureux, baigné dans la tendresse, nourri d’un bonheur simple au quotidien et pourtant si riche. Il s’endormait et continuait dans ses rêves à jouer, courir avec petit Jean dans les bois, faire des cabrioles dans les prairies en riant, sifflant et chantant à tue-tête.
La vie au lycée était toute autre et très vite Antoine dut apprendre à se débrouiller tout seul, ne pas se laisser marcher sur les pieds et se laisser imposer la loi par les plus grands. Il égrenait chacun des jours comme les perles d’un chapelet le rapprochant des vacances en espérant que le trimestre passerait vite et qu’enfin il rentrerait chez lui. Le week-end était affreusement long et ennuyeux. L’unique distraction était la lecture et le seul jeu d’échecs que les internes se disputaient. La règle voulait que le gagnant reste en lice.
Chacun en spectateur attentif devait patienter pour prendre son tour en scrutant le déplacement des pièces dans ce duel tactique des deux chanceux qui s’affrontaient.

Ainsi les observateurs peaufinaient dans un silence religieux de multiples scénarios des stratégies possibles. Antoine, en regardant jouer ses camarades, assimila en un rien de temps les règles et sut rapidement s’imposer comme un des maîtres du pensionnat. Il comprit que dans ce petit monde de confrontations et rivalités permanentes, il fallait faire preuve non seulement de force de caractère mais d'intelligence pour gagner la considération de ces pairs et ainsi éviter de se faire dévorer. L'internat lui fut éminemment profitable et avec le recul Antoine remerciait son instituteur d'avoir incité ses parents à l'inscrire au lycée. Que serait-il devenu s'il était resté dans son cocon douillet du village ? Paul-André était demi-pensionnaire et le lundi Antoine le retrouvait avec joie. Tous deux avant la sonnerie se fixaient rendez-vous pour la récréation. Ils échafaudaient leurs projets de vacances au village où ils allaient pouvoir retrouver petit Jean. Le père de Paul-André était fonctionnaire à la préfecture. Toujours habillé en costume trois pièces, chemise blanche et cravate, il venait chercher régulièrement son fils à la sortie du lycée. Antoine lui faisait un signe de la main de derrière la grille. Jean Valère, le père de Paul-André lui adressait toujours un large sourire accompagné d'un geste appuyé. Lui-même avait été interne dans ce lycée, il savait pertinemment ce que pouvait ressentir Antoine. Durant les vacances de Noël, venu avec son fils et sa femme à la veillée dans la famille d'Antoine dans l'attente de la messe de minuit, il proposa à Marie et son époux de devenir le correspondant de leur enfant dès le second trimestre. Ainsi Antoine avait la permission le dimanche d'aller déjeuner chez eux et faire un bon repas et pourquoi pas d'y dormir de temps en temps la nuit du samedi. Antoine était heureux de la proposition de Jean Valère à ses parents, la sortie hebdomadaire lui ferait une véritable coupure, en attendant son retour au village auquel il ne cessait de penser. L'accueil dans cette famille permit d'intensifier les relations entre les deux adolescents qu'étaient Antoine et Paul-André.

À chacune de ses vacances, petit Jean l'attendait à l'arrivée du car. À peine descendu les deux garçons se serraient fort dans les bras et petit Jean prenait avec empressement la valise d'un mouvement vif et le baluchon de linge sale de son ami.

— Mais laisse Jean Jean, je peux y arriver tout seul.
— Non, non je suis tellement content que tu sois là.

Petit Jean posait un flot de questions à Antoine sur le chemin qui menait à la maison. Il voulait savoir comment était la ville, si Antoine s'était fait des amis, à quoi il jouait au lycée ?

Marie attendait son fils avec la même impatience. Elle lui avait préparé son plat préféré et en dessert un gâteau au chocolat, celui qu'Antoine adorait. Bien sûr elle disait à petit Jean de rester manger à la maison pour la circonstance et celui-ci ne se faisait pas prier. Les deux garçons parlaient à table comme des pipelettes, laissant peu de place à Marie pour poser elle aussi quelques questions à son fils. Petit Jean décrivait sans omettre le moindre détail toutes ses aventures, des pièges à oiseaux, à la cueillette de champignons ou d'asperges sauvages. Antoine était un auditeur passionné et accroché à chacune de ses paroles. Écoutant émerveillé petit

Jean intarissable, il vivait ces instants comme s'il y avait participé. Évidemment petit Jean évitait de parler de l'école, le cadet de ses soucis !
Antoine avait su trouver un équilibre dans ce rythme d'élève qu'il devait partager entre le temps scolaire à l'internat et ses vacances au village. Désormais sa vie était ainsi coupée entre deux pôles, le village et la ville. Maryse, la sœur de petit Jean, maintenant adolescente, assez précoce et aux rondeurs affirmées, faisait tout pour attirer Antoine dans la remise derrière le four à pain en l'absence de petit Jean, qui partait quelque fois aider son père dans ses tournées. Antoine pu ainsi faire ses premières expériences avec Maryse, qui semblait tout aussi avertie qu'entreprenante. Marie ayant compris le manège, surveillait discrètement les choses. Elle prétextait une visite inopinée mais à laquelle son fils ne pouvait se soustraire, chez l'une de ses sœurs. Dès qu'elle entendait démarrer le fourgon de Ignazu, Il fallait qu'impérativement Antoine l'accompagne !
— *Cì hé a to zia Catalina chì ci aspetta, t'hà fattu e frappe è ti vole vede. « Di fritelle in fiadone è pastizzu »*, Il y a ta tante Catalina qui t'attend, elle t'a fait des oreillettes et elle souhaite te voir. En passant de beignets à la tarte au brocciu et au pastizzu, Marie essayait de déjouer les stratagèmes de Maryse. Elle était rassurée au retour du fourgon et pouvait relâcher enfin son attention. Antoine et petit Jean grandissaient à distance et cet éloignement les rapprochait plus qu'il ne les séparait. Jusqu'au jour où Antonia frappa à la porte de Marie sa voisine.

I guai di a pignatta, un'i cunnosce ch'è u cuchjarone
Seule la louche connait les problèmes de la marmite

— Marie, il faut que je te parle, j'ai besoin de te demander conseil, *possu entre* ? Je peux entrer ?
— *Entri Antonia, calati quì* ! Bien sûr Antonia, assieds-toi là !
— Voilà, notre parent Marcellu qui travaille à la mairie de la ville a proposé à Ignazu une place à la voirie municipale lors de sa venue à la Toussaint pour les morts. Il connaît bien le maire et comme tu le sais c'est une grosse famille et ils sont nombreux à voter. Ici, au village c'est de plus en plus difficile pour nous. Les gens maintenant achètent des chaises en plastique et des matelas en mousse. Quant aux souliers, la plupart se chaussent en baskets. Cela coûte moins cher d'acheter une paire neuve que de faire recoller une semelle ou un talon de chaussure. Même si mon mari se laisse tenter par le vin, il parvenait avant à ramener quelque chose. Nous avons de moins en moins d'argent à la maison, et puis maintenant il n'y a plus grand monde dans le village. Moi aussi je n'ai presque plus de ménages et depuis que ses enfants ont mis le capitaine dans la maison de vieux, j'ai beaucoup perdu. En plus Marcellu nous a promis

de nous faire avoir un appartement avec un loyer pas cher, un logement social. C'est mieux aussi pour Maryse et Jean Jean.
— Écoute Antonia, même si j'ai beaucoup de peine à vous voir quitter le village, tu as sans doute raison. Il vaut mieux que vous descendiez à la ville, tes enfants pourront plus facilement y apprendre un métier.

Avé a so lenza in Calviani
Avoir son potager en terrasse à Calviani

Au mois de septembre la famille déménagea à l'aide du fourgon Citroën pour une nouvelle vie. Quand Antoine fût au courant il eut un sentiment partagé. Il verrait peut-être petit Jean à la ville mais sans doute il le verrait moins au village quand il y remonterait à l'occasion des vacances.

Le quartier populaire où vivaient Antonia et sa famille était assez bien desservi par des commerces de proximité. Même si l'on entendait la chasse d'eau des toilettes de l'appartement du dessus, ou les cris des voisins, à travers la cloison, quand ils se disputaient, le logement bénéficiait d'un confort inconnu jusqu'alors par les quatre nouveaux résidents. La petite famille habitait au troisième étage et si l'immeuble n'était pas équipé d'un ascenseur, les occupants bénéficiaient du chauffage central collectif. La salle de bain avec une baignoire était un réel progrès et Maryse y passait des heures, quand elle n'était pas dans la cage d'escalier avec des jeunes garçons où elle y perfectionnait ses nombreux talents cachés.

Ignazu, quant à lui, avait très vite trouvé ses marques au

bar du quartier situé à l'angle de la rue. Dès son travail fini, il faisait une halte prolongée avec ses collègues à l'apéro. Ayant garé le camion d'ordures ménagères le plus proche possible du débit de boisson pour ne pas perdre de temps, il se précipitait pour se faire servir un premier pastis, déclarant sur le pas de la porte « *aghju a bocca asciuta* ! J'ai la bouche sèche ! ». Et « *asciutucom'è un pane d'esca*, et gorgé comme un pain d'amadou », il y restait parfois jusqu'au soir pour rentrer à l'heure du dîner. Dans cet endroit pour le moins animé, les habitués criaient plus qu'ils ne parlaient. Malgré le son levé au maximum d'une télé allumée en permanence, les conversations des consommateurs rendaient inaudible la voix du speaker. Accoudés au comptoir, les buveurs élevaient le ton de plus en plus fort au rythme des tournées. Par moments on entendait du dehors des éclats de rire qui succédaient à des hurlements pouvant faire croire aux passants que l'on étranglait quelqu'un à l'intérieur de l'établissement. À ne pas s'y tromper, il y avait de l'ambiance et cette ambiance atteignait son paroxysme lors de la retransmission des matchs de foot du club local. Les insultes fusaient dans la salle contre les joueurs de l'équipe adverse. À chaque action de jeu les téléspectateurs criaient à l'unisson. Les joueurs de belote ne s'entendaient même plus pour faire leurs annonces et compter les points. Ayant le plus grand mal à poursuivre la partie, ils beuglaient encore plus fort que les autres clients. L'arbitre était systématiquement responsable de la défaite. Il avait droit à des injures des plus choisies. L'entraîneur, quant à lui, n'était pas épargné et tous les noms d'oiseaux lui étaient attribués. Selon les commentateurs avertis de la salle, invariablement l'entraîneur n'y comprenait rien. Il fallait le jeter dehors sur le champ ! Pourquoi n'avait-il pas fait rentrer le remplaçant à la place de « *sta scimia, stu negracciu,* ce singe, ce sale nègre » qui avait manqué le penalty ! Pour devenir un bon supporter cela nécessite l'emploi d'adjectifs élégants et recherchés : pédés, salope, tapette... sont les plus courants, mais le sublime dans ce sport viril, celui qui tient le plus la cote c'est de loin le mot « enculé » ! « Gros enculé » c'était encore mieux qu'ordure ou enflure, démodés ! « Enculé » c'est dufranc parlé à l'état pur qui était sorti de l'enceinte du stade pour être utilisé maintenant à tout propos : l'enculé de patron, cet enculé de directeur, cet enculé de préfet, ces enculés de flics pour finir par cet enculé de garagiste ou de voisin et même dans ses variantes, sur le ton de la plaisanterie « va te faire enculer » était devenue une réplique humoristique. Ce qui au final faisait beaucoup d'enculés et un programme aussi ambitieux que réjouissant pour ceux qui pouvaient avoir la charge de l'appliquer ! Ignazu restait imperturbable, dans cette antre académicienne, s'intéressant davantage au PMU qu'au ballon rond et profitant, chaque fois qu'il allait uriner, entre deux tournées, de glisser quelques pièces dans la machine à sous, laquelle se trouvait dans un recoin sur le trajet des toilettes. Finalement Ignazu avait trouvé à la ville son petit paradis. Cette atmosphère lui convenait à merveille et d'ailleurs il ne battait presque plus sa femme. Imbibé d'alcool, il rentrait chez lui en titubant à l'heure des actualités régionales. Tenant tout juste debout, il s'affalait dans le canapé en simili cuir marron en attendant de passer à table.

Antonia avait la chance d'avoir deux de ses cousines dans le pâté de maisons plus loin. Très rapidement et bénéficiant de leurs conseils avisés, elle avait su s'adapter à son nouvel environnement et s'était métamorphosée. Ses cousines et elle se rendaient mutuellement visite et échangeaient assidûment des nouvelles du village. Antonia mettant à profit leurs précieuses recommandations avait transformé ses tenues vestimentaires, désormais plus appropriées à la ville. Une fois la maison propre et bien rangée, elle partait souvent en leur compagnie l'après-midi lécher les vitrines des magasins sur l'artère principale. Pour ces sorties quasi quotidiennes elle se maquillait et allait une fois par mois chez le coiffeur pour se faire faire la couleur et la mise en plis. Toujours grâce à Marcellu, elle pourrait dans un futur proche bénéficier, si elle le souhaitait, d'une place comme femme de chambre à la maison de retraite ou à défaut d'aide maternelle à la crèche du quartier. L'inscription sur les listes électorales facilitant assurément bien les choses, Marcellu avait même certifié au couple que tous deux pourraient continuer à voter au village comme à la ville « *Ce n'était pas un problème* » avait-il dit. « *Basta à sapè vutà* ! Il suffit de savoir voter ! » De toute façon il était là pour les conseiller. Marcellu était unanimement reconnu comme un agent électoral aussi actif que compétent capable de rendre beaucoup de services. Le code électoral comme la jurisprudence n'avait plus de secret pour lui. La privation de ses droits civiques ne l'empêchait pas de se démener pour le plus souvent apporter des suffrages qu'il savait arracher par tous les moyens au camp adverse avec des promesses en tout genre d'un menteur assumé, puisque les promesses n'engagent que ceux qui y croient. Il avait à son actif un palmarès étonnant, ayant réussi à faire voter certains électeurs absents, jusqu'à subtiliser les listes d'émargement pour les remplacer par d'autres. À l'occasion d'une élection cantonale alors que le camp opposé était en passe de l'emporter, il profita d'une coupure d'électricité fâcheuse au moment du dépouillement pour, dans la confusion, bourrer l'urne de bulletins. Cet incident et la plainte d'un assesseur lui valut une condamnation le rendant encore plus populaire tant auprès de ses amis politiques que de leurs concurrents, qui d'ailleurs à défaut de l'avoir avec eux cherchaient à s'inspirer de sa maestria. Ce monde politique qui dominait la Corse et la divisait profondément ne s'inscrivait pas dans une idéologie de droite ou de gauche ou autre, il était dans une logique de camp depuis toujours avec comme règle absolue « *d'être pour ce qui est contre et contre ce qui est pour.* » Par extension de ce principe, il était logique que l'on soit forcément contre quelqu'un, parfois pour un candidat et jamais pour quelque chose. La déclinaison normale voulait qu'un programme et les intentions pré-électoralistes servent uniquement de prétexte, une forme de paravent destiné à ceux qui n'y comprenaient rien à la politique locale, l'équivalent d'une feuille de papier d'un catalogue, un programme d'une valeur toute relative. L'important n'était pas de savoir ce que l'élu du peuple allait réaliser durant son mandat mais de savoir qui pouvait faire alliance avec qui ? Cela permettait de multiples supputations tenant en haleine toute une population avant les résultats définitifs, qui de toute manière seraient contestés ! Chacun ayant ce désir passionnel du triomphe à travers son candidat pour obtenir un jour de lui un service. Par le biais de combinaisons multiples et de conjurations tout était possible et l'imaginaire de bon nombre d'intrigants était débordant, ce qui avait permis de fournir au code électoral une jurisprudence abondante, une forme de contribution à la nation française dans l'amélioration du droit. Ceux qui avaient dénoncé le système, une fois au pouvoir, le reprenaient à leur propre compte cherchant à faire mieux que leurs prédécesseurs, c'est à dire « *placer les siens* ! » En définitive les deniers publics servaient la cause pour la plus grande satisfaction générale, ce qui au final permettait d'instrumenter l'utilisation contestable de cette manne tout en considérant cette gestion non comme du détournement mais de la solidarité, un vrai tonneau des Danaïdes... et Marcellu y nageait comme un poisson dans l'eau, fidèle à son mentor, son maitre d'école qui lui avait tout appris. Cet édile, interviewé par la presse continentale le questionnant sur le fait qu'il aurait pu gagner une élection en ayant fait voter des morts, avait déclaré « *Je n'ai fait qu'exprimer leurs dernières volontés !* » En Corse cela n'avait choqué personne, bien au contraire...

Petit Jean était inscrit au collège technique où il était censé passer un CAP de mécanicien. Ses travaux pratiques, il les faisait avec ses potes au pied de l'immeuble et dans les caves où ils s'employaient à démonter et remonter des mobylettes dont on ignorait la provenance, ce qui ne semblait pas trop inquiéter ses parents. Le fourgon, les quatre pneus crevés, abandonné dans le parking, servait de QG à sa petite bande. Quant à Maryse, elle suivait des cours de couture, cela ne l'intéressait pas vraiment mais en revanche elle faisait des connaissances... et fréquentait assidûment les toilettes du collège... Finalement, la nouvelle vie citadine convenait parfaitement à la petite famille qui avait su au bout de quelques mois s'adapter à la perfection.
Le jeudi après-midi, les internes du lycée avaient l'autorisation de sortir après la cantine jusqu'à dix-sept heures. Il arrivait que petit Jean rencontre Antoine. Tous les deux étaient heureux de se retrouver même si le contexte était différent. Il conservait la même affection l'un pour l'autre. Petit Jean venait avec sa mobylette dont il vantait toujours les performances énumérant les détails techniques. Celle-ci changeait régulièrement de couleurs, de selle ou garde-boue. Antoine lui avait posé la question voulant savoir qu'elles étaient les raisons de ces modifications constantes. Petit Jean lui avait affirmé que c'était le fruit de nombreux échanges avec ses amis qui nourrissaient la même passion que la sienne, celle de la mécanique.

A chi hà pane è vinu
Pò invita u so vicinu
Qui a du pain et du vin
Peut inviter son voisin

Un jeudi après-midi, petit Jean invita Antoine à un goûter, dans l'appartement de son immeuble situé à l'opposé de la ville. Dès son arrivée, Antonia lui témoigna vraiment beaucoup d'affection, comme si Antoine avait été son propre enfant. Elle l'avait vu grandir et surtout ne pouvait pas oublier ce que Marie avait fait pour elle durant ses moments difficiles. Marie l'avait toujours réconfortée, elle comme ses enfants. Elle avait été toujours généreuse, lui prêtant de l'argent quand la famille en avait besoin, en ayant ce tact de ne jamais lui réclamer le remboursement. Mais Antonia était une femme honnête, elle mettait un point d'honneur à s'acquitter de ses dettes sans que Marie ne la pressât.

— *Ai u tempo Antonia, ùn c'hè micca u focu, ùn c'hè nunda chì pressa*. Tu as tout ton temps Antonia, il n'y a pas le feu, il n'y a rien qui presse.
Antonia, malgré cet éloignement et sa nouvelle vie gardait tout ça en mémoire, comme elle se souvenait du

geste de Filippu Antò, qui tous les ans à Noël leur faisait cadeau d'un cabri entier, sans compter le reste de l'année où tous les jours, il leur déposait devant la porte du lait et souvent du fromage.
— *Antoine, u mo ciuccu, veni quì quande tu voli, è sè t'ai bisognu, quì sì in casa toia.* Antoine, mon petit chéri, viens quand tu veux, et si tu as besoin de quelque chose, ici tu es chez toi.

Marie n'avait jamais fait la moindre allusion péjorative à propos des origines italiennes d'Antonia, bien au contraire. Quant à Filippu Antò, il gardait en mémoire la solidarité de ses compagnons de lutte avec qui il avait combattu contre les chemises noires du Duce, ces « *partigiani*, partisans » qui lui avait appris leur chant de ralliement « Bella Ciao. » Benedetto, le père d'Antonia avait été aussi l'un d'entre eux. Quant à Silvana la mère d'Antonia, elle était née dans une petite ville au nord-est de Udine, non loin de l'Autriche. Elle avait la distinction des femmes italiennes de cette région de Vénétie. Une grâce naturelle accompagnait chacun de ces mouvements, jusqu'aux gestes les plus banals du quotidien. Le matin, avant de faire sa tresse, elle coiffait en se penchant sur le côté ses longs cheveux bouclés d'un blond aux reflets roux lumineux qui dégringolaient en cascade jusqu'au bas de son dos cambré, pour finir par mourir sur d'amples hanches évasées. Son accent chantant donnait à sa voix langoureuse pleine de douceur, le délice d'un ange personnifié.

A roba ùn hè mai cara quand'ella si trova à cumprà
La marchandise n'est jamais chère quand on trouve à l'acheter

Benedetto, marchand ambulant, de petite taille, la peau mate, les cheveux crépus d'un noir corbeau brillants et huileux, avec ses yeux pétillants, était prêt à tout pour séduire cette déesse. Ayant parcouru bien des contrées, il n'avait jamais vu une telle beauté. Pourtant il en avait sillonné des routes sur lesquelles il avait croisé tant de monde. Il venait d'un petit bourg du nom de Capaci, tout proche de Palermo. Depuis tout jeune, il avait embrassé la devise de son village « *chì esce riesce*. Celui qui part réussit » Les habitants de ce lieu n'hésitaient pas à s'aventurer au bout du monde, jusqu'aux Amériques pour vendre linge de maison, habits et chaussures, voire couteaux et outils en tout genre. Silvana émerveillée par le raffinement de ses dentelles, de la légèreté des mouchoirs de soie, de la délicatesse des broderies ainsi que des petites bottines à talons fabriqués en Toscane que proposait Benedetto, succomba au charme et à la générosité de ce Sicilien qui lui faisait la cour et qui, gai comme un pinson, lui chantait des sérénades napolitaines s'accompagnant du trémolo de sa mandoline. Voyageur infatigable, il entraîna Silvana dans son sillage, à la découverte de pays nouveaux où il démarchait ces tissus. Tous deux traversèrent la mer Tyrrhénienne pour les rivages de la Corse. Les habitants de l'intérieur de l'île, pour la plupart peu argentés étaient d'excellents clients. S'ils achetaient, ils payaient comptant sans discuter, sans même marchander, ce qui pour eux était un déshonneur ! De plus leur langue n'était pas très éloignée de celle de Dante, ce qui facilitait les tractations. Benedetto et sa femme eurent l'opportunité, lors des tournées, d'acheter une petite maison pas très chère dans ce village du haut de la vallée. Après l'avoir remise en état, ils s'y installèrent pour donner naissance à leurs cinq filles. Les quatre premières étaient blondes, grandes, aux yeux bleus comme leur mère et la cadette Antonia, brune et petite, ressemblait à son père.

Cuntessa, la mère d'Ignazu cultivait ce sentiment de mépris généralement éprouvé à cette époque par un grand nombre de Corses vis-à-vis des Italiens. Elle ne se privait pas, dès qu'elle le pouvait de dire à son fils qu'il aurait pu faire un autre choix, considérant cette union comme une mésalliance :

— *Cosa sì andattu à fà, à pigliatti sta luchese invece di maritatti cù Liandra a to cucina.* Qu'es-tu donc aller prendre cette italienne au lieu de t'être marié avec Liandra ta cousine. Durant la bénédiction des maisons à Pâques le curé du village lui entendit prononcer ces propos diffamants, qu'il considérait pour la circonstance

comme un blasphème. Il sermonna Cuntessa !
— *Dim' appena o Cuntessa, sai unde si trova Parighji ?* Peux-tu me dire Cuntessa où se trouve Paris ?
— *Hè luntanu o Sgiò curà, m'anu dettu in cima di a Francia.* C'est très loin mon Père, on m'a dit que c'est tout au nord de la France.
— *È tù, sì parighjina ?* Et toi es-tu parisienne ? lui demanda le prêtre.
— *È cume possu esse, ùn ci sò mai andatu o Sgiò curà, u più luntanu chè cunnoscu hè u paese di si curnachjoni accantà u nostru.* Et comment puis-je l'être, je n'y suis jamais allé mon Père. Le plus loin que je connaisse c'est le village voisin où il y a tant de corniauds
— *Allora ciò chè tù sappia, hai più scianzza di esse luchese chè parighjina,Silvana è Benedetto, quandu eranu in italia,campavanu più luntani di lucca chè noi. Un cì vole micca chè tù parli cum'e un libru stracciatu à menu ch'ella sia per qattivera* ? Tu dois apprendre qu'il y a davantage de chance pour toi d'être Italienne que Parisienne et Silvana et Benedetto vivaient plus loin de Lucca que nous autres quand ils étaient en Italie.Tu ne dois pas parler de la sorte à moins que ce ne soit par méchanceté ?

— *Scusade o Sgiò curà, ùn la sapia.* Excusez-moi mon Père, je l'ignorais.
— *Sè sentu una altra volta chè tù parli male di a to nora, ùn ti vogliu più in chjesa.* Si je t'entends une autre fois médire ta belle-fille, je ne veux plus te voir à l'église.

Cuntessa plus superstitieuse que dévote, même si elle n'en pensait pas moins évita désormais de prononcer ces qualificatifs de *Lucchesi, Lucchisoni, Lucchisacci*... sale italien etc..., communs à la plupart de ses concitoyens. La naissance de petit Jean, le portrait craché de son frère Jean mort sur le front de la Grande guerre fini par lui faire accepter sa belle-fille Antonia.

Antonia avait fait des frappes, exprès pour la venue du fils de Marie. Maryse s'était vêtue d'une robe rouge exagérément courte qui remontait sur ses cuisses bien potelées. Ses formes rondes étaient maintenant à leur comble et sa poitrine débordante. Elle ne cessait de croiser et décroiser ses jambes pour attirer le regard d'Antoine. À sa tenue qui frisait l'indécence, elle y avait assorti un rouge à lèvres tout aussi clignotant que le maquillage autour de ses yeux. À un moment, elle s'assit à la table à côté d'Antoine et profitant de la toile cirée qui retombait et masquait sa main pour lui caresser le haut de la cuisse jusqu'à l'entrejambe. Antoine très gêné et devenu tout rouge prétexta d'avoir trop chaud pour changer de place et aller à l'opposé de la pièce près de la fenêtre. L'adolescente très envahissante continuait à le fixer avec un regard qui en disaient long sur ses intentions. Elle aurait aimé le coincer pour le dévorer tout cru, chose qu'elle avait l'intention de faire dès son retour au village pendant les vacances d'été. Petit Jean, en fin d'après-midi, raccompagna Antoine au lycée, sur sa mobylette sans que Antonia n'eût oublié de lui donner le reste des frappes qu'elle avait préparées dans un sac.

Hè l'arca d'iniquità

C'est l'arche de l'inégalité

Antoine, de retour à l'internat se perdait dans ses pensées. Il avait une conscience aiguë de cette différence perceptible du mode de vie et des rapports humains de mêmes personnes qu'elles soient à la ville ou au village.
À la ville, il existait une frontière palpable entre les classes populaires et celles plus favorisées. Cette démarcation d'un territoire coupé en deux, entre les quartiers résidentiels et le reste de l'agglomération était particulièrement marquée par la qualité des équipements publics et l'état des bâtiments. Cette inégalité flagrante n'existait pas dans les villages, quand bien même fussent-ils peuplés de riches et de pauvres dans des proportions identiques. Les deux catégories sociales avaient chacune à la ville leurs habitudes bien distinctes. Ce clivage se définissait par les lieux de fréquentation différents : les écoles, les commerces, les bars, y compris les plages. Les parents de petit Jean et Maryse et ceux de Paul-André, pourtant issus du même village et d'ailleurs un peu apparentés, ne pouvaient se rencontrer que de façon fortuite. En général dans un commerce ou

à l'occasion de condoléances.
Au village ces mêmes personnes se côtoyaient naturellement au quotidien. L'échelle des valeurs y étaient toute autre. Tout le monde rencontrait tout le monde et la proximité physique et permanente gommait la hiérarchie du rang social. Que cela soit dans le travail ou les activités de loisirs, il y avait une forme de familiarité, de partage et d'entraide. Une unité de lieu et d'action de toute la communauté, une mixité. Le rythme des offices religieux, des bals et des fêtes comme des disparitions et des deuils unissaient continuellement tous les habitants, femmes, hommes, jeunes et vieux, foyers riches et modestes. La hiérarchisation dans l'estime que l'on pouvait porter à une femme ou un homme au village se basait sur d'autres critères que celui du seul rang social, du pouvoir ou de l'argent. Les traits de caractère qui habitent les hommes, ainsi que leurs défauts et qualités, déterminaient réellement ce qu'ils étaient, jusqu'à bien souvent les affubler d'un surnom, une ombre qui les suivait comme leur double, leur seconde identité. « *U labrutu* » pour celui ayant des lèvres épaisses, « *u zoppu* » pour la personne claudicante et tout un tas d'attributs qui les caractérisaient. Cette observation comportementale dans le moindre détail décortiquant la vie, avec quelques fois des accents de dérision, pouvait aussi aller jusqu'à scruter la minutie des soins portés à un potager ou le rangement de la coupe du bois de chauffage. Les mères de famille gagnaient, au-delà de leurs qualités morales et la bonne éducation de leurs enfants, une renommée dans la tenue et la propreté de leur

maison, ou dans le savoir-faire d'une recette culinaire ou encore dans leur adresse à effectuer des travaux de broderie de bonne facture. Le respect d'une personne ancienne ou la compassion pour un malade étaient des vertus partagées par l'ensemble de ce corps social. Il y avait une forme d'interdiction à transgresser ces règles, de même qu'il était impossible d'échapper au devoir de l'entraide, du plus riche au plus nécessiteux comme du plus valide au plus faible, du plus jeune au plus vieux. Ainsi la qualité d'un individu était reconnue selon sa fiabilité, son sérieux, le respect d'une parole donnée comme sa constance dans le travail. Un jugement s'établissait davantage sur des appréciations en lien avec la personnalité propre de chacun, comptable de son passé de son présent, de sa valeur intrinsèque, de ce qu'il avait pu faire en bien ou en mal, y compris de la réputation bonne ou mauvaise de sa famille avec laquelle il finissait par se confondre. Cette réputation au centre des préoccupations et du regard de l'autre codifiait l'essentiel des rapports humains. Cette réputation qu'il fallait être en mesure de préserver pour soi comme pour les siens portait un nom : l'honneur ! Si à la ville le contrôle social effacé par l'anonymat était moins pesant, Antoine avait réellement conscience que l'absence d'un mode de vie solidaire mettait en danger, par l'éloignement de ses membres, cette société qui était aussi la sienne. Toutefois il reconnaissait que cette surveillance permanente dans les villages, en particulier pour les femmes pouvait devenir très vite un carcan. Il espérait malgré tout que le retour aux sources, même épisodique mais régulier vers l'intérieur, le temps des vacances d'été, pourrait amoindrir ce choc brutal du basculement dans ce nouveau monde urbain, ce monde au fonctionnement d'un modèle importé. Que ce retour rituel au village suffirait à préserver ce précieux lien des Corses avec leurs origines, ce qu'ils sont authentiquement et surtout ce qu'ils avaient toujours été. Il espérait aussi que ce changement n'altérerait pas totalement ce qui était le ciment de cette communauté : la proximité. Finalement cette proximité n'était-elle pas la vraie raison de ce sentiment d'appartenance à un groupe et ce groupe n'était-il pas lui-même renforcé par l'adhésion de ses membres à ses normes et ses valeurs ? En tout état de cause cette allégeance collective permettait à l'individu de s'identifier au groupe qui en retour ne pouvait pas le discriminer. Bien au contraire, le groupe par cette reconnaissance individuelle qu'il attribuait à la personne, renforçait son intégration. Au cours du temps, la somme de ces identités fortes corrélées à l'immuable de ses croyances et traditions, avait réussi à fonder une société homogène avec malgré tout le risque d'un rejet du pluralisme et le danger de l'ostracisation de personnes n'entrant pas dans le moule. La question était de savoir si la matrice pouvait être préservée et transférable du village à la ville. Il est vrai que l'Etat providence dans ses politiques sociales s'était donné pour mission de gommer la faiblesse des disparités individuelles par le système de redistribution et assurer une cohésion sur tout son territoire. Une égalité du citoyen où qu'il se trouve. C'était sans compter en Corse sur le développement galopant du littoral qui allait précipiter la désertification de la montagne et aller engendrer au-delà de la perte de sens, un nouveau mode de vie et de penser, qui lui se propagerait comme une contamination à l'ensemble de l'île, accompagné d'un faux sentiment d'émancipation. Cette illusoire liberté de mœurs encouragée par la consommation de tout et n'importe quoi, n'importe où et n'importe quand. Si demain ce corps social reconstitué devait faire front face à une catastrophe d'envergure pourrait-il trouver les ressources nécessaires en l'absence de ce qui fût longtemps son essence, l'empathie et la solidarité ?

Per esse piaciutu da e donne, bisogna à ludalle
Pour plaire aux femmes, il faut les louer

Le frère d'Ignazu, César, naviguait. Après avoir parcouru toutes les mers, la compagnie maritime l'affecta sur la ligne desservant la Corse. Quand il débarquait, il faisait une visite à la famille de son frère et ramenait des cadeaux aux enfants. Antonia le gardait pour déjeuner. Ignazu, très pris par ses activités au bar, les enfants à l'école, César se retrouvait le plus souvent en tête-à-tête avec Antonia. Il avait toujours eu un faible pour les formes opulentes et bien prononcées et ce côté dynamique et besogneux qui caractérisait sa belle-sœur. César, au village où l'on épiait les allées venues dans les maisons de chacun, n'aurait jamais osé s'attarder seul dans la maison avec la femme de son frère. Vis-à-vis de ce que l'on pouvait dire ou même penser, la moindre idée déplacée, pas plus qu'une une attitude équivoque ne l'aurait effleuré. Mais là, le contexte était différent. De plus Antonia avait un côté ressemblant à ces femmes à qui il rendait visite les soirées de bringue en compagnie d'autres marins, quand son bateau faisait escale dans les ports de l'Empirecolonial. Antonia n'avait plus, depuis longtemps, de rapports amoureux avec son mari. Elle ne supportait plus son haleine, ce mélange de goût d'alcool et de tabac froid. D'ailleurs, Ignazu s'écroulait de sommeil et à peine touché le lit, il s'endormait la bouche ouverte en un rien de temps. Ses ronflements insupportables l'obligeaient à aller dormir dans le lit de sa fille ou sur le canapé. Antonia, ayant résisté un moment aux avances insistantes, repoussant les mains baladeuses de son beau-frère, elle finit par lui céder un après-midi après le repas. César l'avait coincé contre le lourd buffet de la cuisine, une main lui pressant sa grosse poitrine, un doigt de l'autre enfoncé entre les fesses, tout en lui mordant le cou. Antonia trouva dans l'étreinte vigoureuse de César une virilité qui lui était étrangère. Elle se sentit redevenir une femme et s'abandonna à lui. Dans des relations sexuelles torrides, très vite elle fit preuve d'initiative. Elle commanda même par l'intermédiaire de l'une de ses cousines, des dessous noirs suggestifs qui ressemblaient à ceux qu'elle avait vu en feuilletant les magazines chez son coiffeur. César découvrait chez Antonia un appétit vorace aussi débordant que sa généreuse poitrine et ses fesses voluptueuses. Leurs étreintes animales durant les siestes de l'après-midi procuraient à César un plaisir qu'il n'avait guère connu avec les femmes des ports qui fallait payer pour des suppléments et qui, avec Antonia lui étaient offerts à satiété. Après leur accouplement sauvage, Antonia rassasiée de plaisir et encore toute inondée de sueur, posait un instant sa tête sur le torse nu de son amant. César lui racontait ses voyages dans des pays exotiques. Antonia en écoutant ces belles histoires de l'autre bout du monde caressait le bras musclé de son matelot sur lequel était gravé le tatouage d'une encre bleue et qui accréditait à lui seul l'authenticité de ses aventures. César lui avait ouvert la porte de la jouissance la drapant dans l'extase du plaisir avec tous les préliminaires libidineux qu'elle n'avait jamais connus, pas plus avec son mari, qu'avec le capitaine au village qui la prenait contre la table en bois de la cuisine. Ce vieux vicieux de militaire excité par la vue d'Antonia en train de frotter le sol à quatre pattes dans la cuisine, dégrafait la braguette de son pantalon, puis soulevant brutalement la jupe d'Antonia, assouvissait sa pulsion lubrique en l'espace de quelques secondes. Quant à son mari, Ignazu, elle avait fui avec, à peine âgée de seize ans, pour échapper à sa condition de fille d'une famille modeste d'émigrés italiens. De cette courte escapade, elle revint enceinte de petit Jean. Antonia à cette époque était mineure et il fallut une dispense pour les marier.

Depuis longtemps, ses rapports intimes avec son mari s'étaient éteints, grâce à César ils reprenaient vigueur et une tout autre tournure. Elle se trouvait jusqu'à une ressemblance avec ces jeunes femmes dont son beau marin savait décrire en détail, les prouesses sexuelles dans un langage cru. Antonia fantasmait d'une vocation tardive de cabouleuse, qui pour elle aurait pu être un si beau métier et dans lequel à n'en pas douter, elle aurait pu exceller avec talent, et jouir d'une vie bien plus existante que la sienne.

Petit Jean, un jeudi après-midi en sortant du cinéma, annonça à Antoine, non sans une certaine gêne, que sa mère Antonia attendait un enfant. Le dimanche précédant le 15 août de l'année suivante, Marie Clémence fut baptisée par le vieux curé du village. Les frappes ne manquaient pas et Ignazu su apprécier le vin muscat comme il se devait en chantant *Tragulinu*, son air préféré dont il avait oublié la moitié des paroles et estropiait celles qu'il avait retenu. Antoine ce jour-là et maintenant jeune homme, parrain de Marie Clémence avait fait le serment à son ami petit Jean, de s'occuper de sa filleule quoi qu'il arrive. La marraine providentielle était Marthe, la fille de Paul Jo dont Max avait la charge.

Antoine après une courte sieste pris une douche rapide. Il décida de raser sa barbe naissante de quelques jours. Les cheveux maintenant grisonnants lui donnaient de l'allure. Le teint bronzé d'un homme qui vit au grand air, il s'observait dans le miroir. Tout en prenant soin de sa peau en s'appliquant une crème, il scrutait l'apparition de rides qui sous les yeux commençaient à creuser son visage et dessinaient ses traits réguliers. Le torse nu, sa musculature restait intacte mais un petit ventre qui commençait à pointer trahissait quelque peu son âge. Malgré ça, Antoine se sentait encore plein de vitalité et une santé de fer le préservait de tous les maux courants de l'hiver. La vie au grand air qu'il menait et son métier l'obligeait à faire des exercices physiques constants. Il était inutile, se disait-il, de courir le long des routes en pensant, non sans un brin d'ironie, aux adeptes nombreux de ce sport, selon lui ridicule et, qui cherchent à se prémunir d'une vieillesse inexorable : le complexe des divorcés tentant de préserver leurs chances de séduire sous le diktat d'une mode. Du genre sportif cultivé, aimant les voyages et la musique, à la recherche d'une âme sœur, ces qualités descriptives indispensables telles qu'ils les faisaient paraitre sur les annonces de sites de rencontre suivi de l'expression devenue la règle « *voire plus si affinités.* » Le « *voir plus* » étant bien entendu la vraie raison et les affinités le prétexte !

Antoine n'avait pas vu passer la vie. Il lui arrivait de plonger dans les moments de son d'enfance et de sa jeunesse, comme si l'accumulation de tous ces événements passés datait d'hier et était à la fois d'une autre époque, d'un autre monde. Il avait su mener une existence telle qu'il l'avait choisie et conforme à ce qu'il était, se nourrissant depuis toujours de bonheurs simples. Et à la simple vue du lever du jour sur les montagnes dans une débauche de couleurs luxuriantes, d'un ciel changeant de lumières, la richesse exubérante de la campagne chargée des senteurs suaves du maquis, la musique douce et roucoulante de l'eau dans les torrents, celle du souffle du vent faisant frissonner les feuilles à la cime des arbres, le gazouillement des oiseaux chantant à tue-tête, cette symphonie inépuisable d'une aquarelle vivante lui procuraient le sentiment d'un plaisir sensuel et permanent de l'aube au crépuscule. Antoine prenait le temps de vivre au rythme des saisons, du jour et de la nuit tout en appréciant cette générosité dont il savait jouir. A cette manne céleste et quotidienne que lui offrait la nature, saupoudrée d'épices colorées, venaient s'ajouter la magie de ses lectures qui lui embaumaient l'esprit et le transportaient dans des contrées proches et lointaines, celles d'un imaginaire fertile et nourricier. Il côtoyait les écritures de ses compagnons les plus fidèles, qu'ils s'appellent Socrate, Platon ou Aristote. Son comportement d'une apparente lenteur ne le freinait pas dans sa détermination. Antoine parlait tout aussi lentement qu'il se déplaçait à la manière d'un sage, mais ne gaspillait jamais un mot, en évitant soigneusement de se perdre dans des propos inutiles ou des phrases alambiquées. Ses gestes étaient semblables à ses paroles, fermes et précis. Il puisait dans cette mère nature une grande sérénité. Son calme rassurant lui donnait la faculté de transmettre à ceux qui l'approchaient, le rayonnement d'un homme qui possède une force tranquille et évite de se perdre dans la vacuité. Après s'être parfumé en tapotant avec la paume de ses mains ses joues, il enfila promptement un jean et une chemise blanche. Aujourd'hui il avait décidé de répondre au profond souhait de sa mère, il l'accompagnerait à la messe du 15 août. Peut-être, se disait-il, irai-je ce soir au bal et retrouver ainsi mes amis, petit Jean et Paul-André, pour passer un moment agréable avec eux. Mais Antoine s'était fixé une heure raisonnable pour rentrer. Le lendemain il monterait rendre visite à ses chèvres qu'il avait fait transhumer au début de l'été sur les cimesenherbées de la montagne, jusqu'au moment de les ramener dès l'apparition des premières pluies dans la vallée. L'ascension nécessitait trois bonnes heures de marche, il s'agissait de se lever tôt pour partir avant que le soleil ne soit trop haut et trop brûlant.

Danari è fede
Hè più pocu ch'omu crede
Les deniers et la foi
sont plus rares que l'homme croit

À la messe, presque tout le village était présent. Marie s'était assise sur un banc au milieu de la chorale, dans la chapelle dédiée à la Vierge, décorée de nombreux bouquets de fleurs blanches. La chorale était composée exclusivement de femmes d'un âge déjà avancé. Les membres de la confrérie, pour la plupart étaient des hommes jeunes et se tenaient debout dans le chœur en demi-cercle derrière le prêtre, lui-même face à l'hôtel et assisté du diacre. Depuis quelques années la Corse avait renoué avec les rites religieux du passé. Un engouement certain de jeunes pour les chants polyphoniques, s'était ancré dans le paysage de ces milieux traditionalistes le plus souvent « gouroutisés » par un maître de chant se prétendant militant culturel du « *Riacquistu.* », de la réappropriation. Vêtus d'une tunique sombre, l'habit austère cérémonial conférait alors aux membres un air grave et sérieux de circonstance. Le prêtre avait comme lourde charge de gérer subtilement et avec diplomatie le programme des chants sacrés, selon le rituel, en évitant la zizanie entre les deux formations : la chorale des vieilles bigotes et la confrérie. Cette rivalité n'existait que les jours de grande messe, en général la confrérie présente pour l'événement volait la vedette à la chorale du dimanche et pour le plus grand plaisir des vacanciers en short et sandales, qui allaient pouvoir assister enfin, à un concert gratuit de chants polyphoniques corses. Dans leur tenue presque outrancière, offusquant néanmoins l'assistance, ces touristes de passage allaient avoir ce privilège de plonger dans ce qui pour eux était une Corse profonde, exhumée du Moyen-âge : quel merveilleux et authentique souvenir !

Cette ferveur des participants, ne durerait que le temps de la messe et peut être de la procession. Quant aux dimanches ordinaires, le diacre officiait souvent seul devant un parterre maigrelet d'une douzaine au plus de paroissiens, mais tout de même accompagné des fidèles dames de la chorale. Les confrères préférant aller à la chasse ou au café chez Dédé, ou vaquer à d'autres occupations. Antoine se tenait stoïquement debout au fond de l'église archi-pleine et trop petite pour accueillir tout le monde. Il prêtait ostensiblement l'oreille à ce qui se passait, en espérant au fond de lui que la cérémonie ne s'éterniserait pas. Le prêtre profitait de cette foule occasionnelle pour prolonger son homélie, tout autant que les confrères qui, heureux de se produire devant une assistance aussi nombreuse, étiraient l'intonation des *lamenti* en longueur. Le kyrie comme le le sanctus n'en

finissaient plus. Antoine dans sa pensée philosophique s'était toujours posé des questions sur l'existence d'un Dieu. Il était très critique sur les pratiques religieuses. De par ses connaissances approfondies de l'histoire, il avait conclu de toute évidence que les religions n'avaient fait que servir le pouvoir des hommes. Elles avaient davantage asservi les croyants plus qu'elles ne les avaient libérés, au cours de l'histoire elles les avaient plus divisés que réconciliés. Les hommes avaient abusé de la crédulité de leurs semblables en leur faisant croire à l'inviolabilité d'une parole divine, au nom de laquelle ils prétendaient agir au nom d'un Tout-Puissant. Pour ce qu'Antoine en pensât, le comportement de l'église chrétienne avait été durant des siècles, en opposition manifeste avec les prêches de ceux qui les dispensaient. Les chrétiens avaient trahi consciemment ce message d'amour et de bonté infinie d'un Christ dont ils se réclamaient. Les régnants, durant des siècles avec la complicité active des ecclésiastiques, s'étaient auto proclamés les descendants de Dieu. Leurs décisions ne pouvaient être que justes, tout manquement de leurs sujets aux règles méritait un châtiment !
Ainsi pendant des siècles au nom de l'Église et pour asseoir le pouvoir de ces rois tyranniques, des injustices et des massacres furent perpétrés.

Antoine observait silencieusement ce public recueilli aux multiples visages, uni provisoirement dans une forme de piété dévote. Le *Dio vi salvi Regina* entonné par les deux groupes de chants et l'ensemble de l'assistance sous la direction du curé clôturait enfin cet instant solennel. La procession plus récréative allait pouvoir démarrer.

Fichi, noci è sermoni,
Dopu Pasqua ùn sò più boni
Les figues, les noix et les sermons
passé les pâques ne sont plus bons

Le prêtre après avoir ôté sa lourde chasuble d'apparat à la sacristie, toujours assisté du diacre, enfilait une aube blanche plus légère, non sans avoir au préalable encensé puis béni la Vierge immaculée. La statue en plâtre bleu, constellée d'étoiles dorées, objet de toutes les vénérations et descendue de son piédestal, fût harnachée sur la chasse. Puis elle devait être hissée en un court instant par de longs bras en bois traversant le plateau, sur les épaules d'hommes costauds et volontaires. Le prêtre avec le diacre se positionnait en tête pour ouvrir la marche, la confrérie à l'arrière continuait à chanter un *Evviva Maria* répétitif et lancinant qui durerait tout le long du parcours. Suivirent les dames de la chorale, chapelet à la main, marmonnant à voix basse des « *Je vous salue Marie pleine de grâce...* » Le cortège de femmes, d'hommes et d'enfants s'étirait lentement dans la ruelle, pour suivre le trajet habituel jusqu'au dernier virage situé tout en haut du village. Puis, il contournerait la croix pour redescendre vers

l'église. Les hommes en charge de porter la divinité se relayaient pour cet effort pesant. Des gouttes de sueur perlaient sur leur front écarlate, rougi par la chaleur harassante d'un soleil sans pitié. De grosses auréoles de transpiration sous leurs aisselles mouillaient leur chemise fraîchement repassée. La mâchoire serrée, ils ouvraient la bouche avec une mimique pour reprendre leur souffle par petites bouffées. C'était le prix à payer en faisant pénitence, pour implorer le pardon de l'on ne sait quel péché. La charge vacillait dans un balancement de droite à gauche donnant l'impression que la Sainte risquait à tout moment de basculer de son socle mouvant et se briser au sol en mille morceaux. Un brouhaha de conversations diverses émanait de cette foule désordonnée, suivant ostensiblement à pas lents la statue. Des sujets aussi variés, allant de la bredouille de l'ouverture du matin à l'organisation du bal prévu en soirée ou du transfert de la dernière recrue du club de foot occupaient des discussions bruyantes et pas très spirituelles. Après avoir serpenté les ruelles du village, la Sainte suivie de son cortège, regagna l'église et la foule se dispersa.
Antoine de retour à la maison avait été taraudé par ce que lui avait dit petit Jean lors de sa visite furtive de l'après-midi. Il connaissait le parcours chaotique de son ami d'enfance, du petit paysan qui chapardait dans les vergers des cerises, à celui de petit loubard citadin, ayant transformé les petits larcins de campagne en vol de mobylette à la ville. Petit Jean avait à cette époque troqué son look de garçonnet du village pour se vêtir en parfait banlieusard. Ce don spontané du mimétisme

avait été aussi rapide qu´impressionnant. De sa coupe de cheveux en brosse à celle longue et effilée dans le cou, il y avait ajouté le port d'un blouson serré et de bottines en cuir, ainsi qu'une petite boucle à l'oreille. Dans une progression rapide comme normale, il était allègrement passé du vol de motos à celui de voitures. Ce qui l'avait conduit directement à la case prison au grand désespoir de sa mère, Ignazu ayant trouvé une raison supplémmentaire pour s'adonner encore plus à la boisson. Heureusement que le cousin Marcellu, par le biais de ses relations politiques, était intervenu et avait réussi à obtenir du juge, une peine promulguée en travaux d'intérêt général. Mais ces deux mois passés dans cet univers carcéral lui avaient suffi pour lier de nouvelles relations peu recommandables. Dans cette école du crime, le contact de voyous aguerris le fit progresser dans ce monde trouble. Il est difficile de revenir en arrière quand on a emprunté ce mauvais chemin. Petit Jean quelque temps après sa libération, pour une raison inconnue, était remonté au village. Il avait prétexté à Antoine qu'il devait se mettre au vert, prendre des distances. Un matin à la première heure, deux fourgons de gendarmerie s'étaient garés furtivement en bas du hameau, une douzaine de militaires en armes, équipés de gilets pare-balles sautèrent en un rien de temps des véhicules, pour fracasser la porte d'entrée en bois à double battant de la maison familiale et en ressortir avec petit Jean menottes aux poignets. C'était l'hiver et cette interpellation rapide autant que brutale avait troublé la quiétude du village. Il est vrai qu'en cette saison il ne se passait jamais rien ou presque. Cette fois ci, Petit Jean était impliqué dans le braquage d'une agence postale qui avait eu lieu dans la station balnéaire durant l'été. Dans cette escalade, petit Jean avait franchi un pas irrémédiable. Il serait jugé aux assises. Lors du procès la salle du tribunal était pleine, les trois familles des prévenus étaient présentes, soutenues par les parents et amis de leur village respectif.

Cu dinari è amizia
Si torci u nasu à a ghjustizia
Avec de l'argent et des relations, on peut tordre le nez à la justice

Antonia, son mari et Maryse attendaient avec angoisse sur un banc au milieu du public l'apparition de petit Jean. Antonia, pour la circonstance, avait confié Marie Clémence à la voisine, le temps du procès. Antonia ne dormait plus depuis l'arrestation de son fils, n'ayant jamais eu le courage d'aller le voir au parloir de la prison durant l'année et demie de préventive nécessaire à l'instruction. Elle attendait avec beaucoup de fébrilité son apparition. Ignazu avait mis un costume gris à larges rayures ; il subissait une épreuve qui malgré son état d'ébriété quasi permanent, lui avait fait prendre conscience de la gravité du moment et lui faisait regretter de s'être laissé convaincre un jour par sa femme, de devoir quitter le village pour s'établir à la ville. Paradoxalement, les clients du bar, y compris les patrons, lui portaient du respect comme jamais auparavant. Une sonnerie grésillante annonça l'entrée de la cour. Quand les magistrats pénétrèrent, un silence froid et pesant s'établit dans la salle du tribunal. Maryse quant à elle regardait dans tous les sens et adressait de grands sourires aux hommes qui la regardaient. Sa tenue incongrue, pour le moins provocante autant qu'inappropriée lui permettait d'attirer l'attention de nombreuses personnes. Les avocats parlaient entre eux essayant de régler au mieux et jusqu'au dernier moment, leurs interventions respectives, sachant pertinemment que leurs plaidoiries seraient compliquées. De nombreuses preuves portées au dossier d´instruction confondaient de manière irréfutable les trois accusés. L'avocat de Petit Jean, jouissait d'une réputation de ténor du barreau. Max, ayant appris les faits et suivant l'affaire de près, l'avait directement contacté pour qu'il assure la défense de petit Jean. Il prit à sa charge, par solidarité envers la famille, les honoraires pourtant très élevés compte tenu de la notoriété du défenseur. L'avocat était de forte corpulence, sa poitrine lui donnait l'allure d'un baryton d'opéra. Sa simple présence imposait le respect et ses confrères vinrent le congratuler tour à tour comme s'il s'agissait d'une star. Sans jamais être outrancier envers les magistrats, il était connu pour sa rhétorique de même que pour la connaissance pointue du droit qu'il savait utiliser avec une habilité et une finesse prodigieuse. En appuyant de sa voix de stentor, à chacune de ses interventions, il décrochait des arguments tout aussi convaincants qu'imparables. Les débats risquaient d'être houleux et la Cour tremblait déjà. Les juges ayant peur du ridicule dont la presse pourrait se faire l'écho, savaient à l'avance que la partie risquait pour eux d'être difficile, que malgré la qualité de l'instruction confondant les prévenus, le défenseur de l'un d'entre eux leur mènerait, durant ce procès, un combat sans merci.

La voix aigrelette du président se fit entendre, « *silence dans la salle !* » Les trois accusés entourés de gendarmes dans la cage de verre, un peu abasourdis cherchaient dans la foule un parent, un ami, un proche. Petit Jean réussit à croiser le regard de sa mère. Il lui sourit timidement, un peu pour la rassurer, un peu pour lui signifier qu'il était content de la voir. Antonia tremblotante ne sentait plus ses jambes, elle se cramponnait à Ignazu et déglutissait sa salive péniblement, avec ce sentiment confus d´une joie particulière d'entrevoir enfin son fils et celui d'une tristesse infinie de ne pas pouvoir l'approcher, le prendre et le serrer contre elle. Son petit qu'elle aimait tant, c'était sa chair, peu importe ce qu'il avait fait, ce dont on l'accusait, elle l'aimait et l'aimerait quoi qu'il arrive. Ignazu dépassé par la situation éprouvait de la honte. Malgré ses origines modestes, il avait toujours travaillé honnêtement et avait espéré pour ses enfants une vie sans histoire. Maintenant il se sentait terriblement coupable de ne pas avoir été suffisamment présent, de ne pas avoir été suffisamment attentif, de ne pas avoir évité à son fils cette mauvaise trajectoire. Aujourd'hui c'est lui qui baissait la tête. Il avait envie de pleurer, de demander pardon à Dieu, demander l'aide de saint Antoine, le saint patron de son village. Il faisait tournoyer dans ses doigts le petit pain béni tout au fond de sa poche qui ne le quittait jamais et qui l'avait toujours accompagné sur tous ses chemins. Il conservait ce porte bonheur comme une relique. C'était promis, juré, il ferait, si Jean Jean s'en tirait, la procession le treize juin jusqu'à la petite chapelle éponyme perchée tout en haut de la montagne le jour de la fête du saint. A qui d'autre pouvait-il confier son chagrin et ses fautes, qui pourrait réellement l'aider à retrouver, à défaut d'un objet perdu ou de la grâce et de la vertu, l'essentiel, celui du sens dans sa vie ? Ignazu le *Tragulinu*, L'ambulant s'était égaré, enfoncé depuis longtemps dans l'insouciance, et l'alcool restait son seul ami. Cet ami redoutable et compagnon de route qui depuis fort longtemps lui avait rongé le cerveau et l'avait éloigné de toute conscience. Cette altérité l'avait conduit jusqu'à oublier ses proches. Au premier rang desquels se trouvait sa femme Antonia qu'il avait trop longtemps négligée, puis ses enfants qu'il regardait sans les voir, comme dans une forme de vie trouble et parallèle. Il n'était plus qu'un somnambule confondant le rêve et la réalité, avec cette sensation d'un être qui flotte, qui a tout perdu et dont le seul et dernier repère est le comptoir du bar de son quartier. Le Président du tribunal frappa d'un coup sec du maillet sur le bois de sa chaire et fit sursauter Ignazu perdu dans ses pensées nébuleuses. Le brouhaha de l'assistance diminua pour faire place à un silence lourd et pesant. Ce silence réclamé par le juge indiquant à l'assistance que la situation est grave et qu'il signifie à chacun que la partie finie, le couperet de la justice tombera de manière impitoyable, que la société bien-pensante réclamera réparation, que cette société a le devoir d'élaguer les branches pourries qui sont les siennes, qu'elle n'a pas le choix si elle veut préserver la plante vive et purgée de tout parasite. Pour ce rendez-vous elle était là, dans ses différentes composantes, convoquée devant cette justice qui pouvait la soulager de tous ses maux, toutes ses turpitudes, toutes ses imperfections et Dieu sait qu'elles sont nombreuses. A cette occasion elle avait surtout l'avantage de pouvoir expier ses propres fautes, son égoïsme et les travers de tous ses enfants sur la tête de quelques individus qu'elle n'avait pas su éduquer correctement. Cette responsabilité collective évitait à chacun de faire son propre examen de conscience et rejetait le mal sur quelques têtes désignées pour remplir ce rôle. La formule « *Mis hors d'état de nuire* » n'était que d'une portée provisoire, la prison n'était pas le remède, les causes étaient bien plus profondes, leur mécanisme bien plus complexe. La justice n'était pas la dernière étape d'un processus mais le plus souvent l'aveu d'une société qui échoue dans l'éducation de ses enfants. C'est ce que pensait le Président du tribunal derrière ses petits lorgnons sur le bout de son nez. Le magistrat, depuis qu'il était en poste sur l'île, faisait ce constat quotidien, à travers ses fonctions, de cette maladie sociétale en Corse qui malgré une population faible affichait un nombre alarmant de délits graves. Cette violence en dent de scie ressurgissait avec constance et paradoxalement une demande de justice de ses habitants était tout aussi proportionnelle. Quel que soit le taux d'élucidation, quelle que soit la sévérité des condamnations ou la clémence des rendus, ce juge avait compris que l'institution qu'il présidait ne pouvait pas juguler cette déliquescence, que le mal était bien ancré et qu'il fallait réellement s'attaquer à ses racines. Son expérience et sa sagesse l'avait conduit à une forme de retenue. Certes, il était là pour mener des débats, éclairer les jurés, mais il concevait son rôle avant tout dans une action morale persuasive envers les justiciables. Elle consistait aussi à essayer de faire comprendre aux auteurs de délits qu'en commettant des fautes, une fois la dette payée, il était toujours temps pour eux de saisir la chance de vivre autrement, honnêtement. Que malgré cette parenthèse qui pouvait les éloigner un instant, ils auraient un jour la possibilité de se réinsérer dans le corps social pour le bien de leur famille d'abord, de leurs femmes, de leurs parents, de leurs enfants. Connaissant bien l'île pour être venu en vacances durant toute sa jeunesse chez ses cousins, il avait vu muer cette population agro-pastorale vers un changement profond et brutal d'un autre type de vie. Il connaissait cette proximité qui faisait que dans les villages tout le monde connaissait tout le monde, que les risques de porosité étaient omniprésents. La population savait avant la police, qui pouvait être l'auteur d'un crime en supposant les raisons, justifiant bien souvent le meurtre par une logique fataliste d'un mal imparable, l'arme des tout-puissants du moment qui inspirent ce mélange de crainte et d'admiration. C'est dans cet état d'esprit généralisé que beaucoup de jeunes gens cherchaient à s'identifier aux plus radicaux qui leur servaient d'exemple et bien souvent de guide, préférant endosser les habits du loup, plutôt que ceux de l'agneau. Ces jeunes en quête de reconnaissance, au confluent d'une dualité entre deux pôles : celui d'une image nostalgique ancestrale et celle d'une vie facile et artificielle, garnie des paillettes du littoral, pouvaient faire le mauvais choix dans ce qu'ils voyaient comme une réussite et l'affirmation d'une sorte de virilité.

Cette irrationalité sous-jacente presque schizophrénique du bien et du mal, Antoine la percevait avec acuité. Sa famille, son éducation, tout autant que ses lectures avaient réussi à le préserver de ces dangers et probablement à préserver aussi sa vision utopique de la Corse. Antoine s'était mis au fond de la salle, non sans une grande appréhension de ce que serait la suite pour petit Jean et pour lequel il redoutait une peine trop sévère qui l'éloignerait définitivement d'une vie normale et ordinaire, une vie simple et saine. Le procès dura toute la semaine, Max avait pesé de tout son poids pour que des témoins de dernière minute soient entendus et changent la donne. On aurait presque pu croire à l'innocence des trois braqueurs, mais l'ADN et le traçage de leur téléphone portable les avaient trahis. Max très avisé à ce genre d'exercice savait par expérience qu'une des solutions pour inverser le cours du procès était de faire pression ou d'acheter les jurés. Il s'y employa avec habileté. En cas du succès de son opération, il gagnerait à vie la reconnaissance de ces gangsters en herbe et pourrait les utiliser, s'ils étaient fiables et avaient du cran, pour de nombreuses tâches voire plus tard de basses besognes. Au-delà du business, il gagnerait en prestige. Les familles des prévenus feraient de Max l'icône du canton, le tout-puissant après Dieu que l'on hisse à rang supérieur de celui d'un député et que l'on se doit de respecter.

L'avocat de petit Jean, très actif durant les débats fit vaciller les témoins à charge. Tétanisés à chacune de leurs auditions, ils s'empêtraient de plus en plus dans leurs réponses face à l'avocat retord qui ne cessait de pointer des contradictions. La thèse de la culpabilité semblait de plus en plus dans leurs réponses face à l'avocat retord qui ne cessait de pointer des contradictions. La thèse de la culpabilité semblait de plus en plus improbable. Néanmoins, le procureur resta impassible et requerra dans une diatribe cinglante des peines de prison les plus sévères prévues par le code pénal pour ce type de délits.
L'avocat de petit Jean, lors des plaidoiries, fut brillant de par son éloquence et ses démonstrations. La clarté de sa voix grave, son assurance, sa force de persuasion aurait pu convaincre l'assistance que le diable en personne est un saint que l'on accuse injustement. Charmées par les envolées lyriques du plaignant, les familles des trois jeunes hommes finissaient par être convaincues que leurs rejetons étaient davantage victimes que coupables. Quand l'avocat eut terminé, un tonnerre d'applaudissements couvrit la voix du Président, qui, menaçant de suspendre le procès, eut le plus grand mal à rétablir le

calme dans la salle.
Après un délibéré tant redouté qu'attendu la sentence tomba. Petit Jean comme les deux prévenus furent condamnés à trois ans de prison ferme. Compte tenu des deux années de préventive et une remise de peine pour bonne conduite, et en raison de la surpopulation carcérale, pas de doute qu'ils seraient libres dans très peu de temps. Antonia et Ignazu, de même que les autres familles, accueillirent le jugement comme un immense soulagement. Antoine aussi, mais il resta circonspect. Son ami petit Jean, celui d'une enfance naïve et joyeuse, celui avec qui il avait partagé cette joie de vivre innocente au village, avait pris définitivement le chemin de la voyoucratie. Pour certains, il avait accédé à une forme d'honorabilité au prix cher payé d'une incarcération et peut-être demain celui du malheur et du sang. Des années s'étaient écoulées depuis cet épisode, petit Jean poursuivait sa trajectoire, baignant dans ce monde trouble et contagieux du banditisme. Pour autant et comme tous, il restait attaché à certaines habitudes ponctuées par les évènements marquants du village : à la fête Patronale, celle des morts à la Toussaint et plus particulièrement à la journée du 15 août clôturée par le bal.

Si manghja è si beie
E alegria si sta
On mange et boit
et le bonheur est présent

Dans la cour en tuf de l'ancienne école désaffectée, des chaises en plastique étaient disposées autour de tables dressées sur des tréteaux et faisant face à une scène construite hâtivement avec des palettes et sur lesquelles étaient clouées des feuilles de contreplaqué. Contre le mur d'enceinte surmonté d'un grillage rouillé, un très long comptoir avait été dressé, derrière lequel des jeunes gens très actifs ouvraient des cartons de boissons, pour la plupart de bouteilles d'alcool, qu'ils s'empressaient aussitôt de plonger, pour les rafraîchir, dans de grandes poubelles en plastique remplies de glaçons. Une dalle en ciment décolorée et ayant eu autrefois la fonction d'un espace sportif pour les écoliers était au-devant de la scène et servirait ce soir de piste de danse. Le Comité des fêtes avait bien fait les choses et les organisateurs s'affairaient encore à ramener ici et là quelques chaises supplémentaires. Ils avaient installé sono et micro ainsi que des guirlandes d'ampoules multicolores attachées sommairement aux branches des platanes. Le programme de la soirée était très étoffé de façon à ce qu'il y en ait pour tous les goûts. D'abord était prévu un groupe de chanteurs corses de la micro-région, puis l'animateur avait pour consigne d'enchaîner avec les tangos, valses et pasodobles, en évitant si possible la danse du canard ou celle du tapis plus propice aux mariages et un peu démodées. Dans la deuxième partie, le DJ devait continuer sur du disco et des chansons des années 80 pour prolonger sa prestation plus tard dans la nuit avec de l'électro. La cour se remplissait petit à petit, toutes les générations étaient présentes. Des enfants couraient dans tous les sens et soulevaient un nuage de poussière. Tandis que les plus anciens se regroupaient aux tables par affinité, le plus souvent en famille de trois voire quatre générations. Au fur et à mesure de l'affluence, les gens se croisaient et s'embrassaient, heureux de se retrouver, pour ce moment culminant de l'été. Profitant ainsi de ces rencontres furtives pour demander des nouvelles de ceux qui vivaient à la ville ou sur le continent et qui ne pouvaient être présents ce soir-là. En règle générale on étalait les problèmes de santé de la vieille tante ou du grand-père grabataire qui n'avaient pu, pour ces bonnes raisons, participer à la fête. Le plus souvent la conclusion de ces conversations éphémères se ponctuait par un « *abbraccialu per mè* », formule de circonstance et significative des liens qui s'étiolaient au fil du temps. De toute façon la musique exagérément bruyante dans cette cacophonie joyeuse mettait un terme à ces conversations trop courtes pour

avoir pu permettre de rétablir un véritable échange entre ces personnes. Autrefois elles étaient rattachées par une parenté incontournable et souvent une estime réciproque. Ils avaient, pour les plus anciens, partagé jadis tant de choses, dans ce que fut cette vie modeste et solidaire. Aujourd'hui tout juste s'ils se reconnaissaient. Mais ce soir-là ils étaient encore présents, ensembles pour la fête de leur village. Dans ce moment, ils éprouvaient ce sentiment de faire partie intégrante d'une communauté. Ce plaisir partagé une dernière fois avant que la plupart ne regagnent leurs lieux de vie, loin du village. Quelques vieux qui résident à l'année resteraient pour l'hiver, les gardiens du temple...
Tandis que les jeunes commençaient à s'agglutiner au comptoir, Antoine à peine arrivé se dirigea vers la table où se trouvait déjà Paul-André, petit Jean ainsi que Camille.

Dès que Camille vit apparaître Antoine, il se leva avec un large sourire radieux, ouvrant grand les bras, il l'embrassa, le serrant fort contre lui. Cette démonstration d'affection pour quelqu'un de très réservé témoignait de la sincérité amicale qu'il éprouvait pour Antoine.
Camille était toujours aussi mince, les cheveux en brosse, les tempes grisonnantes et rasées de près, le visage aux traits fins aux couleurs halées de l'été faisait ressortir son regard droit et franc. Habillé de manière classique, une chemise stricte d'un bleu ciel, les manches longues retroussées, il ne portait pas la cravate que lui imposait sa fonction quand il était en exercice.

Camille était secrétaire général d'une importante préfecture dans le nord de la France. Major de sa promotion à l'ENA, il avait successivement occupé des postes à hautes responsabilités dans différents ministères. Il serait naturellement tôt ou tard nommé préfet. Personne tout aussi discrète que respectueuse, Antoine pensait de lui qu'il ne pouvait être qu'un bon serviteur de l'État, avec en plus cette faculté peu commune pour un fonctionnaire de ce rang de faire preuve d'humilité et de compétence. Camille avait toujours eu cette capacité d'analyse et de synthèse qui lui permettait de trancher rapidement dans des situations complexes. Faisant preuve de clairvoyance, il était capable de prendre les bonnes décisions, sans oublier que l'administration était au service de la République et du citoyen et non son contraire. Il redonnait aux yeux d'Antoine un peu de prestige à cette caste de hauts fonctionnaires dont les représentants en Corse, qui s'étaient succédés, n'avaient pas toujours brillé. Pire encore, bon nombre d'entre eux, formatés à l'extrême, débarquaient sur l'île empreint d'arrogance et de préjugés faisant l'amalgame entre tous les habitants, qu'ils soient nationalistes, élus locaux, voyous ou honnêtes gens... Du moment qu'ils étaient Corses, ils étaient forcément différents... Ce manque criant de discernement les conduisait régulièrement droit à l'échec dans ce qui pour certains était une mission civilisatrice et régalienne du rétablissement du droit, jusqu'à parfois suspecter leurs collaborateurs insulaires de complicités avec la population voire de possibles corruptions. Pour assurer une impartialité et lutter contre cette porosité, il était donc logique de s'appuyer sur des chefs de service continentaux plus fiables et si possible zélés. De toute manière la Corse était une sorte de purgatoire et il n'y avait pas foule au portillon pour occuper les postes vacants et ce n'était pas les premiers de la classe que l'on envoyait sur l'île. En acceptant ces fonctions à risques, une sorte de carotte, ils pourraient prétendre par la suite à une promotion inespérée. Après tout, le plus important était une bonne gestion de leur carrière et si une situation semblait trop délicate, ils pourraient au bout d'un an et demi voire deux, de présence en Corse, refiler à la sortie le bébé à leur successeur. Camille, pour être au cœur du système, avait conscience de cette monumentale incompréhension. Il redoutait le dérapage et des dérapages dans de lamentables gestions de crise, il y en avait eu plus d'un. Lorsque ces oreilles des gouvernements renvoyaient en haut lieu des informations qui, à partir d'observations objectives, étaient le plus souvent très subjectives, les décisions qui en découlaient n'étaient pas forcément des plus judicieuses. Mais ce soir, c'était la fête et Camille, Paul-André, Antoine et petit Jean étaient heureux. Heureux de se retrouver et d'être ensembles et ce bonheur primait sur tout. Camille ne voulait pas penser à tout ça, il voulait lui aussi profiter de ces instants avec ses amis, ses parents, et tout le village, se remémorant en lisant sur chacun des visages présents, les jeux d'enfants dans cette cour d'école, quand elle grouillait d'élèves. Le bâtiment ayant tenté de trouver une seconde vie, l'inscription sur le fronton, « *École primaire communale* », lors de la restauration de la façade, fût remplacée par « *Casa cumuna*. Mairie » Ainsi, le préau fût transformé en salle polyvalente. Quant aux salles de classe, affectées désormais aux bureaux de la mairie, elles se partageaient les locaux avec la poste en sursis, ouverte deux demi-journées par semaine l'été. A l'occasion du bal, l'école fantôme de tous ses anciens élèves, de tous ces souvenirs, du tableau noir et de la craie, des bûchettes en bois et des bureaux teintés d'encre bleu foncé sur lesquels étaient gravés des inscriptions au canif d'initiales, de prénoms et de cœurs, faisaient rejaillir dans les mémoires tout un tas d'anecdotes. C'était là, dans l'école laïque de Jules Ferry, que garçons et filles avaient cimenté des liens indéfectibles de leur communauté et parfois leurs premiers amours de jeunesse. C'était là que ces anciens écoliers tracèrent sous la férule de leur instituteur les débuts déterminant le futur de leur vie. L'école fantôme n'était pas seulement un bâtiment tristement dépouillé de sa fonction initiale, c'était beaucoup plus...

Petit Jean quant à lui paraissait nerveux. Il regardait un petit peu dans tous les sens, comme à l'affût d'événements suspects, s'attardant longuement sur les allées et venues au portail d'entrée de la cour. Il semblait redouter l'apparition d'intrus suspects. Il arborait un style vestimentaire du genre sportif chic, chaussé de tennis avec une paire de lunettes de soleil Ray-Ban, garnissant la visière de sa casquette. Ce new-look de voyou nouvelle génération, il l'entretenait en s'adonnant régulièrement à la pratique d'exercices dans des salles de musculation et s'obligeant au moins deux fois par semaine à courir sur la route en bord de mer avec une banane, dont il ne se séparait presque jamais. En bandoulière autour de la taille, on pouvait supposer quel en était le contenu. Petit Jean avait une hygiène de vie stricte, sans jamais faire d'excès alimentaire ou abus d'alcool, il ne fumait pas non plus. Reste à savoir si dans ce corps sain, l'esprit l'était aussi. C'est cela à quoi, sans se consulter, ses amis de tablée pensaient, mais ils s'interdisaient tout jugement négatif, s'efforçant de ne voir dans sa présence à leur côté uniquement leur ami d'enfance. Malgré sa trajectoire, ils avaient conservé de lui ce qui pour eux était l'essentiel, son choix de vie n'avait en rien altéré l'affection qu'ils pouvaient se témoigner mutuellement et à tout moment, cette camaraderie puisant ses racines dans la nostalgie des souvenirs partagés de ces moments heureux et innocents de l'enfance à laquelle s'ajoutait un passé commun et ancien de relations inter-familiales ancestrales dont ils n'étaient que le prolongement. Cette solidarité à priori contre nature pour quelqu'un d'étranger à cette mentalité et ne possédant pas les clés ne pouvait être que déroutante. En effet pour une personne n'ayant jamais vécu dans un village corse et découvrant cette absence de barrières qui peut exister chez des gens que la vie oppose dans les cercles habituels de la société, il peut paraître difficile de comprendre et trouver des explications rationnelles à des liens tout aussi invisibles que forts et défiant les lois d'une moralité conventionnelle. Paul-André en bon analyste avait fait un constat identique à celui d'Antoine, validant l'idée que leurs références culturelles collectives étaient ancrées dans une même histoire, celle d'une communauté aux origines agro-pastorales, celle d'un clan où le besoin nécessitait prioritairement l'adhésion de tous ses membres. Nécessité faisant loi, elles conditionnaient et conditionneraient encore longtemps le rapport aux autres, les relations entre ses membres et les réflexes de pensée quelle que soit l'évolution de la société corse. Mais le socle sur lequel ce système reposait encore restait le village. Ce lieu sacralisé était encore vivant, mais jusqu'à quand ?

Antonia, à la tête de sa tribu familiale, rejoint le petit groupe. Petit Jean, Antoine, Paul-André et Camille s'empressèrent de rajouter des chaises autour de la table pour les accueillir. Ainsi le cercle s'élargit de Maryse son mari et ses quatre enfants. Un grand alsacien au teint blanc, du nom de Steve, qu'elle avait connu lorsqu'il était caissier à l'agence bancaire de son quartier. Cet échalas pour le moins peu dégourdi, continuait à s'habiller avec des pantalons à pattes d'éléphant qu'il assortissait l'été avec des sandales sur des chaussettes. Faisant des efforts manifestes pour s'intégrer, il prononçait quelques mots corses avec l'accent tonique qu'il portait invariablement sur la première syllabe. Ses deux fils aînés, presque atteints de gigantisme, et portant tous deux d'épaisses lunettes en écaille lui ressemblaient à s'y méprendre. Ils passaient leur temps à s'amuser à des jeux de parfait idiot, en se bousculant pour se faire tomber, se faisant des crocs-en-jambe et se pinçant, le tout assorti de grimaces. Les deux filles bien potelées avaient pris du côté de la mère. Adolescentes, elles arboraient déjà des formes et à la vue des garçons qu'elles croisaient sur la piste, elles se chuchotaient des commentaires à l'oreille dont le contenu était en rapport avec leur début de libido. Maryse avait connu Steve dans la boulangerie où elle était vendeuse et où il achetait tous les jours sa baguette de pain. À cette époque, le pauvre garçon n'ayant pu nouer aucun lien social, tant professionnel que de voisinage, elle fut attendrie par cette âme en peine. Cet homme très maladroit mais gentil lui portait de la considération jusqu'à être poli avec elle. Cela la changeait des garçons du quartier qui s'adressaient à elle avec un vocabulaire conforme à leurs gestes, lui mettant systématiquement les mains aux fesses quand elle les croisait, cherchant la moindre occasion pour la peloter ou la coincer pour le besoin d'une avec des pantalons à pattes d'éléphant qu'il assortissait l'été avec des sandales sur des chaussettes. Faisant des efforts manifestes pour s'intégrer, il prononçait quelques mots corses avec l'accent tonique qu'il portait invariablement sur la première syllabe. Ses deux fils aînés, presque atteints de gigantisme, et portant tous deux d'épaisses lunettes en écaille lui ressemblaient à s'y méprendre. Ils passaient leur temps à s'amuser à des jeux de parfait idiot, en se bousculant pour se faire tomber, se faisant des crocs-en-jambe et se pinçant, le tout assorti de grimaces. Les deux filles bien potelées avaient pris du côté de la mère. Adolescentes, elles arboraient déjà des formes et à la vue des garçons qu'elles croisaient sur la piste, elles se chuchotaient des commentaires à l'oreille dont le contenu était en rapport avec leur début de libido. Maryse avait connu Steve dans la boulangerie où elle était vendeuse et où il achetait tous les jours sa baguette de pain. À cette époque, le pauvre garçon n'ayant pu nouer aucun lien social, tant professionnel que de voisinage, elle fut attendrie par cette âme en peine. Cet homme très maladroit mais gentil lui portait de la considération jusqu'à être poli avec elle. Cela la changeait des garçons du quartier qui s'adressaient à elle avec un vocabulaire conforme à leurs gestes, lui mettant systématiquement les mains aux fesses quand elle les croisait, cherchant la moindre occasion pour la peloter ou la coincer pour le besoin d'une petite gâterie. Maryse jetason dévolu sur Steve. Il fallut peu de temps pour qu'elle ne tombe enceinte et accouche des deux jumeaux. Agent modèle, Steve grimpa les échelons et fut muté comme chargé d'affaires dans une succursale de la filiale bancaire à Sarcelles. La petite famille, établie sur le continent, revenait tous les ans au village pour y passer ses vacances au mois d'août. Maryse avait su trouver sa perle rare, sa bonhomie témoignait de ce bonheur satisfait et presque inespéré qu'elle avait pu saisir.

Marie Clémence traînant nonchalamment, avait enfin rejoint la tablée accompagnée de Benoît son fils maintenant âgé de sept ans. Grande et mince elle contrastait avec sa mère, sa sœur et ses nièces, petites et bien en chair. Depuis qu'elle avait accouché de cet enfant, dont on ignorait au village qui était vraiment le père, elle cultivait une certaine discrétion, en harmonie avec une prestance, qu'elle semblait avoir hérité de son aïeule du Frioul, Silvana.

Après avoir embrassé tout le monde, à peine assise, elle sortit de sa poche son téléphone portable. Addicte des réseaux sociaux, elle ne pouvait rester un instant sans consulter sa messagerie et voir les publications de ses suiveurs. Son smartphone tenait une place prépondérante dans son quotidien et du réveil jusqu'à ce qu'elle trouve le sommeil, il l'occupait une partie de sa vie. Dès que l'occasion lui paraissait opportune, c'était souvent le cas, elle faisait un selfie, la photo d'un paysage, d'une tasse de café ou d'un verre d'apéritif. Les couchers de soleil, que tout le monde prend, étaient ses clichés favoris. Ne manquant pas de souligner le lieu avec un hashtag en guise de commentaire, elle postait ses photos sur Instagram pour montrer à sa communauté d'amis virtuels, qu'elle visitait des lieux d'exception pouvant laisser supposer que sa vie l'était aussi. Dans sa pratique communicative, elle espérait recueillir un intérêt et un maximum de *like* pour compenser sa misère affective et le vide de l'existence qu'elle s'était créée. Pour l'heure son attention se portait sur Benoît qui jouait avec ses petits copains sur la piste de danse...

Le groupe corse interprétait d'anciens et plus récents succès, les chansons diffusées en boucle sur les ondes de la radio locale depuis des années, puis quelques-unes de leurs dernières compositions qu'ils dédiaient à « *Un patriote incarcéré ou à un martyr de la révolution.* » Une partie du public acquis à la cause applaudissait, les autres las, voire hostiles à ces chants trop répétitifs et surtout engagés semblaient indifférents. Le chœur des hommes vêtus de noir, tous dans une posture rigide psalmodiant la main sur l'oreille, reprenait les mélodies assez semblables, traitant de la désertification de l'intérieur et tous les malheurs qui s'abattent sur l'île, depuis l'épopée dramatique de Pontenovu : le coupable tout désigné étant forcément l'État colonial français. Ce concert distillant des messages politiques aux accents martiaux et révolutionnaires, rythmés par des musiques de style sud-américain, levait par moments l'enthousiasme de ses partisans qui claquaient des mains. Leurschansons aux promesses d'un parfum de liberté affirmaient à ce peuple corse, que son bonheur et son émancipation étaient à portée de fusil. Il suffisait pour l'atteindre qu'il se mobilise et se soulève contre l'oppresseur ! Le groupe ponctua son tour de chant par l'incontournable *Dio vi salvi Regina* , Dieu sauve la reine qui pour un soir de 15 août pouvait être de circonstance, même si cet hymne national et solennel s'était éloigné un instant de sa sphère religieuse pour être mêlé incongrument à la sauce festive d'un bal. Camille profita de ce moment plus paisible pour s'adresser discrètement à Paul-André :

— *Ùn capiscu micca un affare, quandu collu in paese, vecu st' impiastri di pitture nantà e muragliette longà a strada, « francesi fora », « arabi fora », turismu miseria ». Ùn ci hè cè pù nimu in paese e u peghju chì quessi indè i paesi ùn ci volenu stà, spiegam'appena l'affare* ? Il y a une chose que je ne comprends pas, lorsque je vais au village je découvre tout le long de la route les murs barbouillés de peinture avec des inscriptions « français dehors », « arabes dehors », « tourisme misère de la Corse ». Alors qu'il n'y a plus d'habitants au village, ceux-là mêmes qui défigurent nos pierres ne veulent pas vivre au village. Peux-tu m'expliquer leur raisonnement ?

— *Crelgu chì ùn ci hè nunda a capi, è voli chè a ti dica, per truvà una raghjò hè quant' à circa à chjappà a luna indè u pozzu.* Je crois qu'il n'y a rien à comprendre, et puis tu veux que je te dise le fond de ma pensée, pour trouver une raison à ces comportements c'est comme si tu cherchais à attraper le reflet de la lune dans un puits.

Le DJ, maître de la nuit, prenait la main et dans la foulée la musique reprit sur un air de Cumparsita. Dédé l'élégant au tempérament de cigale n'aurait manqué le bal pour rien au monde. Il avait perfectionné son style durant ses années de jeunesse quand il fréquentait les guinguettes et dancings de sa grande époque à Toulon. Grand amateur du bal musette, il exécutait tango, valse et pasodoble avec brio, n'ayant rien perdu de sa technique. Son talent de danseur mondain et sa prestance chevaleresque lui permettait de faire tourner la tête à bon nombre de cavalières de tous âges qu'il entraînait tour à tour sur la piste. Abondamment aspergé de son eau de toilette favorite, Paco Rabanne, il y laissait une traînée odorante dans le sillon tourbillonnant de ses chorégraphies. Le sourire écarlate d'émail blanche de son nouvel appareil dentaire brillait tout autant que ses souliers vernis et la boucle de sa ceinture croco. Vêtu de blanc de la tête aux pieds et de sa chemise rouge en satin, ses cheveux noirs aux reflets auburn de sa teinture, plaqués par la laque, étaient divisés par une raie droite peignée à la perfection. Ce rajeunissement d'une vingtaine d'années, lui donnait un look à mi-chemin entre un présentateur de cirque et une vedette d'un plateau de télé hollywoodienne. Il invita Maryse pour un tango sensuel à faire baver un Argentin des bas-fonds de Buenos Aires. La tenant fermement de sa main gauche, le coude enlevé à hauteur du menton, il appuyait de la paume de sa main droite sur le bas de ses reins, le pouce écarté vers le haut. Il donnait ainsi à sa cavalière le maintien et la cambrure du dos, indispensable à la cadence des petits pas, orchestrés par les cinq temps et les figures sensuelles improvisées. Le final en apothéose de cette danse fût de la faire basculer sur sa hanche. Dédé en éternel gigolo, c'était la grande classe. Il pouvait enchaîner les postures d'un toréador du pasodoble, ou d'un Cubain de la salsa avec dextérité mais le clou du spectacle restait le rock. Adoptant des allures d'Elvis Presley, il faisait voltiger ses partenaires quand il les sentait suffisamment souples et volontaires dans des contorsions acrobatiques. L'assistance retenait son souffle de peur que l'une d'entre elles,entraînée par son élan ne loupe la mesure et finisse par se fracasser sur le béton de la piste, ou atterrisse les quatre fers en l'air sur la table la plus proche. Dans ces moments d'anthologie il faisait dire à certains vieux admiratifs devant tant de prouesses « *Ellu si ch'hè bonu*. Lui, oui c'est un bon. »

Après les danses d'un autre temps se succédaient dans cette ambiance festive le disco et les tubes des années quatre-vingt. Le DJ augmentait le son, pour couper parfois la musique et improviser une sorte de karaoké en détonnant affreusement. Puis pour encourager l'ambiance voulant mettre le feu, il demandait à l'assistance qui lui était acquise de lever les bras et taper des mains. Des femmes un peu plus jeunes se levaient de leur chaise en se trémoussant, s'entraînant l'une l'autre, elles envahissaient la piste sur les airs endiablés « *d'Alexandrie Alexandra* » ou « *Besoin de rien envie de toi* », tout un programme... Émoustillées par leurs chansons préférées, dont elles reprenaient le refrain en chœur, les doigts pointés en l'air, elles étaient pour l'essentiel motivées par le désir de plaire en essayant d'attirer l'attention d'hommes, qui nombreux pour des raisons éminemment stratégiques, avaient décidé de prendre position au comptoir. C'était le seul moment de l'année où beaucoup de ces femmes s'éclataient dans des tenues avec des jupes parfois trop courtes ou leggings et jeans hyper-moulants, leur donnant ce sentiment d'être devenues plus minces et par magie plus érotiques. Ce soir, déchaînées, elles se lâchaient sans complexe dans une débauche de sons enivrants pour ressembler à leurs stars préférées de la télé-réalité. Aux rythmes cadencés de la musique, elles devenaient dans ces instants sublimes d'effervescence, plus attirantes, faisant oublier à leur mari ou amants de l'été les bourrelets de graisse débordant de leur ventre, culotte de cheval et poitrine tombante tout juste dissimulés. Quelques vieilles filles, vissées sur leur siège sirotant un Orangina, le visage crispé regrettant leurs varices et aigries par leur célibat et surtout frustrées par l'absence des plaisirs de la chair, observaient le spectacle, épiant toutes les gesticulations de ces délurées. D'autant plus décadentes et vulgaires à leurs yeux quand elles étaient mères de famille. Ces femelles provocantes de la nuit avaient cette concupiscence de finir la fête en beauté. Au petit matin, si leurs compagnons de couches n'avaient pas trop bu, peu importe leur haleine de tabac froid, mélangé à celui de l'alcool et l'odeur de transpiration sous leurs aisselles, ces vamps la poussière collée aux jambes, le rimmel coulé de leurs paupières s'abandonneraient dans une ultime étreinte pour s'offrir et donneraient leurs dernières forces à leurs mâles, qui depuis longtemps ne les regardaient plus.

Ces seigneurs d'un soir jouant le rôle de personnages importants et après s'être congratulé par des accolades viriles et confié quelques secrets à l'oreille, avaient chacun à leur tour l'obligation de sabrer le champagne. Et le champagne était présent sur toutes les tables, accompagné de gros morceaux de tarte garnissant des assiettes en papier. Les deux grands empotés de Maryse, friandsde pâtisseries en profitaient et y plongeaient à pleines mains sans aucune retenue, se léchant maladroitement les doigts et s'essuyant du revers de la manche, le chocolat de la génoise dégoulinant de leur bouche.

La fresque était complète et la fête battait son plein. Le comptoir était maintenant littéralement pris d'assaut par des groupes de jeunes dans une beuverie gargantuesque. Se pressant les uns contre les autres, les tournées se succédaient à une cadence effrénée ; quatre d'entre eux formèrent un demi-cercle pour se mettre à brailler dans une dissonance abominable, ce qui se voulaient être une *paghjella.*

La *paghjella*, cette polyphonie des bergers transmise oralement depuis le fond des âges, que l'on entendait rebondir jadis du fond des vallées portant l'écho jusqu'à la cime des montagnes, qui faisait vibrer l'âme des Corses depuis toujours, épris de liberté. Ces chants harmonieux de ralliement à trois voix et aux aspirations nobles en étaient soudain réduits, par un effet de mode, à un niveau de chansons paillardes, au nom de la préservation du maintien de la culture. S'adonner ainsi à la pratique d'un jeu sonore cacophonique un soir de bringue pouvait être ressenti par bon nombre de puristes comme une parodie outrancière.

— Quel simulacre imbécile, c'est presque un sacrilège. Ils s'imaginent en improvisant ainsi, être détenteurs légitimes d'une identité. C'est ce que commenta Camille s'adressant à Paul-André.

— Je sais ça que trop bien, mon neveu est parmi eux et pense être le garant d'une tradition et la perpétuer malgré qu'il ne l'ait jamais connue. Ces jeunes pour la plupart sont frappés d'un syndrome identitaire et d'une forme de communautarisme qui n'est guère différent de celui de certains jeunes de banlieue avec une expression locale qui leur est propre. Le problème, c'est qu'ils sont victimes de mythes et qu'ils sont pris en main par des populistes ou des voyous, qui leur font gober n'importe quoi. Mais nous sommes les véritables fautifs de cette situation. Nous n'avons pas su créer l'espoir d'un monde ayant du sens, autre que de nous engouffrer et nous entêter dans un système absurde et une fuite en avant, une impasse qui consiste à faire croire que le bonheur passe par la jouissance sans limites de biens de consommation. Cela génère deux catégories, ceux qui ont tout et sont insatiables et sans pour autant être satisfaits et ceux qui ont les mêmes aspirations et ne peuvent y accéder et bien sûr au final sont frustrés. Voilà le résultat, ce sont les enfants du vide, ils ont besoin de savoir où ils sont et ils ne le savent pas ! Alors ils se raccrochent à ce qui, pour eux, peut- être une identité.
La parenthèse fut interrompue par l'apparition inattendue de Mado ; après un salut à la cantonade, adressant un sourire angélique à Antoine elle posa déterminée la main sur son épaule.

— Fais-moi danser, dit-elle.
D'un ton ferme, lui prenant la main et le tirant vers elle, ne lui laissant guère le choix. Mado avait substitué sa

tenue habituelle de l'été, short court en jean, débardeur et baskets blanches, pour une robe noire très échancrée dans le dos, fendue sur le côté, dessinant les courbes de son corps presque parfait. Arrivée sur la piste, elle l'attira au milieu des couples dansants, l'enveloppant littéralement de ses bras, puis appuyant sa tête sur son épaule, elle posa ses lèvres tendres sur son cou comme une ventouse. Mado dans ce moment intense, abandonnait tous ses soucis. Elle accompagnait la vacillation langoureuse de la musique frottant le haut de sa cuisse entre les jambes de son cavalier. Elle se collait à lui comme une arapède, Antoine sentait le bout de ses seins durs qu'elle appuyait contre sa poitrine. Une chaleur presque suffocante l'envahissait comme l'étreinte chaude de Mado. Il avait un mal fou à contenir son désir et devait lutter contre ses pulsions, ce désir qu'il réprimait depuis toujours, depuis qu'il l'avait rencontrée adolescente à la fontaine, découvrant la beauté juvénile de sa plastique. Ce mélange de fraîcheur et d'intelligence qui la rendait désirable, cette sensualité à fleur de peau et toujours intacte qu'elle exprimait dans la vivacité de ses yeux et son sourire envoûtant. Antoine s'efforçait de garder son sang-froid devant ce public, celui de la famille d'Antonia, de ses amis, et du village entier. Marie Clémence, dès l'apparition de Mado, avait quitté son portable et ne perdait rien de la scène. Elle éprouvait subitement une jalousie irrationnelle, celle d'être dépossédée de cet homme, son parrain âgé de 20 ans de plus qu'elle. Mado ayant sensiblement son âge devenait sa rivale. Mais rien ni personne ne retiendrait ce soir Mado, le bal du 15 août devrait être sa chance, celle de satisfaire son rêve, la chance de déclarer à Antoine sa flamme, lui dire qu'elle l'aimait depuis toujours et l'aimerait quoi qu'il advienne.... À la fin de la série de slows, alors que les couples s'éparpillaient, Mado peinait à se détacher d'Antoine. Faisant semblant de rien, un peu décontenancé, il regagna la table et pour détourner l'attention il commanda une nouvelle bouteille de champagne ! Mado se volatilisa comme elle était venue. Antoine évita pudiquement de regarder dans la direction où elle était partie. Cette danse l'avait rendu fébrile, il jeta un coup d'œil machinal à sa montre.

— Je ne vais pas tarder à vous quitter. Demain il faut partir tôt avant qu'il ne fasse trop chaud.
— Jean Jean et Paul-André m´ont dit qu'ils venaient avec toi, cela fait des années que je ne grimpe plus là-haut, j'aimerais vous accompagner, dit assez enthousiaste Camille.
Marie Clémence sortie de son mutisme.
— Moi aussi j'ai envie de venir avec vous si vous m'acceptez, s'exclama-t-elle. Maman, je peux te laisser la garde de Benoît ?
— *Bella sicura a mò fiogliola*, Bien sûr ma fille, l'après-midi il ira à la rivière avec ses cousins.
— Écoute Marie Clémence, il faut que tu prévoies de bonnes chaussures et un pantalon épais, les chemins ne sont plus entretenus et il y a des passages de maquis envahis d'épineux et de ronces, lui recommanda Antoine.

— J'ai tout ce qu'il faut à la maison, Benoît demain tu restes avec ta *minnanna*, grand-mère et l'après-midi tu pourras aller te baigner au fleuve avec Valérie et Émilie, *minnanna* t'a fait un bon ragoût.
— Ah ouais ! répondit l'enfant en baillant, commençant à s'endormir sur les genoux de sa grand-mère.
— J'amène le pain, déclara petit Jean.
— Et moi le saucisson, j'en ai du bon que j'ai acheté chez Dumé, dit Paul-André.

Camille pour ne pas être en reste promis d'amener une bonne bouteille de vin, Antoine n'avait plus qu'à apporter le fromage...
— Alors à demain à cinq heures. *Vi aspettu indè mè per u caffé, bona notte à dumane*, je vous attends chez moi au café , bonne nuit et à demain, dit Antoine en se levant.
— *S'è Diu vole*, répondit petit Jean.
Si ce genre de manifestation est pour certains le rendez-vous de l'été, pour certains vieux grincheux, qui ont choisi de se cloîtrer chez eux, la nuit devient un enfer. Le vacarme assourdissant est venu troubler leur sommeil. Il leur a été impossible de fermer l'œil. Dès la première heure et comme un rituel ils ne manqueront pas de téléphoner à la mairie pour se plaindre en menaçant du dépôt d'une plainte à la gendarmerie pour tapage nocturne et diffusion d'odeurs et fumée de merguez nauséabondes.
Il était plus d'une heure et la nuit serait courte. Antoine enivré par le tintamarre de la fête et le champagne

regagna sa maison à pas lents, songeur… Mado hantait son esprit.

— Il vaut mieux que je mette le réveil sinon je risque d'être en retard. La porte était entrouverte… « *Pourtant il me semblait l'avoir bien fermée… Maman a dû venir me mettre quelque chose dans le frigidaire… Je suis trop fatigué pour me doucher…* » Antoine se débarbouilla à peine le visage puis regagna la chambre dans la pénombre, les volets mi-clos. Il eut la sensation soudaine d'une présence, une vapeur d'essence d'immortelle et un bruit de froissements de draps le surprit, il reconnut ce parfum de crème, Mado toute nue était allongée sur son lit. Antoine à tâtons s'approcha timidement d'elle, pas plus qu'il n'avait pu refuser son invitation à danser, il ne pouvait échapper maintenant à son offrande. Du bout de ses doigts il lui caressa la peau avec délicatesse, puis sa bouche remplaça ses mains, léchant chaque recoin jusqu'aux plus intimes, Mado toute humide, tendue comme une corde de guitare, vibrait dans de petits gémissements, son souffle court alternant avec de petits cris. Antoine remonta tout doucement lui mordant la pointe de ses mamelons sensibles. Cette fois-ci c'était lui le guide de la farandole et dans des ondulations il l'entraîna dans un tourbillon d'amour, qui leur fit tourner la tête jusqu'au petit matin. Tout juste eut-il le temps de s'assoupir pour ouvrir les yeux quand le réveil sonna. Les draps encore tout chauds de ses odeurs, Mado n'était plus là ! Juste un petit mot qu'elle avait griffonné sur un petit bout de papier froissé était posé sur l'oreiller, comme un pétale de rose : « *Mon petit berger adoré... Je n'ai pas de papier pour te dire merci, te dire comme elles sont belles ces heures passées... je reviens dans trois jours...* » Le dessin d'un petit cœur en guise de signature ponctuait l'écrit.

Cori cuntenti, Diu vi'aghjuta
Coeurs joyeux, Dieu vous aide

Antoine les yeux écarquillés, les cheveux ébouriffés, combattit sa somnolence pour se précipiter sous la douche, la chambre comme un champ de bataille était sens dessus dessous, ses vêtements éparpillés au sol et le traversin pendait dans le vide. Il n'avait plus le temps de ranger… L'eau froide ruisselant sur le torse lui fit reprendre ses esprits après cette nuit surréaliste comme ses derniers instants bouillonnants. Tout était allé si vite, il avait de la peine à réaliser… Quand petit Jean tapa à la porte les bras chargés de pâtisseries.

— Salute o Antò, hai fattu u caffè ? Bonjour Antò, il est prêt le café ?

— Entri, entri Jean Jean, j'arrive. Entre, entre Jean Jean

— J'ai des canistrelli au vin blanc, des oliosi, imbrucciate è finochjietti…

— Metti tuttu nantà tavulinu. Mets tout sur la table.

— Camille et Paul-André ne vont pas tarder, Marie Clémence non plus, elle était dans la salle de bain quand je suis sorti. Écoute Antoine, je regrette, mais je ne peux pas venir avec vous, hier soir avant de me coucher j'ai eu un coup de fil de Mathieu mon associé, il faut que je

redescende régler un problème. Crois-moi, ça me fait chier. J'aurais préféré rester avec vous la journée.
— Moi aussi, je regrette beaucoup que tu ne sois pas là, nous avons tellement fait de fois le chemin ensemble, et nous y avons tellement de beaux souvenirs.
— J'ai quand même pensé à vous prendre le pain, quand tu remonteras je te promets de t'accompagner, je pourrai te filer un coup de main pour faire descendre les chèvres. D'ici là, j'aurais fermé la paillote et j'aurais tout le temps, on pourra même dormir au *caseddu*. D'ailleurs la paillote, ça commence à me gaver, je veux la donner en gérance si j'ai le renouvellement de l 'AOT. Tu dois t'en douter je suis dans une mauvaise passe, j'ai besoin de reprendre mon souffle. Et tout compte fait j'aimerais aussi monter plus souvent au village. Je te parlerai de tout ça à mon retour j'ai des projets.
Camille, Paul-André et Marie Clémence arrivèrent…
— *Entrate e posete*… Entrez et prennez place Jean Jean nous fait faux bond, il a un impondérable.
— *N'ai purtatu robba*, tu m'as apporté beaucoup de choses, c'est pour te faire pardonner ?, dit Camille.
— Alors vous êtes bien rentrés, pas trop fatigués ? demanda Antoine.
— Oui, répondit Paul-André, après que tu sois parti, nous n'avons pas tardé. Le DJ a mis de l'électro, c'était insoutenable, je ne sais si c'est la raison mais cette musique inaudible de débile a mis le feu aux poudres, il y a eu un début de bagarre au comptoir ; le prétexte, selon Charles di Lucia était pour une fille, entre le fils de César et celui de Pedru u zoppu, Pierre le boîteux.

— Sous l'emprise de l'alcool mélangé à cette saloperie de drogue cela peut dégénérer, d'autant plus que certains d'entre eux portent des flingues.
— Vous avez bien vu il y a deux ans au village d'à côté, ça a dérapé et ça s'est soldé par un drame. Vous pouvez imaginer maintenant quelle est l'ambiance. Les familles sont divisées, le village coupé en deux et plus personne ne se parle. C'est affreux.
— Notre région n'est plus le havre de paix que nous avons connu, nous qui ne pensions qu'à rire, nous vivions notre jeunesse dans la joie et l'insouciance.
— Nous avions une éducation différente avec de vrais repères et nous étions encadrés par nos vieux que nous respections. Surtout nous ne prenions pas ce poison, cette saloperie dont la consommation est devenue banale, elle a même gagné l'intérieur de l'île où l'on se croyait à l'abri.

Marie Clémence écoutait silencieuse la conversation de ses aînés.
Pour faire diversion petit Jean changea brutalement de sujet :
— Il ne faut pas que vous tardiez, vous avez de la route à faire.
— *Vi servu u caffé, hè caldu,* Je vous sers le café, il est chaud, on va se répartir la charge dans les sacs, je prends deux boîtes de pâté et des sardines en plus. La montagne ça creuse et là-haut on a toujours faim. Attendez-moi là, dix minutes, je fais un saut à la bergerie prendre *Mascarellu.*

Le « *quattru ochji* » « quatre yeux » avait plus de dix ans. Compagnon fidèle, il vivait en liberté et avait l'habitude de monter dormir à la bergerie où il faisait la garde. « *ùn li manca chè a parolla*, il ne lui manque que la parole » dit Antoine convaincu que son chien savait interpréter chacun de ses gestes et jusqu'à comprendre ses regards. Il était capable de deviner à son apparition quel était le lieu et le but où il devait se rendre. À la vue de son maître, il remua la queue, l'idée de courir dans le maquis, l'idée de piéter des perdreaux, débusquer des renards ou sangliers le rendait fou de joie. Antoine éprouvait pour cet animal la même affection qu'il aurait pu avoir pour un être humain. Finalement il passait plus de temps avec lui qu'avec ses semblables et cette compagnie fidèle, cette présence toujours câline l'avait convaincu que les bêtes pouvaient avoir un langage comme des sentiments, qu'elles méritaient de l'attention autant que du respect. Quand une de ces créatures venait à disparaître on pouvait éprouver un chagrin immense. Antoine prenait autant soin de *Mascarellu*, que *Mascarellu* lui témoignait de la reconnaissance. Un petit sifflet et son chien le suivit, le devançant rapidement pour arriver sur la place, il renifla le bas du pantalon des quatre autres personnes, tout en remuant la queue cela signifiait : « *Salut mes amis !* » Puis le cursinu leva la tête regardant en direction du mur opposé à la maison et se mit à grogner, Antoine plus avancé perçu un bruit de pas à peine audible et vit deux ombres s'éloigner. Quelques minutes après on entendit démarrer une moto de grosse cylindrée. Antoine pensa instinctivement que

petit Jean avait été suivi, il préféra taire son inquiétude. Peut-être s'agissait-il de jeunes éméchés qui s'étaient attardés après la fête ?
— Bon, Jean, *noi ci n'andemu e fà pianu, spergu chè tu vultarai prestu*. Nous, nous partons et surtout va doucement, j'espère que tu reviendras rapidement.
— *Ùn ti ne fà per mè, e poi in più dopu dumane ci videmu pè l'interu di u povaru Max, sò quantunque obligatu à cullà*. Ne t'en fais pas pour moi, et de toute façon demain on se voit à l'enterrement du pauvre Max, je suis tout même obligé d'y venir.
Jean Jean embrassa tout le monde, Camille, Paul-André et Antoine, puis serra fort dans ses bras sa demi-sœur Marie Clémence.
— *A prestu*. A bientôt.
Après cette nuit de folie, la brume de chaleur enveloppait le village d'un calme apaisant, faisant oublier le tumulte de la veille. Les protagonistes du bal, la gueule de bois et la tête lourde, émergeaient de leur sommeil vaseux pour mettre les pieds sous la table un peu avant midi. Ils cuvaient pour la plupart l'alcool qu'ils avaient englouti jusqu'au petit matin et barbouillés comme ils l'étaient, ils n'avaient guère d'appétit.

Dans la quiétude de cette lenteur matinale profitant de la timide fraicheur, quelques mésanges bleues tintinaient, se disputant larves et vers cachés dans la terre des jardins. Le cocorico perturbateur d'un coq insolent du dernier poulailler, tout en bas du dernier hameau, suivi du hennissement de la jument Poupette

dans son enclos, perturbaient le silence régnant sur le village endormi.
La petite troupe s'était mise en route, tous parlant au début du sentier à voix basse pour élever le ton au fur et à mesure de la progression et de l'éloignement qui les distançaient des maisons. Mascarellu faisait des allées et venues entrecoupant la ligne des quatre marcheurs, parfois ouvrant le chemin, puis le clôturant, manifestement heureux de participer à cette sortie, cherchant à sentir et découvrir la moindre trace d'un animal, levant de temps en temps la patte, histoire de baliser son territoire avec une petite giclée d'urine.

L'ascension n'était pas trop difficile.
— Nous ne sommes pas trop loin de la fontaine, on y fera une halte, Marie Clémence, tu pourras reprendre ton souffle.
— Moi ça va pour le moment.

Les premières fougères et le léger murmure de l'eau qui ruisselle indiquait que la source n'était plus très loin. Mascarellu, plus rapide, prit un bain de boue rafraîchissant tout en happant l'eau bruyamment pour étancher sa soif.
À peine arrivé, Antoine déposa son sac à dos contre une pierre ronde, recouverte d'une mousse d'un vert gris sur laquelle Marie Clémence s'assit. Il alla cueillir, pas trop loin, au pied d'un arbre à moitié desséché et souffrant de maladie et d'abandon, une feuille de châtaignier qu'il glissa à plat dans la rainure taillée dans la pierre de la

quelle s'écoulait l'eau. Cristalline et fraîche, elle dégoulinait maintenant guidée par la nervure de la feuille pour tomber droite dans un jet régulier. Après avoir bu dans le creux de sa main une gorgée désaltérante, Antoine ouvrit son sac et rempli sa gourde. Il fut imité par Camille et Paul-André.

Chi di a gallina nasce, in terra ruspa
En naissant d'une poule, on gratte forcément la terre

Marie Clémence, toujours assise, mit la main dans son sac pour retirer une trousse de tabac et se rouler machinalement une cigarette. Elle était la seule à fumer et tout en tirant des bouffées sur son joint, elle observait la beauté du paysage. Rêveuse, elle ressentait une sérénité dont elle n'avait guère l'habitude. Elle écoutait vaguement les conversations pour se perdre dans ses pensées. Pourquoi n'avait-elle pas eu la chance de rencontrer un homme comme son parrain, ne méritait-elle pas quelqu'un qui la rassure, quelqu'un qui l'épaule, qui lui ouvre d'autres horizons ? Sa vie affective avait été une cata.
Elle avait fait du conseil de sa mère « *Ùn ti marità mai,* ne te marie jamais » un précepte et essayait d'assumer ainsi son statut de mère célibataire. Après tout elle était autonome. Elle occupait à la ville l'appartement qu'Antonia lui avait laissé depuis son retour au village à la mort de Ignazu. Son salaire de cadre B de la fonction publique, lui permettait sans trop de difficultés de subvenir à ses besoins et ceux de son fils Benoît. Cette indépendance avant la naissance de son enfant, elle en

avait largement profité. Avec son groupe de copines, elle avait écumé toutes les fêtes, bals, concerts, rentrant souvent dans un état d'ébriété prononcée, sans trop se soucier de l'horloge biologique qui faisait inexorablement son œuvre. Jusqu'au jour où elle réalisa que la beauté de ses vingt ans, avec ses longs cheveux blonds bouclés, ses yeux pétillant de bleu commençait à se faner, que ses fesses rondes et fermes se ramollissaient, que la cellulite pointait comme une grave menace à l'arrière des cuisses de ses longues jambes effilées. Le port de sa silhouette élégante, son principal atout, lui avait permis de séduire bien des hommes pour des aventures sans lendemain, dans les lieux qu'elle fréquentait et où elle avait ses habitudes suivant les saisons : ses bars, ses plages et ses paillotes. Ayant un penchant pour les cocktails sucrés à base de vodka, elle avait décrété que son préféré serait le Bloody Mary, sa boisson fétiche qui pouvait avoir un effet valorisant pouvant impressionner le cercle de ses amis, ignorant tous très certainement l'origine de ce nom tout autant que celui d'une Marie Tudor. Elle agrémentait sa consommation d'alcool de quelques fumettes et ainsi désinhibée et au hasard de rencontres d'un soir, elle ramenait dans son lit l'amant d'une nuit, non sans prendre des précautions. Car Marie Clémence était organisée, à l'image de sa maison, propre et bien rangée et où, dans le tiroir de sa table de nuit, des préservatifs voisinaient une petite boîte en fer, dans laquelle elle dissimulait sa précieuse résine de cannabis. Dans ce qu'elle imaginait être une émancipation sexuelle, elle avait développé un certain talent pour la fellation et en avait fait sa spécialité, ce qui lui avait permis de jouir dans ce domaine d'une forme de reconnaissance de ces partenaires occasionnels.

Dans ce genre de vie éphémère, elle pouvait s'envoyer en l'air à sa guise, elle affichait malgré tout un certain sérieux dans son travail où elle parvenait à être ponctuelle, ce qui lui valait la considération de son chef de service plus pointilleux sur la présence des agents que sur la qualité de leur travail. Ayant un penchant pour les voyous, elle fit même quelques tentatives de vie commune avec des petites frappes aux airs de caïds et qui se soldèrent par des échecs, compte tenu de l'inconsistance des individus. À cela venait s'ajouter une versatilité sentimentale, due à son caractère instable mais surtout son incapacité à partager et construire une relation amoureuse durable.

Au-delà de cette liberté très méthodique, mais sans une vraie spontanéité ni fraîcheur, elle finit par prendre conscience que la jeunesse est un capital qui s'épuise et qu'elle risquait de faire l'impasse sur un désir très féminin de fécondité. Son instinct de reproduction la taraudait de plus en plus, voyant autour d'elle, dans son proche entourage, que son statut de célibataire sans enfant, était une sorte d'anomalie qui la mettait un peu à part. Handicapée par son vécu sulfureux et grillée dans sa ville, il lui serait compliqué de trouver quelqu'un dans son environnement immédiat pour assumer cette tâche de reproducteur. La pratique de la masturbation dans ses moments de solitude et l'usage de son sex-toy ne pouvaient non plus pleinement la satisfaire. Elle eut donc recours aux sites de rencontre et les logarithmes d'internet lui furent d'un grand secours pour nouer une nouvelle relation au-delà de son petit bocal à poisson.

Cette aventure, à deux heures et demie de route de chez elle, lui évita l'intrusion trop pressante d'un homme dans son espace intime qu'elle voulait à tout prix préserver. Alain était grand et sportif, mais son côté séduisant tenait davantage à son mode de vie. Son monde marginal était pour Marie Clémence une véritable découverte, qui contrastait avec le sien, celui pesant du contrôle social dans lequel elle avait évolué et où l'apparence et le non-dit régnaient en maître. L'atmosphère Peace and Love de ces babas cool écolos, à la dégaine hippie, pour la plupart d'origine continentale et enfants spirituels des années soixante-huit, version moins intello, lui ouvrait des horizons nouveaux. Elle y prit goût avec cette soif de nouveauté d'une culture alternative jusqu'à s'accommoder aux côtés roots de l'habitation sommaire d'Alain perdue dans la campagne. L'hygiène intérieure n'était pas la priorité. Dans cet endroit Marie Clémence rompait avec cette éducation obsessionnelle du ménage que lui avait enseigné sa mère et sa grand-mère, traquant toutes deux, ballet, chiffon et serpillière à la main le moindre grain de poussière et pour lesquelles il était inconcevable de quitter la maison sans avoir fait les lits et préparé la soupe pour le dîner. L'espace à l'apparence d'un chantier permanent autour du mobile home où résidait Alain était pour le moins chaotique : une bétonnière rouillée côtoyant un tas de sable et des planches de surf abandonnées, le barbecue et une rangée de tomates envahies d'herbes hautes masquaient une voiture désossée sur cale au fond du champ. Désormais, Marie-Clémence marchait pieds nus dans l'herbe, déambulant au milieu d'objets épars, abandonnés provisoirement après usage, comme le caoutchouc d'arrosage, le ballon de volley et la table de ping-pong. Marie-Clémence se sentait pourtant bien dans ce lieu désordonné aux allures de vacances permanentes, à l'image des potes décontractés débarquant à tout moment et pouvant manger à la fortune du pot ou dormir de manière très sommaire sur un matelas à même le sol. Car dans ce monde le confort bourgeois n'était pas la priorité. On y vivait au rythme du vent, du soleil, des vagues et de la glisse maîtresse du temps qui impliquent de savoir s'adapter à des horaires élastiques, ceux du repos, de repas aux menus improvisés de dernière minute. Cet emploi du temps aux longues plages de farniente permettait aux deux amants de passer de longs moments au lit. Enfin libérée des tabous et de tous ses interdits pudiques, Marie Clémence nageait dans sa paresse et pouvait assouvir ses désirs irrépressibles jusqu'à en perdre le souffle, mais surtout grâce à la virilité d'Alain proportionnelle à son physique sportif qu'elle sentait bien quand il la pénétrait. Les performances d'Alain étaient telles, que Marie Clémence se surpassait, prête à tout et à tout moment.

Il avait réussi à faire sauter les verrous de sa pudeur et inspirée par la vision de films pornographiques dont elle était devenue consommatrice, elle fût séduite par l'idée émoustillante d'augmenter la sensibilité de la zone érogène de sa vulve. Elle osa avoir recourt aux services d'une esthéticienne chargée de cette opération intime et délicate qui consiste à effectuer une épilation pubienne. Un moment elle songea même à se faire refaire les seins qu'elle trouvait trop petits et un peu tombants. Il n'y avait plus de limites à ses fantasmes et ses poses. Le plaisir que lui procurait cet homme valait bien le trajet de plus de deux heures qu'elle devait se taper en voiture pour le rejoindre lors de ses congés. La contraception n'étant pas de mise, Marie Clémence eut cette merveilleuse surprise au bout de quelques mois de ces relations sexuelles intenses, d'attendre cet enfant qu'elle désirait tant. En revanche dans le monde de tolérance et liberté totale de son amant où le mode traditionnel d'une relation de couple est ringardisé, Marie Clémence devait se faire à l'idée d'un partage. Alain avait déjà une autre femme, ainsi qu'un autre enfant qu'il fallait accepter. Il s'autorisait aussi une liberté de mœurs et à chaque occasion opportune en son absence ne se privait pas de relations aussi variées que passagères. Au fond d'elle-même elle réprouvait qu'Alain puisse avoir une autre femme, mais sa légitimité de mère et d'un enfant qu'elle lui avait donné, constituait un titre pour occuper le terrain et accessoirement le lit. Pour être à la hauteur de l'état d'esprit de ces lieux où la tolérance se voulait être la règle, elle prenait sur elle et arrivait à donner le change. Elle feignait de ne pas être jalouse et finit même par se convaincre de vivre dans le bonheur en adhérant à cette conception moderne de la famille monoparentale se voulant idéale, plus ou moins recomposée d'éléments atomisés. Il suffisait pour cela de faire abstraction de se voulant idéale, plus ou moins recomposée d'éléments tout sentiment et faire semblant de croire qu'il peut exister une symbiose dans ces familles nucléarisées, le tout au nom d'une évolution positive et normale d'interrelations humaines d'une société moderne. Et finalement, qu'y avait-il de si particulier pour elle par rapport à bon nombre de couples contemporains où les enfants étaient écartelés entre leur père et leur mère ? Tant bien que mal, ces enfants essayaient d'évoluer dans différents lieux de vie, auxquels pour compliquer leur existence s'ajoutait bien souvent une demi-fratrie. De toute manière elle avait décidé qu'ainsi serait sa famille, mais avait-elle un autre choix ? Néanmoins, elle devait assumer seule l'éducation de son enfant, quitte à quelques fois le laisser à son père pour un peu souffler et avoir aussi des opportunités de nouvelles rencontres. Au final Marie Clémence ne pouvait compter concrètement que sur l'aide de sa mère. Antonia les premiers temps, redoutait le regard critique du village et surtout craignait les commentaires de ces mauvaises langues, insinuant que son petit-fils « *era un bastardu*, était un bâtard » Elle eut de la peine à concevoir la situation de sa fille, mère célibataire. Puis la résignation honteuse fit place progressivement à une joie que lui imposait l'existence de cet enfant. Emportée par l'amour de cet innocent, devenu sa préoccupation principale et ce sentiment de fierté de la maternité de sa fille, elle assista Marie Clémence du mieux qu'elle le pouvait. Elle attendait impatiemment d'avoir Benoît pour elle à chaque vacance, lui concoctant de bons petits plats et allant jusqu'à le faire dormir dans son propre lit.

— Regardez là-haut dans le ciel, s'écria Antoine faisant sursauter Marie Clémence, un Milan rouge les ailes déployées planait au-dessus de leurs têtes.
— C'est notre rêve le plus ancien, celui de ressembler aux dieux et de regarder la nature et les hommes avec hauteur et détachement, comme si tous ceux que l'on aperçoit du ciel sont des êtres rampants faits de calculs et de petites mesquineries. N'est-ce pas le lot réservé aux hommes cupides que nous sommes, condamnés à vivre sans pouvoir voler : peut-être cet oiseau pense à ça en volant au-dessus de nous. Telle fut la réflexion de Paul-André ému par tant de majesté de ce rapace aux allures nobles.
— Si les hommes pouvaient voler, beaucoup d'entre eux seraient comme Icare, il ne faut pas aller bien loin pour voir comme ils se comportent, avides d'argent et de pouvoir ; c'est bien le mal qui nous happe depuis que l'argent a fait son apparition et règne ici en maître de la Corse et donne l'illusion à beaucoup d'une omnipotence.
— C'est dû au fait que nous vivons dans un univers où nous sommes soumis au regard ! « *Que d'hommes se pressent vers la lumière, non pas pour voir mieux, mais pour mieux briller* », ajouta Antoine, en citant Nietzsche.
— Tu vois Antoine, je pense à nos ancêtres qui vivaient et travaillaient dans ces montagnes et regardaient de

haut, ils devaient avoir ce sentiment de détachement, ils accédaient à des pensées qui nous sont devenues étrangères. Certes ils ne savaient ni lire ni écrire mais ils possédaient une philosophie que nous avons perdu. C'étaient des hommes libres et toi par ton choix de vie courageux, tu restes un de leurs survivants. Paul-André et moi pouvons donner l'apparence d'une réussite professionnelle et sociale, elle nous flatte mais à quel prix ? Celui de ne plus pouvoir sentir les odeurs des fleurs de ce maquis, de ciste, de romarin, d'immortelle et de népita qui embaument nos vêtements, de ne plus respirer cet air pur, de se priver de boire l'eau fraîche de cette fontaine et ne plus prendre le temps pour contempler cette beauté sublime que l'on découvre ici et nous renvoie à l'essentiel. La réalité c'est qu'au-delà de ça nous sommes prisonniers d'un système qui nous a complètement happés. C'est ainsi, plus on grimpe vers le haut pour tutoyer les cimes et plus on se rapproche des dieux. Tes sommets Antoine sont là devant nous et réels, les nôtres sont factices. Tout en méditant la phrase de Camille, le petit groupe se remit en chemin et s'approchait de la petite chapelle Saint-Antoine. Le petit édifice érigé sur un promontoire commençait à pointer. Arrivée devant la modeste bâtisse, Marie Clémence s'amusa tout en riant à tirer sur la corde de la petite cloche qui se mit à tinter : le carillon de notes aigües et claires qui s'envolaient de la niche du mini campanile redonnait un peu de vie à l'endroit isolé. Ceux qui avaient fait l'effort de parvenir jusque-là étaient forcément touchés par la simplicité et le charme du petit monument. Ce sanctuaire

n'est-il pas propice, même pour des agnostiques à un recueillement et sait-on jamais de trouver le chemin de la foi et pourquoi pas une rampe pour un envol intime qui mène vers l'infini. Après un court silence pour respecter le lieu saint, Antoine s'adressa à ses compagnons :
— Ignazu est venu en pèlerinage tous les ans ici tant qu'il a pu pour la Saint Antoine. La clé est cachée dans un trou du mur au-dessus de la porte. En effet elle était là et il s'en saisit, la glissa dans la serrure et ouvrit dans un grincement la lourde porte en bois sur ses vieux gonds rouillés. Marie Clémence entra la première dans l'humble lieu de prière d'une simplicité touchante, aux murs bleus gris délavés. Elle se signa faisant une petite génuflexion devant l'hôtel dépouillé. Elle alla ensuite sur le côté où se trouvaient des bougies à moitié consumées, sorti le briquet de sa poche puis aussitôt alluma la mèche de la chandelle la plus proche pour faire fondre la cire et la coller au-devant de la statue en bois peint du saint tenant un enfant dans ses bras. Ensuite elle s'agenouilla et murmura une prière tout en fixant la flamme du lumignon : « *Saint Antoine je vous en prie, faites que celui qui porte ici votre nom, mon parrain, un jour me regarde comme une femme et non plus comme une enfant. J'aime cet homme même s'il est plus âgé que moi, même si cela parait inconcevable, mais donnez-moi au moins une seule chance. Je le mérite tout autant que cette Mado. Pourquoi n'aurais-je pas droit moi aussi à un peu de bonheur ? Pourquoi ne pourrais-je pasconstruire une vie ayant du sens ? Connaître moi aussi un peu de repos et pouvoir compter sur quelqu'un de fiable*

et solide. J'ai mis du temps pour comprendre, ce matin l'oiseau était votre messager, il m'a fait un signe et a éclairé ma route. Alors je vous en conjure, exaucez mon vœu Amen. »

Les trois hommes se retirèrent laissant respectueusement Marie Clémence dans son recueillement.

— Elle prie probablement pour Ignazu, dit à voix basse Camille, pour rajouter, c'est une gentille fille mais elle est un peu paumée.

— Comme le sont beaucoup de jeunes femmes d'aujourd'hui, mères isolées devant assumer trop de charges seules, sans pouvoir compter sur le père de leurs enfants qui souvent se débinent. « *Natu l'agnellu, natu a pascura* ! à la naissance de l'agneau », le pacage nait aussi. Elles vivent avec l'angoisse permanente de l'isolement face à un problème soudain. Elles craignent les conséquences dramatiques d'un imprévu néfaste pour leurs gosses. Elles ont conscience de leur situation et leur fragilité face aux responsabilités qu'elles portent et assument seules, mais elles n'ont pas d'autre choix que de refouler leurs angoisses et le plus terrible c'est que pour la plupart, elles ne peuvent parler à personne de leur ressenti, personne ne prendra le temps de les écouter. Parmi celles qui me consultent, beaucoup développent ce type de pathologies. J'ai de plus en plus de patientes avec des maux de ventre, des problèmes d'insomnie, des problèmes cutanés, une foule de maladies psychosomatiques générées par ces situations sociales et d'isolement affectif. C'est une véritable catastrophe et le pire dans tout ça, c'est pour leurs enfants qui épongent le mal-être de leur mère et à leur tour en donnent les signes révélateurs : des énurésies, des retards scolaires et de développement moteur, des bégaiements, des tics. Eux aussi finissent par générer en écho des angoisses et des troubles comportementaux, sans pouvoir les évacuer. J'en passe et des meilleures. Ces femmes n'ont plus de temps pour elles-mêmes, pour vraiment s'épanouir, pas plus que du temps à partager avec leurs mômes. Pour couronner le tout, s'ajoute la malbouffe, des boissons sucrées et des aliments de merde avec lesquelles elles les nourrissent et bien sûr des problèmes induits à terme de santé publique : obésité, diabète etc. Faute de temps, elles collent leurs gamins le soir devant les programmes stupides de la télé ou un écran, puis les inscrivent dans un tas d'activités pour se donner une bonne conscience éducative, les soumettant à des rythmes infernaux qui les épuisent. Elles se donnent faussement l'impression de compenser cette carence affective dans une pluri-activité exténuante qu'elles imposent à leurs enfants alors qu'elles n'arrivent plus à leur prodiguer l'indispensable : du temps, du calme, de la tendresse, une stabilité. « *A tinta donna chì ùn hà ma ritu* ! Pauvre femme qui n'a pas de mari ! »

— Quel pessimisme ! Tu ne nous rassures pas. A t'écouter nous allons être confrontés dans un avenir proche à des problématiques comportementales d'envergures directement liées à ces souffrances et ce mal-être !

— Non, c'est la triste réalité qui occupe une partie de mon travail tous les jours dans mon cabinet et le plus terrible c'est que plus le temps passe plus la situation s'aggrave et plus je me sens impuissant, je peux poser le diagnostic mais je n'ai pas plus de remède que de réponse, la pathologie a des contours socio-culturels pour lesquels je n'ai pas de solutions.

Nunda ùn anderà di male Rien n'ira mal

I ghjorni di tempurale Les jours de mauvais temps

Sì davanti à lu to purtone Si devant ta porte d'entrée

Metti u pane di San Antone Tu poses un pain de Saint Antoine

Après sa courte prière Marie Clémence se prosterna une dernière fois, se signa puis sortit de la chapelle.
— On continue ?
— Ok, je ferme la porte. Antoine donna deux tours dans la serrure avec l'imposante clé qu'il replaça dans sa cachette.
La végétation étagée en strates de vert, changeait de forme comme d'essence et de couleur au fur et à mesure de leur progression vers les sommets. Du maquis dense aux feuillus odorants de cistes, arbousiers, lentisques et chênes persistants, l'on passait sous le couvert de châtaigniers épars ayant survécu, abritant hellébores et fougères de leur ombre fraîche et magnanime, puis au-dessus suivaient les immenses conifères s'imposant comme les maîtres de la forêt. Les hautes futaies de larici ressemblaient à des tuyaux d'un orgue géant. Une légère brise faisait frissonner les aiguilles de pin, soufflant un vibrato apaisant et discret dans une oscillation mélodieuse accompagnant le silence de l'immensité.

Après avoir franchi le dernier taillis des hêtres, le petit groupe sortit de la forêt et découvrit en même temps que la lumière, une levée de rideau sur la cathédrale de pierre à laquelle s'agrippaient çà et là des touffes rases de bruyères et quelques abustes de houx : le paysage était grandiose et comme pour donner un peu de douceur à cet ensemble minéral, des pâtures d'herbes tendres garnissaient les pieds de ces colosses de granit.

— Putain que c'est beau, ce qui me coupe le souffle ce n'est pas l'effort mais cette, ce... je ne trouve pas les mots.
— Et dire que c'est chez nous !
— Regardez sur le rocher, la chèvre blanche ! Le caprin habillé d'une cape aux longs poils se tenait énigmatique, droite sur un rocher.
— Comme elle est belle ! Elle nous observe.
— C'est Ribella !
— Ribella ?
— Oui Ribella ! C'est comme ça que je l'ai surnommée. Je l'ai élevée au biberon. Sa mère la rejetait à coups de corne quand le soir à la bergerie j'amenais les cabris à téter leurs mères. Chevrette, elle me suivait comme un petit chien. Devenue adulte, elle s'est séparée du troupeau durant les estives lors de sa première transhumance. Je n'ai jamais plus réussi à la faire redescendre avec les autres à l'automne. Quand je monte ici chaque été visiter les bêtes, c'est elle que je vois la première. J'ai toujours l'impression qu'elle m'attend, qu'elle devine le moment où je serai là. Mais elle se tient

prudemment à distance, un peu comme si elle voulait me défier et en même temps me délivrer un message dont je n'ai jamais trop su décrypter la signification.
— C'est donc pour ça que tu l'as appelé Ribella, pour son côté sauvage et insoumis ?
— Oui, un peu, mais surtout par respect pour son choix d'indépendance. J'admire sa liberté d'esprit, elle se tient toujours un peu à part et au-dessus des autres. C'est elle qui connaît le mieux ce territoire, « *u so rughjone.* Sa région. » Chaque pic, chaque anfractuosité où poussent les herbes les plus savoureuses n'ont plus de secrets pour elle.
— En somme elle est comme toi !
— Pourquoi dis-tu ça ?
— Eh bien, à l'évidence tu as aussi un penchant solitaire. N'as-tu pas opté pour une route divergente des nôtres ? Toi aussi, bien que ton père et toi aviez les capacités pour suivre un chemin balisé et faire une carrière comme tant d'autres, vous êtes sortis délibérément du rang pour aller vers une vie modeste mais libre... Un choix assumé, tellement différent du nôtre qui fait que vous restez authentiquement vous-même.
— Regardez Ribella, comme elle est fière sur sa pierre, intouchable et fière de sa dissidence. Son indocilité la rend supérieure aux autres chèvres, c'est évident !
— Attends Paul-André, si vous me comparez à Ribella, sachez que je ne me sens pas d'une quelconque manière supérieur à qui que ce soit ! Et je ne suis pas non plus misanthrope.
— Tu n'as pas, à nous, tes amis, nous convaincre de ton

humilité ni même de ton empathie. Mais avoue-le, tu n'as pas trop l'instinct grégaire et ce n'est pas par hasard si depuis toujours tu te réfugies dans la nature ou dans la solitude de tes lectures.

— De ce point de vue je ne peux pas te contredire, je vais même jusqu'à considérer les animaux comme des oracles, tutoyant les Dieux, non pour des raisons de stupides croyances mais parce qu'ils nous renvoient comme un miroir à notre propre réflexion. Eux savent vivre en harmonie avec la nature alors que les hommes la détruisent. Quant à mes lectures mythologiques où je m'égare peut-être bien souvent, elles m'ont largement convaincu que les Corses, les Sardes, les Crétois, les Kabyles et tous ces peuples des montagnes de Méditerranée sont au confluent de la même histoire, qu'ils partagent et possèdent la même science. Ils étaient avant tout, eux aussi des bergers, ils ont vécu de mythes et ont puisé leur imaginaire dans leurs montagnes respectives mais semblables. L'observation de la faune et la flore était leur tout premier enseignement. Le temps, les échanges, leur intelligence créative, leur imaginaire ont fait le reste. Ainsi ils sont devenus des sages, des poètes qui se sont construits autour d'une manière de penser. N'oublions pas tout de même qu'ils ont inventé la philosophie et les premières ébauches de la démocratie. Les bases de notre vivre ensemble si singulier, avec ceux que sont encore aujourd'hui nos codes, ont pris racine dans ces montagnes et restent accrochées à cette histoire et ses mythes. Quant à ma solitude, elle est toute relative quand je suis en compagnie de mes chèvres et de mes livres avec qui je partage les saisons.

— Alors, c'est peut-être tout ce que veut nous dire Ribella, la chèvre blanche ? Et tu le traduis fort bien.
— Peut-être, elle veut nous rappeler que notre village et sa montagne sont les creusets spirituels de notre âme et notre identité.
— Oui ! À la fois un refuge et un guide, une immatérialité indissociable de ce que nous sommes.
— Voyez-vous, nous risquons d'être les acteurs d'un drame humain qui se joue devant nous : artisans et victimes d'une même comédie tragique. Je parle de cet exode rural de l'intérieur vers le littoral et les villes et en ce qui me concerne bien plus lointain. Oui cette migration délite le lien avec ce que nous sommes. Nous mutons pour nous transformer dans des êtres ordinaires, se ressemblant tous les uns aux autres et condamnés à errer comme des zombies dans un monde d'une banalité affligeante où la médiocrité est reine, avec comme credo la vénération de la toute puissante économique qui se répand dans la démesure d'un consumérisme destructeur et au mépris de toute éthique.
— C'est pas très réjouissant mais très vrai ce que tu dis Paul-André, pourtant nous, nous conservons encore ce lien, aussi fragile qu'il soit, avec l'intérieur de l'île. Le jour où les nouvelles générations auront définitivement déserté leur village, alors la page de notre civilisation antique sera définitivement tournée.
— C'est exact, après des siècles de construction, ce qui paraissait pour nous les murs inébranlables d'une

citadelle, s'écroulent devant nos yeux comme un simple jeu de cartes en un rien de temps.
— Oui, une brise insignifiante, un petit souffle lourd de conséquences, de deux générations, pas plus, aura fait tomber les remparts de notre château fort. On parlera bientôt de ce qu'était la Corse comme des archéologues parlent d'une civilisation dont on sait qu'elle a vécu, avec en corollaire ce que furent ses habitants, leur système de pensée, leurs moyens d'existence et leur langue, une langue morte et qui pourtant aura véhiculé la vie.
— La langue est la première patrie. Moi aussi je vous rejoins et malgré mon rôle au sein d'une administration, elle-même au service d'un concept d'égalité, j'ai conscience de ce nomadisme absurde dans lequel nous évoluons. Insidieusement il nous entraîne vers notre perte. Si l'on ne sait pas comprendre et préserver « ces fleurs fragiles de la différence », si nous ne savons pas sauver nos acquis nous plongerons tous dans un véritable abîme et j'avoue avoir du mal avec ça. Cela me fait craindre pour nos lendemains qu'ils soient en Corse et au-delà. Je vois pointer l'ombre d'un silence funeste et d'un échec grandiose, celui d'abord d'un exil puis d'une extinction. L'architecture de notre État centraliste ne permet pas une approche fine et souple. Nos institutions sont engluées dans un système totalement dépassé et inopérant. Il est voué à la faillite et elle sera collective. Les gouvernements qui se sont succédés n'ont jamais eu le courage de faire des réformes en profondeur, dans tout ça la Corse ne pèse rien et c'est bien parce que j'évolue au cœur du système que je peux juger de ses

limites. C'est souvent très frustrant de voir à quel point nous sommes impuissants face à des problèmes qui pourtant seraient simples à résoudre alors imaginez une seconde si demain le pays doit faire face à des catastrophes d'envergure.
— Ah, vous voyez je ne suis pas seul à ressembler à Ribella ! Vous aussi, me semble-t-il, avez une indépendance d'esprit.
— Et toi Marie-Clémence, tu ne dis rien. Tu dois penser être partie pour faire une promenade vivifiante et tu te retrouves perdue avec trois fous qui déblatèrent des incohérences en altitude à cause de l'ivresse des montagnes et à la simple apparition d'une chèvre blanche.

Marie-Clémence tout en souriant resta muette, mais il lui semblait en écoutant les discussions des trois hommes s'élever, portée par une brise... Elle commençait elle aussi à voyager, flotter dans les airs tout en haut... à planer comme le milan rouge. La conversation de ses aînés en était probablement le souffle et la raison.
Le bruit sourd d'un grondement se rapprochait. C'était celui d'un moteur. Puis, sur le plateau, le flap, flap des pales d'un hélicoptère fit détourner le regard des membres du groupe. L'appareil bleu se posa. Antoine se retourna, la chèvre avait disparu. Moteur éteint, trois hommes en treillis sautèrent de l'appareil à l'arrêt.
L'un d'eux, genoux à terre regardait en direction d'une paroi rocheuse avec une paire de jumelles. Quand Paul-André, Camille, Antoine et Marie Clémence atteignirent

le petit plateau ayant servi d'aire d'atterrissage, un militaire s'avança.
Poli, d'un ton martial et assez sec, il se présenta :
« Gendarmerie nationale, Bonjour Messieurs... Ah pardon... Et Madame ! »

— Bonjour, répondirent en chœur les quatre marcheurs !
— Nous sommes à la recherche d'un groupe de randonneurs dont on nous a signalé la disparition depuis trois jours. À tout hasard auriez-vous croisé des personnes ou vu quelque chose susceptible de nous aider dans notre exploration ?
Le plus âgé des trois gendarmes, semble-t-il le chef, s'approcha de Camille et ôta sa paire de lunettes de soleil.
— Bonjour Monsieur le Directeur, mes respects !
Et d'un salut militaire il claqua les talons. Vous me remettez ?
— Oui bien sûr, Lieutenant... Frémont...
— Affirmatif !... Capitaine Frémont... C'est bien ça ! J'ai été muté en Corse et promu chef de brigade, je dirige actuellement la section spécialisée de secours en montagne.
— Félicitations pour votre promotion, excusez ma méprise je n'avais pas vu vos galons de capitaine sous le col de votre blouson.
Le ton martial des trois gendarmes avait changé pour être plus cordial, ils s'adressaient même à Camille d'un ton révérencieux, histoire de se faire bien voir face à un personnage supposé influant dont l'autorité, sait-on

jamais, pourrait être opportune.
— Je ne m'attendais pas vraiment à vous voir ici, Monsieur.
— Mais Capitaine Frémont, je suis d'ici, c'est vous, je crois qui êtes chez moi dans nos montagnes !
— Oui bien sûr Monsieur. Mais permettez-moi d'avouer ma surprise.
— Allons je plaisantais Capitaine, la montagne est à tout le monde et j'ai du plaisir à vous rencontrer. L'essentiel c'est que votre mission soit remplie avec succès. La mer comme la montagne sont devenues en Corse presque exclusivement des espaces de loisirs. La fréquentation accrue de pratiquants de plus en plus nombreux, malgré les recommandations qui leur sont faites, entraîne d'année en année des problèmes sérieux. Heureusement que des hommes tels que vous avec les équipes du CODIS, sont là pour venir en aide aux plus imprudents, trop inconscients des risques.
— La semaine dernière il y a eu un accident grave dans un canyoning pas loin d'ici, quand nous nous sommes transportés sur zone nous n'avons pu que constater les dégâts et avons évacué les corps de trois malheureux.
— Oui, j'ai lu ça sur la presse.
— Bon, nous devons redécoller pour approfondir notre prospection, enfin, si je peux vous être utile en quoi que ce soit, je suis à votre service, il vous est facile de me joindre à la brigade mais je vous donne le numéro de mon téléphone portable.
— Je vous remercie Capitaine, mais j'espère que cela ne sera pas nécessaire, en tout cas bonne chance et courage.

J'espère que vous allez pouvoir retrouver ces pauvres gens.
— Merci Monsieur le Directeur, Madame, Messieurs ! Bonne journée et bonne continuation !
Dans le vrombissement de ses turbines l'appareil s'éleva dans les airs avec un sifflement et un vent faisant bouger tout autour et courber la cime des arbustes puis l'hélico s'éloigna et disparu derrière la crête.
— Le monde est petit, s'exclama Paul-André !
— Oui, comme tu dis, j'ai connu cet officier quand j'étais au ministère de l'intérieur. Il était en charge de la sécurité, il me faisait bonne impression... Comme d'ailleurs beaucoup de ces hommes qui s'engagent réellement dans des missions de service public. Aujourd'hui on les considère de moins en moins ; certains démagogues politiques, des artisans de la haine de tout bord entretiennent volontairement une confusion dans l'opinion, les faisant passer pour des forces d'oppression au service d'un pouvoir tyrannique, alors qu'ils sont le rempart et les garants de nos libertés. Tu vois Paul-André, tu parlais tout à l'heure d'un sujet particulier, qui dans ta profession te déroute, concernant l'évolution des mœurs et des rapports humains en pleine mutation, moi par certains côtés dans un domaine régalien, en apparence éloigné du tien, je ressens la même déliquescence et me sens tout autant désarmé que toi.

— Tu sais Camille, sans vouloir te contrarier je ne partage pas tout à fait ton point de vue concernant l'ensemble des gendarmes. Certains d'entre eux, au prétexte de

suivre des ordres et d'appliquer la loi ne réfléchissent pas beaucoup et ne font pas toujours preuve d'une bonne appréciation.
— Je ne vais pas te donner tort Paul André, mais que veux-tu, quand le crétinisme s'habille d'un uniforme même avec des galons, il n'est pas pour autant respectable, c'est le côté dangereux de ceux qui représentent l'autorité ou le pouvoir, même petit et dans bien des domaines il y a toujours des brebis galeuses.
— C'est le syndrome du petit chef ! Effectivement on peut l'étendre à bien des secteurs professionnels, jusqu'à la sphère familiale de pères ou maris tyranniques.
Il restait une centaine de mètres avant d'atteindre le sommet et le dénivelé était de plus en plus fort.
— J'en peux plus, je m'arrête ici, j'ai des crampes aux mollets, les talons me brûlent, mes chaussures me font mal, continuez sans moi.

— Tu n'as qu'à nous attendre ici, nous grimpons jusqu'à la croix, elle n'est plus très loin. D'ici une petite heure nous serons de retour, on te laisse nos sacs… Allez viens Mascarellu.

Simu in casa di cristu
Nous sommes dans la maison du Christ
(ou de Dieu)

— Nous y voilà ! D'ici on voit la mer des deux côtés, la croix est au point le plus haut. Quelle splendeur, le panorama est incroyable, je n'ai pas les mots pour exprimer ce que je ressens, tu vois, en plus de la fraîcheur et de l'air pur j'ai ce sentiment dont nous parlions tout à l'heure, celui d'habiter les cieux...
— Chaque fois que l'on a grimpé jusqu'ici avec petit Jean, il s'accrochait à la croix et mimait le Christ... Ça nous faisait rire aux éclats.
— Ça ne me surprend pas, il a toujours eu un côté provocateur.
— Si on prenait une photo, Paul-André fais comme petit Jean, mets-toi en croix et puis on lui envoie le cliché sur son téléphone.
— Antoine viens toi aussi, ça nous fera un beau souvenir.
— Ah ! Regardez ! Les voilà, elles sont plus bas au-dessus du creux, elles sont regroupées sur le tombant rocheux au-dessus du ravin.

— Elles me donnent le vertige.
— Ne t'inquiètes pas, elles ont le pied sûr, elles raffolent des brins qui poussent sur cette paroi et pour brouter ces herbes juteuses, elles sont prêtes à prendre des risques inouïs. Souvent je me suis posé la question : comment se fait-il qu'avec leurs petits sabots elles parviennent à s'accrocher aux falaises et ne glissent pas sur les escarpements humides ? La nature les a dotés de qualités propices pour s'adapter aux reliefs de nos montagnes. Maintenant je suis rassuré, la majeure partie du troupeau est là, je crois que nous pouvons redescendre, Marie Clémence doit être impatiente et morte de faim.
— Moi aussi j'ai un appétit d'ogre, la montagne ça creuse.
— Marie, Marie Clémence, tu es encore là ? La jeune femme était étendue dans l'herbe de la prairie entrelacée de méandres d'eau et parsemée de *pozzini.* Elle était au royaume des animaux en liberté où chevaux sauvages, cochons, vaches et chèvres divaguent au gré de leur pitance côtoyant la faune sauvage, rêveuse elle regardait le ciel. En l'espace de quelques heures elle s'était élevée, enrichie de conversations inhabituelles autant qu'inattendues de ces trois hommes. Tous trois si différents dans leurs parcours respectifs et à la fois si proches par leurs convictions. Ces hommes qui partageaient des valeurs morales creusées dans des moules identiques, capables d'avoir des considérations éthiques tout autant que des propos philosophiques à la vue d'un rapace ou d'une chèvre blanche. Ils restaient habités d'une simplicité naïve déconcertante, aux antipodes des

petits cons qu'elle fréquentait, qui ne vivait que pour la frime comme ces écervelées de copines dont les seuls intérêts se limitaient aux cancans, ou aux paires de godasses et frusques de marque. Qu'elle aimerait que Benoît ressemble à ces hommes et suive le même chemin. En ce sens Saint Antoine l'avait déjà exaucée en lui montrant la route... Celle qui rapproche des hauteurs et conduit à la lumière. Elle se devait d'en faire autant pour son fils, qu'il puisse emprunter lui aussi la même voie...

Le pique-nique était copieux, tous les quatre dévoraient la charcuterie et le fromage. Antoine l'avait bien prévu, les boîtes de pâté et de sardines ne firent pas long feu, pour le plus grand régal de Mascarellu qui lécha le fond jusqu'à la dernière goutte d'huile. Dans cet endroit, tout paraissait meilleur, même les miettes des carreaux de la tablette de chocolat noir qu'avait emportée Marie Clémence. Camille en fin connaisseur et passionné ne manqua pas de commenter les qualités de son vin. Il avait conservé cette bonne bouteille, qu'il avait eu en cadeau d'un vigneron lors de son passage en Bourgogne quand il était en poste à la sous-préfecture de Mâcon.

— Je trouve qu'il se marie à merveille avec la charcuterie de Dumé, dit Antoine.

— Tout autant qu'avec ton fromage piquant, répliqua Paul-André.

— Même avec les sardines, rajouta Marie Clémence, ce qui eut pour effet de faire éclater de rire les quatre convives.

— Ah comme on est bien ici, c'est le paradis.

— C'est dommage que Mado ne soit pas venue avec nous, elle aurait sans doute apprécié.
— De doute façon ce n'était pas possible, elle part aujourd'hui.
— Je ne vois pas ce que vous lui trouvez à cette Mado, cette prétentieuse, hier soir elle nous a snobé, elle ne nous a même pas calculé... À part à Antoine bien sûr, elle n'a eu aucune considération pour nous autres, mais vous les hommes vous êtes cons, suffit que vous voyiez un cul et vous perdez la tête.
— Marie, tu ne vas pas nous dire que tu es jalouse de Mado ?
— Jalouse de cette dinde, elle est tout à fait ordinaire, mais pour qui elle se prend ? Si elle n'était pas médecin... et puis qu'est-ce que je m'en fous de ce laideron.
— Bon, quand on redescendra sur terre, on fera un crochet par la rivière, on y prendra un bain dans le grand *pozzu*, ça te détendra Marie.
— Je suis parfaitement détendue, je dis seulement ce que je pense et je n'ai pas mon maillot !
— Tu te baigneras en culotte, on ne regardera pas, dit Antoine.
— Vous, je m'en fous, je sais que je n'ai rien à craindre, même pas votre regard.
— C'est vrai Marie, tu es notre petite sœur, ne l'oublie pas.

Erba baronna
Thym de montagne

— Allez debout tout le monde, il faut redescendre maintenant.
— On est trop bien ici, je n'ai pas envie de partir.
— Tu as raison mais nous devons encore faire un crochet au caseddu, il est juste un peu plus bas à l'abri derrière ce monticule. Je veux vérifier s'il ne manque rien pour mon retour. Le temps de regrouper le troupeau nécessite au moins deux jours, ce qui m'oblige à y dormir une à deux nuits. Jules à la fin de la saison de chasse y a stationné avec son équipe. C'est un gars sérieux et tant que ce sera lui le chef de battue, les chasseurs entretiendront le caseddu. L'année dernière, ils ont même réparé le toit.

— Il n'a pas fait quinze ans d'armée pour rien !
— Il enseigne aux plus jeunes, qui ne la connaissent pas, ce qu'est la montagne avec ses pièges. Je sais qu'il leur a expliqué qu'il faut toujours laisser du bois sec à l'intérieur pour ceux qui devraient stationner pour s'abriter s'ils sont surpris par le mauvais temps et ainsi pouvoir se réchauffer.

— Oui, pour lui c’est une évidence, il est familier de ces espaces et avant de s'engager, il pratiquait ces lieux avec sa bande de brebis.
— Aujourd’hui le temps est magnifique, mais quelquefois l’endroit est inhospitalier et tout peut s'assombrir en l'espace d'une demi-heure. Puis, Antoine se leva et se dirigea vers une touffe pour couper quelques brins d'Erba Baronna qu’il enfouit dans son sac.
Ma mère attend toujours que je lui en cueille. Dimanche le curé vient manger à la maison, elle doit faire un ragoût de veau dont elle a le secret et je dois dire qu’elle le réussit à la perfection. Le parfum de ce thym des cimes lui donne un goût incomparable ! Et rien que d’y penser...
— Arrête, arrête... Tu me donnes encore faim alors que l’on vient à peine de finir de manger.

Marie-Clémence avait repris des forces sur son matelas d’herbe douillet qu’elle se devait d'abandonner...
— C’est génial, dit-elle, j’aimerais avoir chez moi un lit aussi moelleux.
Ayant modifié l’itinéraire et après qu'Antoine eut inspecté le *caseddu*, ils arrivèrent très vite aux grandes vasques. Les immenses dalles plates de granit tièdes invitaient les baigneurs à s’étendre pour se réchauffer après s’être plongés dans l’eauglacée du torrent. Le fleuve suivait son cours, de cascades murmurantes en bouillons d’écume gargouillant. Parfois il se reposait dans de profondes cuvettes rondes creusées dans la roche. Après un répit de quelques instants, la rivière

entonnait à nouveau le chant de son eau émeraude accompagnant sa course jusqu'au fond de la vallée. Où l'onde était plus calme, flottaient à la surface des araignées aux longues pattes fines, qui dessinaient en zigzaguant des arabesques pour se laisser ensuite porter par le courant. Des libellules jaunes et bleues jouaient avec la transparence et les reflets scintillants de l'eau, en effleurant à peine de leurs ailes transparentes des feuilles de bouleau et dansaient avec elles un ballet aquatique tout en délicatesse. Des truites, vives comme un éclair à l'affût d'une mouche imprudente, traversaient les bassins à la vitesse de flèches pour gober leur proie dans les remous.

— On dirait une immense baignoire, c'est féerique !
— C'est ici qu'il y a les plus belles farios tachetées de points rouges, petit Jean n'a pas son pareil pour les pêcher à la main dans ces trous. Tiens Camille, d'ici on peut apercevoir votre moulin tout en bas caché sous le lierre.
— Ne m'en parle pas, nous avons été fâchés en famille pendant des années à cause de cette ruine. D'ailleurs il est toujours dans l'indivision et il s'écroule. La succession n'est pas en passe d'être réglée malgré tous les efforts du notaire. Mais que veux-tu y faire, malheureusement cela ressemble à notre Corse. Beaucoup s'obstinent et préfèrent que tout s'écroule plutôt que de chercher à s'entendre et trouver des solutions et, à côté de ça, ce sont souvent les mêmes qui adorent les cendres plutôt que d'entretenir le feu.

— C'est une belle métaphore, elle est dans la logique du propos, à croire que notre déclin s'écrit au départ dans l'histoire du fonctionnement de nos familles. Il y a une forme d'irrationalité surévaluant le supposé profit que pourrait faire l'un des membres si d'aventure il était l'attributaire du bien. On connait tous çà.
— Cela y est pour beaucoup et j'ai toujours cherché à comprendre mais je n'y suis jamais parvenu, bon, quand nous arriverons au village je vous propose de nous arrêter chez Dédé pour boire un coup.
— Oui, c'est une bonne idée. « *A chi beie sempre acqua finisce per avè e granochje in corpù* ». celui qui ne boit que de l'eau finit par avoir des
grenouilles dans l'estomac.

U ghjocu a carte
La partie de belote

— Voilà ! Je le savais ! Maintenant on est dedans, putain de merde ! Pourquoi tu me changes la couleur et en plus tu fais la passe pour nous faire couper ?
— C'est toi oh Maurice, quand tu fais tes annonces ! On avait dit quatre-vingt, deux as !
— Et alors, je ne les avais pas les deux as ? Je suis même bicolore !
— Oui ! Mais moi j'avais le trente-quatre à trèfle, il fallait que tu partes avec l'atout pour faire tomber l'as troisième, de toute façon tu peux encore jouer cinquante ans, tu ne comprendras jamais rien à la contrée.
— *O sumero*, espèce d'âne, comment voulais-tu que je parle d'atout, je te dis que j'étais bicolore. *Aiò, aiò*, allez, allez, au moins tais-toi, hier on avait le capot à la main et tu nous as fait perdre... Il vaut mieux que tu ailles jouer à la bataille ou aux billes !
— Allez, Allez, de toute façon tu as toujours raison, je me demande encore pourquoi je persiste encore à jouer avec toi... Sers-nous, Dédé et sers aussi les randonneurs, ils doivent être morts de soif. Alors, comment

c'était la promenade ? Vous êtes montés jusqu'à la croix ?
— Oui on s'est éclaté, c'était magnifique !
— Ah si je pouvais encore y aller, mais je n'ai plus de force et mes guibolles ont du mal à me porter jusqu'au bar, enfin il me reste les cartes, si au moins j'avais un bon partenaire, avec ce Julien impossible de gagner une partie de belote…
— Beuh, qu'est-ce qu'il ne faut pas entendre, tu es vraiment gaga mon pauvre Maurice ! Allez Dédé, ressers tout le monde, on a les yeux qui brillent comme dit la chanson...
— Et surtout le gosier sec... Demain il y a l'enterrement de Max, il va y avoir du monde et il vaut mieux y aller tôt pour faire les condoléances.
— La pauvre Marthe, pour elle la journée va être longue.

Ogni morte vole scusa
Chaque mort se cherche une excuse

Un coup, deux, trois... sept ! Lentement le marteau frappait lourdement la grande cloche. Le glas sonnait gravement dans une atmosphère sépulcrale et pesante comme la tonalité funeste d'une ombre noire, celle du trépassé. L'archiprêtre assisté du curé polonais et du diacre attendaient au milieu de la population au bas du parvis de l'église. Il officierait pour Max, qui pour la dernière fois franchirait le pas de l'église paroissiale passant par l'imposante porte en noyer massif huilée d'une teinte d'un acajou sombre. Assurément Dieu miséricordieux accorderait le pardon à ce chrétien baptisé ici même voilà bien longtemps, afin qu'il puisse reposer en paix dans sa dernière demeure. Guidée par une fascination morbide coutumière et l'obligation de présence pour un grand nombre, la foule se pressait sur la place quand le corbillard violet aubergine arriva lentement dans un silence lugubre. Il était suivi de deux fourgons funéraires, sur chargés de couronnes mortuaires à la tête d'un long cortège de grosses autos, noires pour la plupart. Dès que Marthe, accompagnant le corps, descendit de l'avant du carrosse mortuaire, des gens dans

une sorte de cafouillage se bousculaient dans sa direction, tentant confusément de l'approcher. Tout en se frayant un passage l'archiprêtre détaché tout spécialement de l'évêché pour officier intima à la foule dense et silencieuse de laisser passer la dame, puis s'adressant à l'assistance il précisa que :
— Les condoléances se feront après la cérémonie dans le chœur de l'église.
Marthe toute habillée de noir, portait une mantille en dentelle et des lunettes teintées qui dissimulaient son visage. Quatre hommes en costume gris sombre lui emboîtaient le pas pour grimper l'escalier en suivant le cercueil cossu et lourd aux poignées d'un doré reluisant. Il était porté par des hommes du village à la mine grave s'étant précipités dès l'arrivée pour avoir l'honneur d'accompagner ce que fût pour beaucoup un grand bienfaiteur laissant derrière lui une image de tout-puissant à la figure paternaliste. La garde rapprochée de Marthe vint s'asseoir auprès d'elle sur le banc au premier rang réservé à la famille et aux proches. Un nombre impressionnant de voitures venues de toute la Corse envahirent le petit village. Il n'était pas commode de se garer dans les ruelles étroites. Dédé s'était transformé en agent de la circulation et indiquait aux chauffeurs un peu perdus de possibles places jusqu'au dernier tournant tout en haut avant la croix. Certaines personnes étaient venues spécialement du continent pour assister aux obsèques. Francis Ford Coppola aurait été présent, ils auraient pu sans aucun doute avoir le meilleur des castings et filmer sans effets spéciaux la scène.

L'église était trop petite pour contenir tout le monde, ce qui témoignait de l'importance du défunt. Un fourgon de gendarmerie à l'entrée du petit village et la présence de RG dissimulés dans la foule était plus discrète que celle de journalistes en reportage cherchant à filmer la scène.
— Je n'ai jamais vu autant de monde au village pour un enterrement, glissa petit Jean qui se tenait à la droite d'Antoine et visiblement impressionné.
— Moi non plus, Max était connu bien au-delà du village et du canton.
— Tu parles, avec tous les services qu'il a rendus, il en a sorti plus d'un de la merde. On m'a même dit qu'il y aurait un secrétaire d'État, y compris tous les hommes politiques important de l'île... Mi, mi, tu as vu qui il y a à droite en haut des marches ? Ces grosses enflures du bar des Flots Bleus... regarde ! « *ci hé ancu quellu rottu in culu di Nasone*, il y a même cette enfoiré de Nazone», leur boss qui discute avec tes petits parents, ces deux gros cons de Batti et Augustin.
Max avait souhaité que dans le faire-part ne figurent que Marthe sa fille adoptive avec son fils Paul Antoine ainsi que Luigi son fidèle second. Il avait laissé des consignes précises pour le déroulement de ses obsèques : pas de messe chantée, sauf pour clôturer la cérémonie, l'Ave Maria de Gounod. Il voulait être enterré auprès de sa mère et sa petite sœur, décédée à la suite d'une polio à l'âge de huit ans. Une cantatrice venue spécialement de Milan où elle était en tournée interpréta a cappella et avec brio le chant. Sa voix d'une intensité remarquable

fit résonner les murs de l'église dans une acoustique qui donnait le frisson. Visiblement bouleversée, elle alla s'incliner à la fin de son récital devant le cercueil en déposant une rose rouge en même temps qu'un baiser sur l'urne. La diva était infiniment reconnaissante à Max à qui elle devait en partie sa carrière. Max l'avait à ses débuts, introduite à l'Opéra de Paris, la recommandant à son directeur qu'il connaissait fort bien. Jeune fille talentueuse, elle avait pu percer dans l'art lyrique grâce à la générosité de son mentor, son timbre de voix limpide ; l'étendue de la tessiture qu'elle possédait naturellement avaient fait le reste. La messe terminée, un défilé interminable prenait d'assaut à pas lent le chœur de l'église. Une queue impressionnante de gens désirant présenter leurs condoléances et au passage se congratulant discrètement quand ils se croisaient dans la file, s'étala durant deux bonnes heures pour atteindre l'abside. Marthe y était stoïque et glissait un petit mot de remerciement à chacune des personnes, venue exprimer son soutien. Quand Antoine arriva à sa hauteur, très émue elle le sera fort dans ses bras laissant échapper pour la première fois quelques sanglots.

— Je suis désolé pour toi, je compatis à ton chagrin.
— Je t'attendais Antoine, dit-elle à voix basse maintenant son étreinte, s'empressant de rajouter, j'ai besoin de te parler et il n'y a que toi qui peux m'apporter du réconfort… Après les obsèques je redescends à la villa, je t'en prie appelle moi, appelle moi ce soir…

— Oui, si tu veux.
— Promets le moi, j'ai quelque chose de très important qu'il faut que je te dise…
— Ne t'inquiète pas je le ferai, courage Marthe.
— Merci, merci beaucoup… j'attendrai...

L'archiprêtre, lors de son homélie, ne manqua pas de faire les louanges du défunt. « *Cet homme d'une grande probité, toujours prêt à aider son prochain et ayant fait tant de bien pour les gens de son village et que maintenant son âme monte vers le ciel, Dieu Notre Seigneur Tout-Puissant l'attend, il lui réserve une place à ses côtés* », conclut-il, puis il bénit le cercueil.
Antoine eut un petit sourire intérieur et pensa presque tout haut, aux paroles d'une chanson de Brassens… « *C'est à du gibier de potence, qu'en cette triste circonstance, l'hommage sacré fut rendu.* » Ces prêtres ont une faculté inouïe à récupérer tout ce qui est possible... enfin...
Rentré à la maison, il s'assit à table pour réfléchir un moment. Devait-il appeler Marthe, elle devait être épuisée et que souhaitait-elle lui dire, qu'avait-elle voulu lui signifier en parlant de réconfort… ? Mais surtout de ce qui semblait une sérieuse confidence, puis lui ayant promis il se décida.
— Allô, Marthe, c'est Antoine, la journée pour toi a dû être difficile.
— Ah Antoine, merci de m'appeler, j'attendais ton coup de téléphone avec impatience. Oui, ça a été dur et je n'en voyais plus la fin, je suis épuisée. Maintenant j'ai

enlevé mes escarpins à talons, j'ai les jambes enflées et les pieds en bouillie. Je me suis allongée sur le canapé, je n'ai pas très faim, je vais me faire apporter un plateau avec une tranche de jambon, un peu de fromage et un yogourt. Je vais regarder la télé, cela me changera les idées. Écoute Antoine je veux absolument te voir, il faut que je te parle, je prends l'avion après-demain. Pourras-tu venir ?

— Bon, d'accord, je descends demain en fin d'après-midi à la fraîche.

— Très bien, je t'attends, tu resteras pour dîner si tu es d'accord.

Ognunu pienghje i so ochji
Chacun pleure ses êtres chers

Antoine arriva et se présenta devant le portail en fer forgé. Des hauts murs blancs d'une enceinte qui semblait infranchissable occultaient le jardin. Un système de caméras au-dessus de l'entrée scrutait l'identité des visiteurs et assurait la sécurité des lieux. Antoine sonna à l'interphone. Une voix grave répondit, que voulez-vous ?
— J'ai rendez-vous avec Marthe, je suis Antoine.
— Très bien, on va vous ouvrir, on va venir vous chercher. Quelques secondes et les deux lourds battants du portail en fer actionnés par une commande à distance s'ouvrirent. Un homme costaud à la mine patibulaire apparu. Dès qu'il s'avança Antoine le reconnut immédiatement. Une entaille mal cicatrisée de l'ancienne blessure d'une lame partait du dessous de son œil gauche et traversait sa joue jusqu'à l'épaisse lèvre tombante recouvrant sa bouche. Le léger strabisme convergeant d'un regard peu sympathique donnait à son visage un aspect assez menaçant voir dissuasif. « *Pare quellu chi hà inchjudatu à cristu* », il ressemble à celui qui a cloué Jésus sur la croix, pensa Antoine.l'homme faisait partie de la garde rapprochée de Marthe.

— Bonjour Antoine, ça fait longtemps…
— En effet Luigi, ça fait assez longtemps.
— Garez-vous dans la cour sur la droite. Antoine, suivant les instructions, alla garer son Kangoo blanc à côté de l'imposante Mercedes blindée noire aux vitres fumées. En avançant, les pneus crissant sur le gravier firent ce bruit métallique très caractéristique, comme ceux du piétinement des deux hommes raclant de leurs souliers les petites pierres rugueuses concassées et progressant sans dire mot vers la porte d'entrée. La maison aux lignes sobres et épurées d'une architecture cubique minimaliste était ombragée par des pins maritimes majestueux et donnait directement sur la mer. Ayant franchi la porte de métal blindée, Antoine pénétra à l'intérieur sous bonne garde. Du grand canapé en cuir blanc qui meublait le salon, l'on pouvait contempler, assis confortablement, le golfe à travers une immense baie vitrée. Juste au-devant, la piscine à débordement entouré de lames de bois grisé en Ipé, conférait un attrait supplémentaire au luxe froid de cette habitation tel qu'Antoine le ressentait.
— Marthe, votre invité est là.
— Entre Antoine, mets-toi à l'aise, fais comme chez toi. Marthe pas maquillée et des cernes sous les yeux apparut en tenue d'intérieur. Elle portait un bas de survêtement, un débardeur en soie et était chaussée de tongs.
— Luigi, je n'ai plus besoin de vous, vous pouvez vous retirer.
— Bien Marthe. Luigi était d'origine sarde, fidèle parmi les fidèles depuis bien longtemps, il remplissait les

fonctions de garde du corps, de chauffeur et accessoirement de gardien. Moine soldat, il appliquait les ordres à la lettre sans jamais émettre une opinion. Il était prêt à tout, il suffisait qu'on le lui ordonne et de toute façon du moment que Max lui avait dit de faire quelque chose, c'est qu'il y avait une bonne raison. Par conséquent il était inutile de savoir pourquoi. Max ayant disparu, c'était à Marthe qu'il devait cette fidélité sans faille, c'est de toute façon ce que Max aurait exigé de lui. Dans tous les cas il n'avait plus vraiment de famille à l'exception d'un oncle et une cousine germaine en Sardaigne et finalement sa famille la plus proche restait celle de Max.

— Tu préfères que l'on s'assoie dehors, on y est bien à cette heure-ci. Quand je suis ici le soir je regarde le coucher de soleil sur la mer, c'est un véritable spectacle. Qu'est-ce que tu veux boire ?
— Une Orezza, si tu l'as ça me va.
— Tu veux grignoter quelque chose ? j'ai des chips.
— Non ça ira, je te remercie. Il y avait beaucoup de monde hier à l'enterrement.
— Oui je sais ! Mais je n'ai pratiquement rien vu, j'étais dans ma bulle et ça été pour moi une épreuve difficile. Toute ma vie a refait surface en plus de mon chagrin.
— Ton fils n'était pas là ?
— Non, j'ai préféré tenir Paul Antoine à l'écart, d'ailleurs il est en ce moment aux États-Unis où il fait un stage pour ses études d'économie et c'est mieux ainsi. Bien sûr cela lui a fait un choc mais je l'avais préparé.

Il est inscrit à Cambridge et se destine à un métier dans la finance, je dois te dire qu'il est brillant et il a d'excellents résultats. Je suis fière de son parcours. Sa présence n'était pas vraiment utile, j'ai voulu lui éviter cette lourdeur et en plus c'était trop compliqué par rapport aux disponibilités sur les vols en période estivale. Je dois le rejoindre, il viendra pour la Toussaint, ce sera plus calme pour se recueillir quand nous iront fleurir la tombe. Je n'ai pas besoin de Luigi pour le voyage, il restera à la villa et supervisera les travaux que nous avions prévu avant que Max ne tombe malade. Et toi, dis-moi ce que tu deviens, le temps a passé si vite depuis notre dernière rencontre.

— Rien d'extraordinaire, je continue ma vie de berger et essaie de m'occuper au mieux de ma mère qui prend de l'âge.

— Justement je voulais te demander de ses nouvelles, quelle belle femme elle était, quand j'étais jeune elle m'impressionnait par sa distinction et sa grâce. Je voulais lui ressembler et si j'avais eu une fille je crois que l'aurais appelé Marie.

— Pour le moment ça va, elle garde une lucidité et une vivacité étonnante pour une femme de son âge. Elle est indépendante et cuisine toujours autant, elle s'est même mise à l'ordinateur et elle s'en sort mieux que moi.

— C'est extraordinaire mais cela ne m'étonne pas, tu as de la chance et elle aussi d'avoir un fils comme toi.

— Tu crois ?

— Non seulement je le crois mais... Marthe fut interrompue par le carillon, « J'attends le maire, ça doit être lui », je dois avoir un entretien sérieux, mais ça ne sera pas long. J'ai réservé une table chez Loulou. Ça te dit de manger du poisson ?

— Oui, volontiers !
— Ah, entrez Jacques. Le maire accompagné par Luigi pénétra dans le grand salon.
— Bonjour Marthe, Bonjour Antoine. Comment ça va depuis hier ?
— Ça va, mais il va me falloir du temps…
— Oui je comprends. Ah ce pauvre Max, il va manquer, un homme tel que lui ça ne court pas les rues, ça va laisser un vide… Enfin c'est la vie… Mais cette maladie est un véritable fléau, on entend que ça… »
— Marthe, je vais me retirer pour que vous puissiez parler de vos affaires.
— Non ce n'est pas utile, j'ai une confiance totale en toi et notre ami Jacques peut parler sans aucune crainte en ta présence.
— Bon, voilà, nous devrions obtenir le permis d'ici peu, le directeur de la DDTM me l'a confirmé. Je vous avoue que ce n'est pas facile entre les associations d'écolos qui s'opposent à tout et certains nationalistes.
— Comment, vous m'aviez assuré que de leur côté les problèmes étaient réglés.
— Oui si on veut, mais ils exigent maintenant que cela soit une de leur entreprise qui fasse les travaux. Ils veulent croquer eux aussi.
— Ils me semble qu'ils se sont bien éloignés de ce qu'étaient leurs convictions initiales.

— C'est le cas pour beaucoup, mais aujourd'hui ils sont loin d'être tous d'accord entre eux. Il y a des tensions depuis que certains, je dirais plus actifs se sont reconvertis dans les affaires et particulièrement dans l'immobilier. Cela risque de mal tourner à tout moment. En plus il y a ceux qui ont milité pour leur cause sans doute au départ louable. Les idéologues ont essuyé les plâtres, certains ont fait de la prison et se retrouvent après des années de militantisme et sacrifices une main devant une main derrière. Cela fait non seulement des déçus mais aussi des aigris qui se sentent lésés et considèrent leurs anciens compagnons de lutte comme des traîtres. Il y a un véritable schisme et différentes fractions qui sont prêtes à remettre le couvert et en découdre. Il n'est pas inenvisageable que ces haines accumulées par les déconvenues de certains puissent se transformer de nouveau en un bain de sang. J'avoue que les cartes sont brouillées et il est compliqué de trouver une logique d'autant que la Corse est en pleine mutation, comme l'est la société de façon plus générale. Enfin tout ça ne facilite pas les choses et particulièrement les investissements dans les communes du littoral.

— Ah mon Dieu que la Corse est compliquée ! Jacques je ne vais pas vous retenir plus longtemps, je sais que votre emploi du temps est chargé, je vous remercie d'être venu me voir et me tenir informée. Luigi va vous raccompagner.

— Marthe... Je voulais vous dire, Max a été très généreux avec moi, je ne peux pas l'oublier et si vous avez besoin de quoi que ce soit dans la mesure de mes

moyens je ferai tout pour vous satisfaire.
— Je n'en doute pas un instant, à bientôt Jacques.
— Au revoir Marthe, salut Antoine.
— Il semble que tu entretiens de bonnes relations avec le maire.
— Il est du village et nous a fait obtenir le permis de la première tranche de la Marina, Max ne l'a pas oublié et a su le récompenser en lui donnant un coup de main pour sa campagne. Il lui doit sa réélection et il est clair qu'il souhaite que je poursuive dans ce sens, dis-moi ce que tu en penses ?
— Au sujet des relations que tu entretiens avec le maire ou de l'opération.
— De l'opération.
— Tu veux vraiment mon sentiment ?
— Bien sûr, si je te pose la question.
— Au-delà du fait que tout le monde veut sa part de gâteau je crois que les Corses creusent leur tombe.
— Que veux-tu me dire ? Explique-moi !
— Les Corses sont aujourd'hui pour beaucoup obnubilés par l'argent et les profits faciles. Après que certains se soient opposés à des grands groupes encouragés jadis par la politique de l'État voulant transformer nos côtes en usine à bronzer, ce sont quelques-uns d'entre eux qui maintenant bétonnent les côtes de l'île avec bien sûr la complicité d'élus et d'autres personnages peu scrupuleux. C'est plus grave encore que l'a évoqué Jacques, c'est la course à l'échalote jusqu'à que certains soient capables de s'entre-tuer mais au-delà le risque est de nous faire à tous perdre l'essentiel. S'ils renouent

avec la violence, avec d'autres motivations que politique, ce sera la spirale du pire, un désastre pour tous.
— Écoute Antoine, tu ne crois pas que tu noircis le tableau, tu avoueras que tout le monde ne peut pas vivre comme toi, en ermite et hors de tout, il faut offrir autre chose à la Corse et aux Corses. Concernant nos affaires, Max a depuis longtemps investi dans des circuits légaux. Même nos cercles de jeux sont cleans. D'ailleurs notre expertise est reconnue et que ce soit à l'étranger ou en France nous n'avons aucun problème avec les autorités.

— Ta profession d'avocate fiscaliste, ne doit pas y être étrangère. Je n'ai fait aucune allusion délictueuse concernant vos activités. Je voulais simplement t'exprimer mon opinion sur le développement de l'île et l'orientation qu'elle prend dans ce type d'économie spéculative, les conséquences sont néfastes selon ma vision. En premier lieu c'est un véritable désastre environnemental et pour la jeunesse la promesse d'un avenir pitoyable. On lui offre une promesse d'illusion à laquelle pour la plupart ces jeunes n'auront pas accès et sans de plausibles emplois qualifiés, je ne crois pas qu'ils puissent s'y retrouver. De plus cette jeunesse doit faire face à ses propres dérives et turpitudes du moment, elle n'a plus que les loisirs en tête à l'exception de quelques-uns qui s'accrochent à la réalisation difficile de projets qui ont du sens. Pour beaucoup l'alcool et la drogue agrémentent leurs sorties devenues l'essentiel de leurs préoccupations et sans de réelles perspectives de travail. Le comble c'est qu'ils adhérent majoritairement à une

politique qui se veut émancipatrice alors qu'eux sont, le plus souvent dépendants d'abord financièrement de leurs parents et en plus de tous les artifices d'une vie en vase clos.
— Toi aussi tu vis un peu en vase clos, ne crois-tu pas ?
— Non Marthe, ne te trompe pas, je suis libre d'esprit depuis toujours et j'entretiens envers et contre tout mon indépendance. Elle m'est essentielle et ce n'est pas un leurre mais bien entendu je ne prétends pas à ce que tout le monde vive comme moi. Quand je parle d'indépendance pour moi c'est cette liberté d'esprit qui me permet d'échapper à toutes les tendances du moment.
— Oui je le comprends ainsi et je crois suffisamment te connaitre pour savoir que chez toi cela ne peut pas être autrement. Et pour le reste ?
— Si tu parles de ma vie professionnelle, tu vois, depuis que Karim est avec moi, j'arrive à organiser mon temps et je m'offre le luxe de partir assez souvent pour des expositions, des visites de musées et assister à des spectacles. De parents du Rif marocain, Karim lui a grandi au village. Il parle corse mieux que ceux qui brandissent à bandera corsa, le drapeau corse. Il est inscrit à une formation au lycée agricole et vient en alternance sur l'exploitation. Il est sérieux et travailleur et j'envisage tôt ou tard de lui céder le troupeau. J'aurais eu du mal à trouver pour prendre ma suite un jeune issu des familles *nustrale*, locales. Ceci dit le concernant, je le considère à part entière comme un membre de notre communauté. Je lis plus que jamais et regarde des émissions et reportages qui ont de l'intérêt pour moi. À aucun moment je

ressens un isolement, je persiste à vivre simplement et à mon rythme.
— Tu sais, tu ne me surprends pas trop et cela me rassure de te retrouver tel que tu as toujours été, fidèle à toi même et toujours aussi solide. Tu n'as jamais changé, d'ailleurs je dois te dire que je te trouve toujours aussi séduisant que quand je t'ai connu.
— Tu ne crois pas qu'il vaut mieux éviter ce sujet ?
— Non au contraire... Je...
— Écoute Marthe, il ne vaut mieux pas nous mettre dans une situation délicate, c'est du passé.
— C'est du passé peut-être pour toi, moi je n'ai pas eu ta vie facile de philosophe de la montagne qui vit avec les petits oiseaux et les fleurs.
— Ne soit pas ironique, tu n'as jamais eu trop le tempérament nostalgique.
— C'est une apparence et c'est aisé pour toi d'avoir un avis tranchant. Max a tout fait pour moi, comme l'aurait fait mon propre père s'il avait vécu. En apparence je n'ai jamais manqué de rien et bien plus que ça, mais j'ai été rejetée par ma mère. J'en ai souffert toute ma vie et cela m'a laissé des cicatrices profondes. Crois-tu que l'opulence dans laquelle j'ai évolué peut remplacer l'affection ? J'en ai cruellement manqué et je me suis construite avec une carence, je me suis endurcie mais j'ai mes fragilités. A toi je peux te confier tout ça et tu es bien le seul.
— Tu ne crois pas qu'il vaut mieux aller dîner ?
— Excuse-moi Antoine, oui on y va. Tu ne peux pas savoir à quel point, malgré les tristes circonstances, je

suis heureuse d'être avec toi ce soir. Ta présence m'apaise.

— Bon allons y maintenant.

— Luigi, nous allons sortir dîner avec Antoine.

— Je vous y conduis.

— Non ce n'est pas nécessaire, je suis bien accompagnée, je ne risque rien.

— Vous êtes sûre ?

— Soyez tranquille, à plus tard.

Tempu à grilli è tempu à capretti
disse a volpe cun tutti i so versetti
Temps de sauterelles et temps des agneaux
Dit le renard avec tous ses couplets

— Bonsoir Madame Marthe, Bonsoir Monsieur.
— Bonsoir Loulou, vous connaissez Antoine mon ami, le berger de mon village ?
— Non je ne connais pas Monsieur mais la réputation de ses fromages et de son brocciu que l'on ne peut pas se procurer l'a précédé. Je suis honoré. Je vous ai réservé votre table habituelle, celle du pauvre Max. Vous pouvez tout voir et elle est un peu retirée... Nous avons reçu ce matin du très beau poisson, j'ai même des langoustes de plus d'un kilo si ça vous dit.
-— Ne soyez pas inquiet, chez vous c'est toujours un vrai régal et on va vous faire confiance sur le choix, quand vous prendrez la commande vous nous conseillerez. Tu sais Antoine, ici c'est la meilleure table de la région, tout est frais et l'endroit est divin, on mange les pieds dans l'eau. J'ai su que Loulou avait eu quelques problèmes au sujet de l'implantation de sa terrasse sur la plage. Il a été verbalisé et va certainement être contraint à la démolition. Il m'a dit pouvoir trouver

un arrangement avec l'administration sur un possible démontage en période hivernale.
— C'est devenu la préoccupation majeure des services de l'État. L'histoire des paillotes refait surface régulièrement en Corse dans les médias. Ça détourne l'attention de l'opinion et permet de masquer des carences bien plus sérieuses.
— Tu crois que c'est voulu ?
— C'est la stratégie de l'écran de fumée relayée par les journaux friands de ce sujet. C'est très pernicieux, on jette un os à ronger à l'opinion et une bande de chiens affamés pour qu'ils se battent entre eux. Bien sûr le résultat est acquis d'avance, c'est très caricatural mais en gros c'est ce qui se passe.
— Qu'est-ce que tu veux dire avec ta métaphore de l'os ?
— L'os, c'est l'autorisation arbitraire que délivre l'État avec en parallèle l'illusion mirifique d'un enrichissement, alors qu'en deux mois d'activité ce type d'affaire est difficilement rentable pour la majorité d'entre elles. On est dans l'économie du miroir aux alouettes. Cela fait partie de la précarité du système de l'économie touristique de la Corse.
— Si je comprends bien tu es contre les paillotes et de façon plus générale contre l'activité touristique.
— Si je suis là ce soir, même si ici ça n'a rien d'un établissement éphémère, c'est que j'aime aussi comme beaucoup ces endroits, ils font partie d'un certain art de vivre et je ne suis pas contre mais pour une activité touristique maîtrisée. Par contre ce qui me choque dans la gestion de ces espaces en bord de mer et même s'il y a

eu des abus, c'est la perversité de fonctionnaires qui jouent ce mauvais jeu. Ils sont loin de tous ressembler à Camille, l'exemple même du bon sens et son intégrité n'est pas à mettre en doute, pourtant il est corse !
— Tu fais une différence ?
— Elle est simple, les gouvernements successifs pensent depuis un moment que la solution du problème corse est uniquement un problème d'application de la loi pour l'implantation des paillotes comme pour le reste. Mais la loi, si elle est inadaptée, n'est pas forcément le meilleur des remèdes. Ils persistent dans leur logique et pour atteindre un objectif mal défini, ils considèrent que seuls les fonctionnaires du continent sont en mesure de bien faire leur boulot. Il suffit de regarder les organigrammes des services de l'État, pour se rendre compte que tous les postes de cadres et direction, sauf exception, sont pourvus par des agents continentaux. Mais où le bât blesse, c'est que la plupart du temps les motivations de ces agents à venir ici n'est pas en lien avec la pertinence de leur fonction mais davantage à celles qui les auraient incités à demander un poste à la Guadeloupe ou à la Réunion. En aucun cas ils cherchent à comprendre quoi que ce soit et leur posture n'est pas compatible avec les particularismes de l'île. En plus de leur avancement assuré, ils peuvent faire de la planche à voile, des randonnées tous les dimanches. La Corse a cet avantage d'être pour des conditions quasi similaires à celles des Dom Tom à une heure de Paris, même si les clémentines n'ont pas tout à fait le goût de la mangue et la *pulenda*, polente la saveur du Colombo, on reste dans un lieu

d'exotisme et le *figatellu*, saucisse de foie et les oursins compensent. Après, au quotidien, calfeutrés dans leurs bureaux, il suffit qu'ils s'appuient sur les circulaires et décrets tout genre, les lois montagne et littoral avec tout un empilement réglementaire dont la plupart du temps ils ignorent le sens. Mais peu importe, l'interprétation est-elle nécessaire pour eux ? Je vais jusqu'à soupçonner qu'ils ne sont même pas capables de comprendre que tout cet arsenal est inadapté. De toute façon ils s'en foutent royalement. Que la Corse aille bien ou mal ils ne se sentent pas concernés. Au mieux leur réflexe est corporatiste et la seule motivation de revendications ne peut être qu'en lien avec leur avancement et grille de salaire. Tout ça est bien éloigné de la réalité socio-économique de notre île !

— Tu tiens un langage de natio !

— Pas du tout, je tiens celui d'un Corse et avant tout celui du réalisme. La France souffre de son centralisme jacobin avec en plus le complexe persistant de supériorité du colonisateur et d'une caste puante voire affairiste de sa haute administration. Elle se positionne en donneur de leçons ayant depuis longtemps renoncé à ses fondements républicains égalitaires. Le fossé se creuse en Corse comme ailleurs. Le compte n'y est pas et les Corses ne se sentent plus dans une République qui prône l'égalité des chances et la justice sociale à laquelle ils avaient massivement adhéré et pour laquelle ils ont donné leur sang. Aujourd'hui le danger est grand et les tentations d'une aventure aussi. Nous sommes en déshérence.

— Alors qu'est-ce que tu préconises ?

— D'apprendre de ses erreurs et une mise à plat totale, mais je sais que c'est du domaine du rêve, la Corse est encore en proie à ses démons et le contexte ne permet pas de combler les fractures d'où naissent les déséquilibres, malgré la volonté de certains acteurs qui ne ménagent pas leurs
efforts. La confusion est telle que plus personne ne sait quelle est la bonne direction et l'État, dans sa politique en Corse comme sur le continent, est incapable de donner la direction claire d'un cap.

— Alors si je comprends bien, selon toi tout est perdu.

— Absolument pas, « *L'homme a besoin de ce qu'il y a de pire en lui s'il veut parvenir à ce qu'il a de meilleur* » disait Nietzsche. Ce qu'il y a d'exécrable nous l'avons déjà produit. C'est un enseignement. Notre retard peut être aussi une chance, paradoxalement il peut nous éviter de nous engouffrer dans ce que nous voyons ailleurs de mauvais et par conséquent nous pouvons tendre vers le meilleur.

— Veux-tu me dire par là, que je dois renoncer à ma promotion immobilière ?

— C'est à toi de voir, en ton âme et conscience, ce dont je suis sûr en ce qui te concerne, c'est que ton bonheur ne passe pas par la réalisation d'une promotion et tu n'as pas besoin de ça pour vivre.

— Tu sais, j'arrive à mieux comprendre pourquoi ton père et toi, obstinés comme vous l'êtes, avez vendu vos propriétés au Conservatoire du Littoral pour une bouchée de pain alors que Max vous offrait un pont d'or.

— Mon père m'a appris une chose, « *Ce n'est pas la terre qui t'appartient, mais toi qui appartiens à la terre* » ce qui signifie en clair que l'on se doit de la respecter et dans la mesure du possible la protéger, en Corse comme ailleurs.
— Tu ne cherches certainement pas à le faire, mais tu es en train de me ridiculiser, moi, ma façon de vivre et mes projets. Mais je t'admire et tu arrives à me faire comprendre à travers ta vision celle de Paul Antoine mon fils.
— Paul Antoine ? Mais pourquoi ? Qu'a-t-il à voir avec tout ça ?
— Il a les mêmes raisonnements que les tiens. Sais-tu ce qu'il m'a dit un jour ? « *Maman dis-toi bien que si je fais des études en finances et je veux être le meilleur c'est pour mieux la combattre.* » J'ai mis ça sur le compte de sa jeunesse et aussi de ses lectures, il a lu comme toi Nietzsche, Marx, Socrate et Spinoza. Il court dans toutes les conférences de philosophie. Comme il voyage beaucoup, il profite de son temps libre pour engranger une culture universelle. Il se passionne aussi bien pour l'art contemporain que pour les estampes japonaises. Je trouve... je trouve que, comment te dire que vous avez beaucoup de similitudes.
— Marthe pardonnez-moi d'interrompre votre conversation, prendrez-vous un apéritif ?
— D'habitude je prends un Martini blanc, mais peut-être Antoine, veux-tu du champagne ?
— Si c'est possible je préfère du *prosecco*.
— Alors Loulou deux coupes si vous en avez.

— Ah, que diable, j'ai le meilleur de *Tréviso* !
— Allez à ta santé et tu n'as pas oublié que quand on trinque et que l'on boit la première gorgée on doit se regarder dans les yeux !
— Oui, à ta santé Marthe et celle de Paul Antoine avec une petite pensée pour Max...
— Tchin, Antoine et aussi à ta maman ! Le *prosecco*, l'Italie, tu te souviens de notre voyage à Florence ?
— Comment ne pas m'en souvenir.
— Tu m'avais révélé que dans la chapelle funéraire des Médicis, il y avait du vert d'Orezza. C'est la plus belle des pierres que je n'ai jamais vues.
— Tu dis ça par chauvinisme mais c'est vrai qu'elle est magnifique.
— Oui et la beauté c'est aussi l'émotion de l'instant et dans ces moments tout me paraissait merveilleux, puis je buvais surtout admirative tes paroles. Tu étais intarissable sur le Rinascimento, Machiavel, Dante, Vinci, Raffaele et Michel-Ange. Mais mon David c'était toi !

— N'exagérons rien.
— Je n'exagère rien, tu ne peux pas savoir à quel point je te trouvais beau et tu étais mon guide. J'avais plus d'intérêt pour toi que pour tous les œuvres et monuments que tu me faisais découvrir.
— La beauté est toute relative et passagère et elle est du domaine de la subjectivité. En revanche le génie de ces personnages les rend quasi immortels et ils me passionnent toujours autant, sans eux l'humanité n'aurait pas autant progressé. Mais là aussi il y a eu l'émergence

d'un Savonarole, ce moine intégriste qui a dressé les foules dans ses prêches contre l'art et ça au nom de la profanation. Il a organisé des autodafés et des destructions d'œuvres artistiques sublimes et voulant expurger le mal, il savait hystériser les foules. Enfin, il a fini lui aussi sur le bûcher. Tu vois à chaque époque il y a des lumières qui éclairent l'humanité et des artisans ténébreux de la haine qui obscurcissent le ciel. Mais dans ce long chemin de l'humanité, la raison finit toujours par triompher.
— Voilà les deux coupes. Bon j'ai un Saint-Pierre magnifique ou un chapon pour deux. Qu'est-ce que vous préférez ?
— Le chapon est parfait ! Qu'est-ce que tu en dis ?
— Ah oui, j'adore !
— Est-ce que vous voulez un peu de soupe de poissons de roche pour vous faire patienter le temps de la cuisson. Elle a été faite ce matin, c'est la vraie, avec rascasses, girelles, sarrans et labres. Je l'ai goûtée, c'est un délice. Le chef est un cador.
— Ah oui, très bonne idée il y a longtemps que je n'en ai plus mangé.
— On va se délecter !
— Loulou, choisissez-nous une bonne bouteille de vin blanc.
— J'en ai un qui va vous surprendre. Il est d'ici, d'une jeune femme vigneronne. C'est sa cuvée spéciale. Il exprime vraiment bien le terroir. Les arômes de Malvasia vous embaument la bouche de fraîcheur avec sur la fin une note d'agrumes. Ce vin blanc est d'un équilibre

parfait, c’est une pure merveille, une véritable découverte, il va vous faire voyager.
— S’il est tel qu'il nous le vante, je vais le recommander à Camille. En tout cas il sait vendre le produit.
— Incontestablement il est aussi doué pour le commerce, mais en ce qui ne nous concerne pas tant que ça. Bon nombre de fois avec Max, il nous a reçu royalement et au moment de payer l’addition il nous faisait cadeau du repas, nous étions ses invités. Allez à ta santé et tu n'as pas oublié que quand on trinque et que l'on boit la première gorgée on doit se regarder dans les yeux.
— Mais non tu me l’as déjà dit à l'apéritif...
— C'est pour que tu te souviennes...
— Ne me dis pas que ce n’était pas pour rien si ce Loulou vous invitait Max et toi.
— Non bien sûr. Il y a trois ans on lui a mis le feu, une tentative de racket d’une équipe montante. Il a demandé l’aide de Max. Max y a mis bon ordre. Dans ce type de considération je dois te confier aussi quelque chose de difficile.
— C’est donc pour ça que tu m’as fait venir ?
— Non pas tout à fait pour ce que je vais te dire maintenant, pour le reste ce sera plus tard car il m’est impossible de me taire. Tu pourrais un jour me le reprocher.
— De quoi s’agit-il ?
— Et bien entre autres de petit Jean ! Il est embarqué dans une sale affaire. Il y a un problème de partage de territoire sur fond de deal. De ce que je sais, cela génère en Corse des appétits féroces et cela va finir dans un bain de sang à court terme entre bandes rivales. La

disparition de Max risque de précipiter les événements. Tant qu'il était là, il faisait suffisamment preuve d'autorité et arrivait à maintenir le calme et les équilibres. Il ne connaissait que trop la came, ceux de sa génération qui avait trempé dans les trafics n'étaient pas des consommateurs. En plus, la Corse pour eux était un sanctuaire, ils estimaient qu'elle devait être épargnée de ce fléau. D'ailleurs lui-même avait renoncé depuis longtemps à ce genre d'affaires, certes très lucratives, mais trop dangereuses, jusqu'à les considérer à la fin comme immorales. La dernière fois qu'il a vu petit Jean, il lui a conseillé de se tenir à l'écart et de se contenter de continuer son business hors de tout ça. Il lui a même proposé une place dans l'un de nos cercles de jeux à l'étranger.

— *Ai pocu à fischjà, sì u sumeru ùn vole beie.* Tu peux siffler tant que tu veux, si l'âne ne veut pas boire.
— De plus petit Jean a des accointances avec des truands qui ne l'entendent pas ainsi et ne sont pas prêts à renoncer à ce type d'activité. La vente d'armes ne leur suffit plus depuis que leurs principaux clients les ont déposés, quant aux banques elles sont équipées de systèmes quasi inviolables ce qui fait qu'aux guichets il n'y a plus de liquidités, jouer les bracos ne les intéressent plus. Petit Jean est un des leaders et il ne semble pas être en phase sur ce sujet avec son équipe. C'est donc une cible pour les rivaux et il est affaibli et isolé sans pouvoir compter sur la protection des siens.
— Tu sais Marthe, je ne suis pas surpris par ce que tu me racontes. Cela me confirme mon intuition d'il y a

deux jours. Je pense que petit Jean a été suivi jusqu'au village. J'ai un mauvais pressentiment.
— De plus, ces trafiquants s'en mettent plein le nez, ils flinguent vite quelqu'un sans réfléchir en une seule seconde, n'importe où n'importe quand. Tu vois même le milieu a changé et fonctionne avec de nouvelles règles. Les codes sont différents, les vieilles générations avaient des principes qu'elles se devaient de respecter.
— Je n'ai pas toujours bien compris ce que cela signifie et où se trouve dans tout ça la moralité mais enfin je comprends qu'avant cette sphère d'individus se donnait une sorte de frontière à ne pas dépasser dans ses pratiques. Pour en revenir à petit Jean, j'ai eu sa visite la veille du quinze août, il m'a demandé de m'occuper de Marie Clémence et du petit Benoît s'il lui arrivait quelque chose. Il était très nerveux et ne m'a donné aucune explication.
— Ouf, en ce qui la concerne je pense « *chè ùn hè farina da fà ostia* ». elle n'est pas de la farine pour faire des osties. Elle ne risque rien. C'est une demi-blonde, un peu délurée d'après le peu que je connaisse de sa vie, puis elle a toujours sa mère Antonia pour l'aider si petit Jean faisait défaut.
— Oui mais Antonia n'est plus toute jeune et elle a décliné. Petit Jean se sent probablement une responsabilité familiale et cherche pour son neveu à compenser l'absence d'un véritable père.
— Il doit aussi avoir conscience des limites de sa demi-sœur, qu'est notre filleule.
— Tu parles de limites intellectuelles ?

— Non pas du tout. Mais de sa superficialité. « *Oh* chi pulvariccia chi no femu », oh quelle poussière nous faisons, ne dit-on pas ça pour une fourmi s'étant trouvé au milieu d'un nuage de poussière soulevé par des chevaux au galop?
— Tu es sévère. Pourquoi dis-tu ça ?
— Non je ne suis pas sévère, je suis réaliste. D'avoir une compassion parce qu'elle est ta filleule c'est bien, mais il faut être lucide et voir que la pauvre fille est assez inconsistante. J'ai essayé de discuter avec elle sur ses projets, ses goûts, savoir ce qui l'intéresse... ses réponses se sont résumées à quelques platitudes, c'est très décevant, j'espérais mieux.
— Elle est à l'image de la plupart des femmes de sa génération d'ici. Ce qui est le plus désolant, c'est de les voir se pavaner, elles sont l'archétype du paraître à défaut de l'être:
« *Vesti un zappone, pare un barone* » Habille une grosse pioche, elle peut paraître un baron. Dès que tu grattes le vernis...
— Oui, ça vole bas.
— Alors, comment était-elle cette soupe ?
demanda Loulou.
— Savoureuse !
— Je vous amène la suite.
— Tu la vois au village ?
— Le plus souvent au café, quand elle est là pour les congés ou certains week-end. Elle vient en général la première quinzaine d'août puis pour la Toussaint et à Noël et Pâques. Elle vient jouer à la belote au bar il

semble que cela la passionne. Avant-hier elle nous a accompagnés, Camille, Paul-André et moi à la montagne. Elle ne parle pas beaucoup. De toute la journée elle a dû sortir trois phrases dont un propos désobligeant sur Mado. J'ai souvent essayé de la conseiller, elle s'enferme dans un mutisme et ne te répond pas. De toute façon elle n'écoute personne, même pas sa mère. Elle n'en fait qu'à sa tête et n'a que des certitudes.
— Ce n'est pas toi qui m'as fait lire Nietzsche à qui je vais apprendre que « *ce n'est pas le doute mais la certitude qui rend fou.* » Question têtue, elle ressemble à son frère petit Jean mais elle en plus, a une fierté mal placée.
— Pourquoi dis-tu ça ?
— Chaque été quand je viens je l'appelle. J'amène toujours un cadeau pour le gosse. Il est très mignon. Quand elle débarque à la villa avec son air hautain et ses tenues vestimentaires tendance locale, il paraît évident qu'elle cherche à se donner un genre. De plus elle empeste ce parfum de Patchouli. Je pense qu'elle est très narcissique et du fait qu'elle est assez grande, elle doit s'imaginer être distinguée. Cela ne suffit pas à masquer son côté rocailleux aggravé par son manque cruel d'éducation, sans même que ça l'effleure. Quand je la vois avec son mégot à la bouche et entend sa voix rocailleuse elle m'apparaît brute de décoffrage, comme la quintessence de la vulgarité. On se demande à qui l'on a à faire et ça m'attriste.

— Je suis lucide, mais on ne peut pas lui reprocher de

chercher à prouver quelque chose et tenter de s'élever à sa manière comme elle le peut. Il suffirait de presque rien pour qu'elle trouve sa voie...
— Pour s'élever Antoine, il en faut beaucoup plus, à commencer par de la volonté et la paresse ne peut pas faire bon ménage avec les apparences si elles sont trompeuses. Dans son cas c'est plutôt loupé. « *À fà a barba à u sumere, perdi tempu è savone*, à raser les ânes, on perd son temps et son savon », c'est toi qui m'as appris ce proverbe corse, je l'ai retenu.
— Je ne crois pas qu'elle soit si bête, mais c'est vrai, si elle ne change pas, elle va droit dans le mur, que veux-tu que l'on y fasse, nous n'allons pas refaire son éducation.
— Rien, mais ça me navre parce que c'est notre filleule. Peut-être qu'un jour un événement fera bouger les lignes et l'incitera à se remettre en question.
— C'est toi qui deviens philosophe !
— C'est un peu ta faute, je t'ai peut-être trop fréquenté.
— En tout cas s'il le faut, je n'hésiterai pas à prendre en charge Benoît. Je me suis rendu compte que cet enfant est sensible. Il a l'oreille musicale, l'année dernière pour Noël je lui ai acheté une guitare classique. Cela a incité Marie Clémence à l'inscrire dans une école de musique. Tu vois il y a au moins du positif.
— Au moins ça !
— Il ne faut pas non plus trop lui jeter la pierre. Nous sommes tous le fruit d'une histoire. Tu l'as dit toi-même en ce qui te concerne. On peut avoir des carences suivant le foyer dont on est issu. C'est beaucoup une

question de chance, c'est pour ça que ce que tu qualifies comme une attitude hautaine masque en réalité un manque d'assurance et un besoin de donner le change. Antonia, sa mère, ne lui a guère prodigué, à elle aussi, de l'affection, un peu comme si elle ne l'avait pas désirée. Peut-être qu'un jour et à l'occasion d'une rencontre, pourquoi pas amoureuse, une fenêtre s'ouvrira et elle arrivera à combler ce vide et évoluer favorablement.

— Oui c'est tout ce que je lui souhaite et on peut l'espérer, mais encore faudra-il qu'elle fasse preuve de clairvoyance pour trouver la bonne personne et en est-elle capable ? Et à supposer qu'elle rencontre un homme encore faudra-t-il qu'il l'aime vraiment pour déjà la supporter et ensuite accepter Benoît. Cela fait pas mal de conditions. En tout cas c'est un peu grâce à sa venue au monde si nous nous sommes connus les jours de son baptême.
— Oui, mais il y a bien longtemps.
— Voilà la bête ! Tintin le pêcheur l'a remonté dans ses filets ce matin, à l'aube il nageait encore dans le golfe. C'est lui-même qui me l'a livré à la première heure.
— Il est magnifique !
— Il fait neuf cent quatre-vingt, la mayo est faite maison, il est cuit en court-bouillon avec les poireaux, carottes, navets et des pommes de terre. C'est la recette traditionnelle avec un peu de fenouil, un peu de laurier et quelques oignons.
— On va se lécher les babines, si on arrive au bout de tout ça on sera plus que rassasiés.

— Je vais vous le découper. Jeanne débarrasse les assiettes et emmène-moi deux plats. Avec le personnel c'est compliqué. Enfin, je n'ai pas trop à me plaindre, cette année ça va à peu près. Tous les ans on en recrute de nouveaux. C'est un peu la la loterie. Au début je ne voulais que des employés corses, mais je me suis fait planter au beau milieu de la saison. Les parents venaient me dire que c'était trop pénible pour le petit et que le gosse avait besoin de repos, qu'il fallait qu'il abandonne... Regardez cette Jeanne, elle est bretonne, pleine de tatouages de la tête au pied, piercing dans le nez et sur la langue. Elle ne présente pas trop chic mais elle est travailleuse et assez jolie, bon il faut faire avec malgré la dégaine. Les saisonniers c'est la galère du métier, on a affaire à une population particulière. Ils ont tous le même profil. En général ils ressemblent à Jeanne. En fin de saison beaucoup ne repartent plus et s'établissent ici. Pour les filles c'est plus facile. Elles se trouvent un mec qui les héberge et ne sont pas non plus trop difficiles. Elle, elle s'est dégoté un type du village au-dessus. Soidisant il a une entreprise d'entretien d'espaces verts. Moi j'ai plus l'impression que c'est une cloche. Il doit s'imaginer sans doute avoir décroché le gros lot, il lui a fait même un moutard. Enfin que voulez-vous, dans le boulot elle est sérieuse et elle est propre. Elle ne se drogue pas ce qui est déjà exceptionnel, bon à part quelques joints comme tout le monde, elle tape un peu dans la caisse mais je ferme les yeux. Elle n'hésite pas à faire des heures supplémentaires s'il faut, ça compense... En plus comme elle est bien roulée et pas trop farouche, elle attire des jeunes du coin qui ne vienne pas ici pour la fraîcheur du poisson mais ils dépensent et lui laissent de beaux pourboires. Dans les affaires il faut être pragmatique. Quant au cuisinier il est très bon, il biberonne un peu, mais ça fait trois ans que je l'ai. J'arrive à le freiner sur la boisson. De toute façon je lui ai dit : « *Après le service tupeux te saouler la gueule si tu veux, ça ne me regarde pas, mais pendant que tu es aux fourneaux tu lèves lepied et tu te tiens à carreau.* » Comme il est bien payé et que je lui file un paquet de liquide, il est content. De toute façon après la saison ils touchent tous les indemnités du chômage, et vogue la galère. Allez, bon appétit !

— Je te disais le baptême, tu te souviens ? Pour moi, cette journée de mai est restée gravée dans ma mémoire. Tu étais beau avec ta chemise blanche et ton sourire craquant. Pour moi tu représentais la Corse. Quand j'en parle il me semble que c'était hier. Je redécouvrais le village après de longues années d'absence, et j'étais enfin une femme. En montant tout le long du trajet, le maquis en fleurs bordait la route. Je sens encore l'odeur des genêts exubérants. Durant le parcours on croisait des truies avec leurs petits cochons noirs tachetés de rose. Je demandais à Luigi de s'arrêter à chaque fois pour leur donner des biscuits. Ça m'amusait de les voir courir vers la voiture la queue en tire-bouchon avec leurs petits grognements. Puis soudain derrière le grand tournant, est apparu le village. Les montagnes en dégradé d'une palette de verts différents avec leurs sommets saupoudrés de neige l'entouraient comme pour cacher jalousement leur secret. C'était une crèche, un ravissement. Les cloches sonnaient à toute volée, ta mère m'a accueillie sur la place devant l'église. Mon Dieu qu'elle était belle. Elle avait noué sa longue tresse et accrochait une fleur bleue de la couleur de ses grands yeux en amande. Elle respirait la douceur dans chacun de ses gestes. Je revois son sourire écarlate, c'est elle qui nous a présentés. Elle avait tout organisé. La cérémonie du baptême m'avait émue et quand je tenais Marie Clémence bébé dans mes bras au-dessus du baptistère, j'ai eu une envie irrésistible de devenir une mère. La tentation brûlante de faire une prière à la Vierge, de croire à un pouvoir divin et demander un père pour mon futur enfant. Je vivais un conte de fées et le prince charmant je l'avais devant moi : c'était toi !

J'ai toujours en mémoire la fête, ce pauvre Ignazu jovial, « *ùn avia bisognu di messa per biutà l'ampullina* » . Il n'avait pas besoin d'une messe pour vider la burette.Il chantait faux, à tue-tête, accompagné par Anatole à l'accordéon et tant d'autres visages radieux qui ont disparu et aussi petit Jean qui ne te quittait pas d'un pas. Que tous ces gens étaient gais, heureux d'être ensemble. Sur les grandes tables en bois, plein de pâtisseries garnissaient des nappes à carreaux rouges et blancs. Il y avait des corbeilles qui débordaient de *frappes*, oreillettes faites par les femmes du village, de petits pains garnis de *lonzu* et *coppa* et tranche de rôtis de veau. Dans des *fatoghje*, formes, posées sur des assiettes il y avait des fromages frais de chèvre et de brebis. J'ai encore sur ma langue les bouchées tendres du fiadone parfumé au citron avec son goût de brocciu frais. On m'avait fait trinquer avec un verre de muscat sucré du Cap Corse en l'honneur de ce beau bébé béni qu'était Marie Clémence. J'étais un peu ivre. Puis les convives joyeux chantaient, dansaient des valses et la java. Tu m'as pris dans tes bras pour une farandole, ma tête tournait d'allégresse. Tu vois Antoine, c'est la plus belle fête dont j'ai le souvenir, cette simplicité, cette chaleur jamais je ne l'ai plus retrouvée. J'ai parcouru le monde entier, invitée dans des réceptions et cocktails où l'on servait des petits fours, caviar et des champagnes grands crus, à l'intérieur de palaces rivalisant de faste. Mais tout ça m'a paru tellement surfait et insipide, et rien n'a jamais pu égaler le moment merveilleux de ce printemps.

— Marthe, nous avons pratiquement perdu ce dont tu parles. Ce sens de la fête et surtout cette spontanéité et simplicité qui faisait notre richesse et notre bonheur de vivre. L'agressivité a progressé comme la violence. Nos chansons gaies et poésies d'amour ont été remplacées par des chants guerriers ou de la techno. Les gens ne savent presque plus rire, pas plus que plaisanter et se moquer d'eux-mêmes. La dérision est abolie et l'humour est proscrit comme s'il était dangereux. Il règne une tristesse qui pèse comme un couvercle de plomb. Le plaisir est devenu égoïste et solitaire. Chacun vit chez soi et même au milieu de la foule les gens sont isolés, ils cultivent leur solitude avec leurs écrans tactiles cherchant

à compenser ce vide avec les réseaux dits sociaux.
— Oui, je suis bien d'accord avec toi, regarde ce couple en face de nous, depuis le début du repas ils sont chacun sur leur téléphone. Ils ne se sont pas encore adressés la parole, tout juste s'ils ont pu échanger en consultant la carte quand la serveuse est venue prendre la commande. Ça me dépasse ! Tu sais, Paul Antoine qui est pourtant jeune a banni les réseaux sociaux. Il les juge détournés de ce formidable moyen d'échange de ce qu'ils auraient pu être. Il soutient que les utilisateurs se marchandisent et sont manipulés par des faiseurs diaboliques d'opinion, qu'ils sont la cible des populistes et ne sont plus libres de leurs choix. Que les démocraties sont en réel danger et risquent de disparaître sous un totalitarisme numérique. Il en a pour preuve les cadres dirigeants des entreprises de la Silicon Valley qui ont inscrit leurs propres enfants dans des écoles Waldroff. La pédagogie de ces institutions ostracise la digitalisation et tout ce qui ressemble à un écran. Tu es sur les réseaux sociaux ?

— Tu plaisantes j'espère ?
— Oui ma question est stupide, « *pour vivre heureux vivons cachés* », tu appliques cette devise depuis toujours.
— C'est exactement ça. Sans doute, je ne suis pas aussi savant que ton fils dans les nouvelles technologies mais surtout je redoute ce qu'elles peuvent être.
— Le poisson est succulent, tu souhaites un dessert ?
— Non merci. J'ai trop mangé, tu vas en prendre un ?
— J'aimerais bien terminer sur une note sucrée, mais ça

ne serait pas raisonnable. Nous allons demander l'addition. Loulou ? ...

— J'arrive Marthe. Je vous offre un petit digestif, une liqueur de myrte ou limoncello maison ?

— Allez un doigt de myrte avec des glaçons, on assez bu. Tu sais je suis sûre que Max aurait été heureux de partager ce dîner avec toi.

— Je veux bien te croire.

Vale più donna ch'è un casale
Une femme a plus de valeur qu'un patrimoine...
.... pas toutes !

— Bonsoir Marthe, tout s'est bien passé ?
— Très bien Luigi, merci, c'était parfait, et ça m'a fait oublier ces derniers jours pénibles, j'en avais besoin.
— Bon Marthe, je vais rentrer, j'ai de la route à faire.
— Écoute Antoine, ce n'est pas prudent le repas était bien arrosé et il est une heure du matin. Tu peux dormir ici, il y a une chambre indépendante avec salle d'eau, c'était celle de Max. Il y a même un nécessaire de toilette avec brosse à dents et j'ai même un pyjama propre et à ta taille. C'est celui de Paul Antoine.
— Oui, mais...
— Mais quoi ? ... Tu ne vas pas te gêner avec moi, allez je te montre où est la chambre. C'est spacieux, et le lit est grand. C'est un king size, il y a tout le confort, Max pensait à tout, je te montre comment fonctionne la clim, mais si tu le souhaites tu peux entrouvrir la fenêtre, la nuit l'air de la mer rafraîchit la maison.
— Oui je préfère, je ne supporte pas les clims.
— Demain tu peux faire la grasse matinée, moi je vais aussi dormir, mon vol est en fin de journée. Ça nous

laissera le temps de discuter encore un peu et te dire pourquoi je t'ai fait venir ce soir. Je suis désolée mais maintenant je suis trop fatiguée et je vais me coucher.

— Comment, tu ne voulais pas me parler de petit Jean ?
— Oui mais ce n'est pas la vraie raison, patiente jusqu'à demain, bonne nuit Antoine.
— Bonne nuit Marthe.

Après s'être lavé les dents, Antoine se coucha dans l'immense lit, qui lui paraissait trop grand pour lui tout seul. Max sans aucun doute avait pensé à tout. Drôle de personnage, il se souvenait de lui durant sa cavale, quand il l'avait aidé à se cacher huit mois dans la montagne au *caseddu*. Tous les deux ou trois jours avec Murinu, son âne il le ravitaillait. Max dans cet environnement avait renoué avec la ruralité austère, de ce qui fut autrefois sa vie de paysan avant de rejoindre Paul Jo son mentor sur le continent et après sa mobilisation comme soldat durant la guerre d'Algérie. Dans ces lieux de montagne, familiers pour lui, il ne s'habillait plus d'un manteau en cachemire, de costume en alpaga, ou de chemise en soie. Il portait une veste épaisse en velours marron à grosses côtes au-dessus d'un gilet confectionné avec le même tissu. Il occupait son temps à chasser les perdrix et lièvres avec ce fusil à canon juxtaposé, Verney Caron que lui avait prêté Antoine. Parfois il allait jusqu'aux ruisseaux regorgeant de truites saumonées pour en pécher quelques-unes au pied des cascades et agrémenter le menu. Antoine, dans les provisions, avait glissé à tout hasard des livres, pensant sans trop y croire que cela pourrait l'intéresser. Max dans ses longs moments de solitude fit une découverte dont Antoine lui avait donné les clés. Lui, le simple éleveur de cochon qui savait tout juste lire, avait fait un parcours peu commun et réussit à gagner les hautes sphères d'une toute puissance. Il faisait une retraite forcée dans l'humilité totale comme dans un couvent. Après des journées de méditation, le soir en s'éclairant à la bougie il plongeait dans la lecture de romans. Ce monde de descriptions tantôt réelles, tantôt imaginaires, le dirigeait vers des réflexions totalement nouvelles.

Complètement adoubé par leurs auteurs, il dévorait leurs histoires, voulant à tout prix connaitre la suite d'intrigues, où des personnages prenaient forme au fil des pages et délivraient des messages le poussant vers des pensées qui jusqu'à présent, pour lui, avaient été inaccessibles. C'était tout juste incroyable, que des hommes puissent arriver par leur simple intelligence à définir avec un crayon et du papier le sens de ce que pourrait être la vie. Lui, le profane ne connaissait que les rapports où le respect ne se gagne que par la force. Progressivement il devenait de plus en plus admiratif de la pertinence des mots et des écrits qui l'obligeaient dans une forme d'introspection à une remise en question de son échelle des valeurs. Il devenait accro et attendait avec impatience qu'Antoine remonte, non pas pour l'approvisionner en nourriture mais pour lui poser tout un tas de questions, de l'aider à comprendre certaines phrases et l'instruire sur certains mots de vocabulaire qu'il ne maîtrisait pas. Dans ces curieux échanges, Antoine pourtant bien plus jeune que lui était devenu son maître, son professeur de philosophie. Ces conversations animées, aux allures surréalistes liaient les deux hommes dans un profond et mutuel respect.

Antoine possédait le savoir, ce savoir dont Max n'avait jamais soupçonné l'existence et dont la force ne l'avait jamais effleuré, Max quant à lui impressionnant par son calme à l'image de sa carrure, avait le courage des aigles, celui de ceux qui sont capables de le puiser dans la solitude.

Max un matin, en ouvrant la porte du *caseddu*, vit briller des gouttelettes de givre en suspension dans l'air, elles annonçaient les premiers froids de l'hiver et bientôt la neige. Il fallait quitter la montagne pour un autre refuge. Il fut gagné par une nostalgie, un sentiment contraire à l'idée qu'il se faisait de lui-même jusqu'à présent et qu'il avait toujours considéré comme une faiblesse. C'est certain, Antoine lui manquerait.

— Antoine, je vais te demander une faveur.
— Que voulez-vous Max ?
— Je voudrais garder un de tes livres, si tu le veux bien.
— Quel est-il ?
— Celui-là, Ainsi parlait Zarathoustra mais je te le rendrai !

— Garder le, Max, autant qu'il vous plait.

Le livre était là, sur la table de nuit. Antoine le reconnut à la couverture de ce blanc pâle jaunie d'une vieille édition : la traduction d'Henri Albert du chef-d'œuvre de Nietzsche. Un peu interloqué il mit un moment pour s'en saisir. Un petit signet marquait une page. Il ouvrit le livre et saisit le petit carton, il le retourna et lut les quelques mots inscrits au dos d'une écriture fébrile à l'encre rouge. « *J'avais promis de te le rendre, le voici, merci Antoine.* » Antoine eut un frisson dans le dos et bondit dans le lit. Comment cela est-il possible ? Comment Max pouvait-il deviner qu'il dormirait un jour dans cette chambre ? Il avait envie d'aller trouver Marthe pour la questionner, puis dans sa curiosité soudaine, il prêta attention à la page marquée soixante-trois... ce n'était pas un hasard...
« *Il en est de l'homme comme de l'arbre. Plus il veut s'élever vers les hauteurs et la clarté, plus profondément aussi ses racines s'enfoncent dans la terre, dans les ténèbres et l'abime, dans le mal* », il lut à haute voix cette citation. Quel message avait voulu faire passer Max à son ami spirituel ? Celui d'une rédemption, après comme l'avait fait *Zarathoustra* lors de ce séjour à la montagne ? Antoine avait accumulé durant les trois derniers jours beaucoup de fatigue. Demain, se dit-il, j'aurai les idées plus claires. Je vais essayer de trouver le sommeil... un petit bruit d'un léger tapement à la porte le réveilla.
— Je peux entrer ? Je n'ai pas osé te déranger plus tôt,

tu dormais trop bien, tu sais quelle heure il est ? Marthe entra, un grand plateau à la main, sur lequel se trouvait un bol fumant et des viennoiseries. Dix heures moins le quart, tu aimes toujours autant le capuccino ? J'ai envoyé Luigi ce matin nous chercher des croissants, ils sont encore tout chauds, je lève le rideau pour que tu puisses avoir un peu plus de lumière, regarde la mer est d'huile, on dirait un lac.

— Houlà, je ne me suis pas rendu compte, le clapotis des vagues, cette nuit, m'a bercé. Tout en s'étirant Antoine bailla, une main devant la bouche, et se redressa dans le lit.

— Attends, je pose le tableau sur la table, je t'arrange les oreillers, comme ça tu es mieux assis. Voilà Monsieur est servi, je t'ai fait aussi des tartines de pain grillé avec beurre et confiture d'orange, je sais que c'est celle que tu préfères, tu verras elle n'est pas trop sucrée. Tu permets que je m'assoie à côté de toi, attention de ne pas tout renverser et de ne pas tacher l'enveloppe sur le plateau, je vais la mettre sur le drap.

— Et bien, quelle qualité de service, déjà que j'ai l'impression d'être dans un hôtel quatre étoiles, le matelas est vraiment parfait et le petit déjeuner au top et toi tu ne prends rien ?

— Je me suis levée tôt et j'ai pris une tasse de thé à la cuisine, ça fait déjà un moment. J'ai même fait quelques brasses dans la piscine et me suis rincée et crémée, tu vois je suis toute fraîche et propre. Le matelas est à mémoire, c'est pour ça que l'on y est bien. Tu sais, ça ne vaut pas le plus bel hôtel de charme que tu m'as fait connaître, il ne porte pas de nom, mais c'est là que j'ai passé la plus belle nuit de ma vie... ne dit rien, je t'en prie... tu avais fait un lit avec du ciste et des fougères, il faisait frais et tu avais allumé le feu, j'entends encore crépiter les flammes dans la cheminée quand brûlaient les bruyères sèches, j'avais voulu t'accompagner là-haut dans la montagne. C'est moi qui ai désiré faire l'amour, je t'ai presque forcé, après tu t'es endormi, je me suis enfilé ta veste, ton bleu de chine pour sortir les fesses nues et m'asseoir sur la pierre ronde devant la porte du *caseddu*. Je sentais ta semence chaude couler en moi et sur mes cuisses puis je me suis mise à regarder le ciel. J'étais envahie de bonheur et d'une sérénité indéfinissable, j'observais le ballet des étoiles filantes quand une lueur est apparue, une météorite encore plus belle et plus puissante qui a illuminé le ciel dans une traînée blanche éblouissante. À ce moment j'ai fait un vœu, un vœu très fort avec la conviction absolue qu'il serait exaucé. Prends l'enveloppe et ouvre-la s'il te plaît !

— Oui, et bien c'est une photo de moi quand j'étais jeune en bleu de chine.

— La veste bleu de chine c'est bien la tienne, celle que tu m'as donné cette nuit-là et que j'ai conservé comme une relique, mais sur la photo c'est Paul Antoine.

— Comment Paul Antoine ?

— Oui, Paul Antoine, le portrait craché de son père, tu vois bien à quel point il te ressemble au même âge, c'est ton fils et c'était pour ça que je voulais absolument te parler ! Antoine resta pétrifié, tenant le croissant dans une main et la photo dans l'autre. Visiblement

bouleversé, une multitude de questions tel que le jaillissement d'un flot le submergeaient et le laissèrent sans voix pendant un long moment. Cette surprise aussi inattendue que brutale eu ce double effet : de le mettre face à une situation nouvelle, déstabilisante, de créer un sentiment profond d'une sidération vertigineuse.
— Marthe, pourquoi as-tu gardé ce secret si longtemps, pourquoi me l'as-tu caché, imagines-tu le choc émotionnel que tu me provoques ?
— Je sais que tu es troublé, tu dois m'en vouloir et c'est normal. Après le baptême de Marie Clémence, nous avons vécu une vraie romance, la plus belle des histoires d'amour. Mais elle n'a pas duré. Tu as estimé à l'époque que nous vivions dans des milieux trop différents et qu'à terme nous serions déchirés par cette différence. De plus je savais que même sans être critique, tu avais une conception de la vie bien éloignée de celle de Max. Je me suis résignée avec une immense tristesse. Avec l'abnégation, celui de ce renoncement cruel, j'ai continué mes études de droit. Sur les bancs de la fac j'ai rencontré mon futur mari. Nous avons ouvert notre cabinet d'avocats ensemble après notre mariage. Puis il s'est lancé en politique. Il était du genre mondain et cultivait ses relations publiques et superficielles pour nourrir ses ambitions. Plus le temps passait et plus je trouvais ma vie auprès de lui sans saveur. Nos relations se distendaient pour devenir au quotidien banales. De plus nos tentatives pour avoir un enfant avaient échoué malgré le traitement aux hormones que j'avais subi. Tout compte fait je crois que je ne désirais pas avoir un

enfant de cet homme et tant mieux que cela ne se soit pas produit. Puis il a été élu député. Quelque temps après j'ai découvert qu'il entretenait une relation avec son attachée parlementaire. Cela m'a laissé indifférente, dans le fond je n'aimais pas vraiment cet homme, mais ça m'a offert un prétexte pour demander le divorce. D'ailleurs la procédure a été courte. Nous n'avions rien en commun. Après avoir été battu aux élections et grâce à ses relations politiques, il a réussi à se caser maître de requêtes au Conseil d'État. Cela coïncidait avec notre séparation. Tout en conservant mes activités au palais, je suis retournée vivre avec Max. C'est à ce moment-là que j'ai renoué avec la Corse et le village et suis venu l'été. Mais ma motivation c'était toi et toi seul, devenu une pensée obsédante. J'ai profité du bal du quinze août pour tenter de te séduire mais tu faisais mine de ne plus avoir d'intérêt pour moi. Ce soir-là tu avais Marie Clémence notre filleule sur tes genoux, elle était encore petite. Vous buviez du champagne avec petit Jean, Camille et Paul-André et tes regards allaient vers Mado très séduisante je l'avoue. Alors j'ai inventé un stratagème pour t'accompagner à la montagne sachant par ta mère que tu y dormirais et en espérant que tu y serais seul. Ce fut le cas si ce n'est la compagnie de ta chienne très affectueuse, je me souviens de son nom, elle s'appelait Turqua. La suite tu la connais. Comme un chasseur guettant sa proie, j'ai attendu la nuit. Toi, tu étais très respectueux et pudique et même un peu distant. J'avais une envie irrésistible de toi. Je voulais que tu me prennes, j'ai dû littéralement me jeter sur toi pour que tu m'acceptes. Cet enfant de toi, finalement je l'avais toujours désiré, depuis le jour du baptême de Marie Clémence. De retour à Paris j'ai fait le test de grossesse, j'ai su que j'étais enceinte et je n'ai pas voulu te le dire. Je craignais que tu me demandes de ne pas garder l'enfant. J'aurais préféré mourir plutôt que de renoncer à sa venue. J'ai confié mon secret à Max.

Je lui ai même dit qu'il avait été conçu au *caseddu*. C'est la seule fois où je l'ai vu verser des larmes. Il était très ému, je me souviens de ses paroles : « *Ne lui dit rien pour le moment, tu auras toujours le temps de lui annoncer sa paternité. Antoine nous a fait un beau cadeau à tous les deux, par deux fois au même endroit. À croire qu'il existe des dieux féconds dans ces montagnes, à croire qu'Antoine est un de leurs descendants. Tu ne pouvais pas avoir de meilleur père pour ton enfant !* »

J'étais comblée, la plus heureuse des femmes, pour avoir satisfait mon profond désir et avoir eu la bénédiction de celui qui était pour moi mon père. Voilà, je comprends ton trouble, tu n'es pas obligé de dire quoi que ce soit, mais sache que ton fils est ton clone, qu'il porte en lui tous tes gênes. Il porte mon nom, mais si tu le souhaites, tu peux le reconnaître. À la Toussaint quand il viendra si tu es d'accord je te le présenterai et nous passerons un peu de temps ensemble. Vous ne pouvez que vous entendre. Ton bleu, celui que tu m'as donné il y a plus de vingt ans au retour de la montagne, c'est lui qui l'a. Il sait d'où il vient, c'est sa veste fétiche. J'ai voulu qu'il sache la vérité, que tu étais son père. Il est fier d'être ton fils à travers la description que je lui ai faite de toi.

— Que lui as-tu raconté ?
— Ton histoire est la mienne, notre rencontre… Je n'ai rien voulu lui cacher parce que c'est aussi son histoire et elle lui appartient. J'ai voulu qu'elle soit belle, aussi belle que cette nuit magique aux mille étoiles où il a été conçu. Le soir, quand il était petit avant qu'il ne s'endorme, je lui inventais des contes. Celui d'un prince qui vivait dans la montagne. Ses sujets étaient des chèvres habillées de longs manteaux de laine. Cet homme vivait dans la sagesse et la paix. Sa sagesse était si grande qu'elle lui donnait des ailes et il pouvait voler et planer comme un aigle au-dessus de ces contrées. C'était le descendant d'une très ancienne civilisation qui a laissé ses traces, des pierres dressées dans la vallée, pointées, énigmatiques, vers le ciel pour reproduire le dessin d'une constellation dans le ciel. Le palais de ce seigneur était recouvert par le maquis et les fleurs et caché dans la forêt. Plein d'animaux vivaient heureux sur son territoire. Ce prince était un berger et il s'appelait Antoine. Lui, Paul Antoine était le fils de ce prince berger, *ù so babbu*, son père. Max accréditait mes légendes, en affirmant que tu existais bien et qu'il pouvait être fier d'avoir un père tel que toi. Ce berger fort et audacieux avait terrassé un dragon avec une épée et cette arme redoutable étaient ses phrases et son savoir. Le monstre, lui, incarnait la bêtise et la vanité, le prince chevalier

l'avait vaincu avec son intelligence, son érudition et ses mots. Quand Paul Antoine était en âge de comprendre, je lui ai dit où tu habitais, ce que tu faisais, que tu ne pouvais pas abandonner ton palais, la montagne et tes chèvres. Je lui ai dit aussi que tu étais très érudit. Ton fils s'est construit avec l'image de ce père seigneurial, convaincu que grâce à cette ascendance il appartenait à une noble lignée : celle du cœur et de l'esprit. Max a su compléter et enrichir mes propos. Il lui parlait de ton père Filippu Antò et Paul Jo, en faisant référence à leur épopée
héroïque de maquisards, de leur cran, leur témérité face aux envahisseurs fascistes. Il a su aussi lui parler de ta mère, sa grand-mère, la décrivant jeune comme la plus éblouissante des femmes du village, la vénérant pour sa générosité, sa bienveillance et son dévouement auprès de sa petite sœur malade. Tu vois, tout en l'ignorant tu as été toujours présent et de la plus belle des façons, certainement plus que des pères qui vivent au quotidien avec leurs enfants.

— Mais Marthe, pourquoi avoir attendu tant pour me révéler ce lien, ce n'est pas rien, tu t'en rends compte, tout de même ?
— Je ne sais pas trop, j'avais peur que tu considères que j'avais trahi ta confiance, j'avais peut-être inconsciemment peur que tu me le prennes, que tu exiges qu'il vive en Corse avec toi ? Quand l'été nous venions pour les vacances j'étais tenté de te faire venir à la villa pour que tu le connaisses, t'avouer ce qu'aujourd'hui tu sais. Plus

le temps passait moins je trouvais le courage. La mort de Max a sans doute accéléré les choses. Je ne sais pas quoi te dire pour me faire pardonner ?
— Tu ne pouvais pas me faire de pire et de meilleur aveu, me déstabiliser autant et me donner autant de foi en la vie. Je ne sais pas si je dois t'en vouloir ou te remercier. Il est évident que je vais avoir du mal à intégrer mon nouveau statut de père et quel père, celui d'un enfant de plus de vingt ans que je n'ai pas vu grandir. Ce statut de père biologique qu'il faut que j'assume brutalement du jour au lendemain.
— Écoute… Je sais que malgré la description que je t'ai faite tu ne peux pas témoigner spontanément de l'affection à Paul Antoine. En revanche je suis persuadée qu'il gagne à être connu. Ce n'est pas de la subjectivité maternelle mais j'ai eu trop d'exemples dans ma vie et d'éléments de comparaison pour être persuadée qu'il ne peut que te plaire. Lui t'aime déjà ! Cet amour n'est pas l'invention opportune d'une mère qui confesse son péché pour se faire pardonner une révélation tardive. C'est la conviction que je nourris au regard de ce qu'il est. Un jeune homme intelligent, sensible et raffiné. Il a un sens profond de l'équité et ne supporte pas les injustices. Il a de la considération pour chaque personne, il respecte tout autant les animaux que la nature… Tu sais ton fils est un ange, il est fidèle à son procréateur, avec sa candeur il est à ton image.
— Marthe… Je vais me lever et partir…
— Bien sûr… Je comprends… Finis quand même ton bol et le croissant.

Antoine machinalement avala le café au lait et le croissant. Le choc affectif était tel qu'il n'arrivait plus à mettre en ordre ses pensées.
— Je vais t'attendre dans le salon.
Marthe s'assit sur le grand canapé en croisant les jambes. Elle regardait dans le vague en direction de la mer. Un ballet de mouettes plongeant dans l'écume d'une chasse d'anchois argentés prenait part au festin des bonites et animait le calme nonchalant de la mer bleue infinie. Aussi difficile que fût pour elle cet aveu, elle se sentait soulagée de ce fardeau, ce poids de la vérité qu'elle devait à Antoine. Elle avait surtout rempli une obligation pour Paul Antoine, son fils chéri, comme elle l'avait promis à Max dans les derniers instants de sa vie. Elle était enfin parvenue à faire cette révélation à celui qui était le père de son enfant.
Antoine apparut dans le salon, il s'était douché, la tête vide, incapable d'aligner une idée, une réflexion cohérente, KO comme un boxeur dans les cordes…
— Je crois que j'ai déposé les clés de la voiture sur la console.
— C'est possible. Marthe se leva, enlaça Antoine qui restait les bras ballants. Tout en le serrant fort, elle sourit, laissant couler de grosses larmes sur ses joues.
Antoine restait muet, les yeux humides et rouges. Un silence enveloppait le couple figé l'un contre l'autre, debout dans le salon. Antoine se détacha lentement posant un bref baiser sur le front de Marthe. Elle lui répliqua par un baiser léger sur ses lèvres.
— Quand doit arriver Paul Antoine ?

— Je retourne avec lui. Je pense que nous serons là, au début du mois de novembre per i Santi, pour la Toussaint.

— Bon, au revoir Marthe... Euh... Je... À bientôt...

— Oui... Au revoir Antoine.... Surtout sois prudent sur la route et prend bien soin de toi.

— Bonjour Antoine, ça va ?

— Merci Luigi, tout va bien, je remonte au village.

— Bonne route.

Dans un état second, perdu dans une rêverie étrange comme déconnecté de la réalité, Antoine conduisait avec les automatismes d'un somnambule. Les confidences de Marthe, celle de la veille et puis celle du matin, faisant alterner des menaces pesantes sur petit Jean, l'existence d'un fils, auxquelles s'ajoutait cet énigmatique mot posthume adressé par Max défunt, le perturbaient à un point, qu'il lui était impossible de se concentrer. Malgré tous ses efforts il peinait à maîtriser son véhicule comme donner de la cohérence à ses idées. Déboussolé, tout s'entrechoquait dans sa tête. Devait-il aller voir sa mère et tout lui dire ? Devait-il appeler petit Jean ? Par trois fois il se rangea sur le bas-côté cherchant à reprendre le contrôle de la situation. Qu'auraient fait Max ouson père s'ils avaient encore vécu ? Comment auraient-ils géré de telles situations ? A la vue du village il éprouva une sorte de soulagement, comme si la solution à ses problèmes pouvait surgir de ce havre, refuge d'une émanation soudaine et possible. Il fallait absolument qu'il voit Paul-André, avant que son ami ne parte.

Son expérience professionnelle l'avait familiarisé aux mécaniques complexes des relations humaines et il pouvait conseiller Antoine pour l'aider à dénouer les fils emmêlés de ses pensées. Mais tout d'abord, il devait passer chez sa mère ; comment pouvait-il lui présenter cette histoire rocambolesque sans risquer, compte tenu de son grand âge, de lui provoquer un traumatisme ?

— Bonjour mon fils, je ne t'ai pas vu hier ni avant-hier. Tu ne veux pas t'asseoir ?
— J'étais absent, j'ai rendu visite à Marthe et j'ai dormi chez elle à la villa.
— Je vais te faire un café, je crois que tu as quelque chose à me dire.
— Comment le sais-tu ?
— Une mère sait lire dans le cœur de son enfant au-delà de ses pensées et elle devine instinctivement les choses et je perçois ton émoi.
— Oui, et pas n'importe lequel et je crains que…
— Tu n'as rien à redouter. Je te sais bien incapable de faire quelque chose de mal. Je te connais trop honnête et trop bon. Un jour ou l'autre, notre vie nous rattrape, à ce moment nous avons tous le besoin de parler à quelqu'un, de confier nos peines et aussi nos joies. Si tu ne trouves pas de réconfort auprès de moi, ta mère, qui te connais mieux que quiconque et qui t'aime plus que tout, chez qui vas-tu pouvoir le trouver ? « *Tè, pighjla u to caffè hé caldu !* Tiens, prends le café, il est chaud ! » Marie s'assit elle aussi à la table de la cuisine et prit la main de son fils dans la sienne. Elle était sereine et

lui parlait d'une voix calme et douce.

— Tu sais quand ton père est parti, j'étais encore jeune, je l'avais tellement aimé qu'il était pour moi irremplaçable et il m'était impossible de concevoir une nouvelle vie avec un autre homme. Cette solitude de femme me pesait, je n'avais plus mes parents, mais tu étais là et c'était l'essentiel. Je me suis réfugié dans la foi de notre église et j'adressais mes confidences et mes prières à la Vierge. La religion a été mon exil et j'y ai trouvé une paix intérieure. Tu n'es pas croyant, comme ton père et vous vous êtes condamnés à chercher ailleurs des réponses à vos questions, toujours en quête d'autres lieux spirituels. Comme lui, tu t'es toujours évertué à expliquer tout par la raison, mais la raison est quelquefois impuissante et elle n'arrive pas toujours à prendre le dessus sur les émotions. Nous ne sommes pas faits de marbre, Dieu merci, le Seigneur Tout-Puissant nous a *donné une âme et des sentments. « U spiritu cerca è u core trova !* L'esprit cherche, et le cœur trouve ! »

— Tu as raison maman ! Cette fois-ci les émotions m'ont envahi, je suis bien incapable d'arriver à les contenir.

— C'est tant mieux u mo ciucciu chéri, mon petit, tu n'as pas à t'inquiéter et je vais t'aider. Je vais te soulager, tu n'as pas à me parler, j'ai en ma possession une lettre. Je l'ai ouverte il y a seulement deux jours.

— Je ne comprends pas.

— C'est normal, tu ne peux pas deviner. Il y a une

vingtaine d'années un peu plus je crois, Max est venu à la maison me rendre visite en ton absence. Il m'a remis une enveloppe et m'a demandé de ne l'ouvrir que s'il venait à disparaître. Je lui ai promis et l'ai rangée dans la commode de ma chambre. Il y a deux jours je l'ai cherchée et retrouvée au-dessous des draps où elle était cachée. À l'intérieur il y avait une lettre qu'il m'adressait. Marie se leva, elle prit l'enveloppe dans le tiroir du vaisselier. Tiens mon chéri prends en connaissance.

Ma chère Marie,

Si vous me lisez c'est que je serais parti avant vous. Je dois vous remercier et peut-être vous révéler la plus belle des nouvelles.

Tout d'abord je dois vous rendre grâce pour vous être occupé avec un immense dévouement de ma petite sœur chérie jusqu'à son dernier souffle, en l'ayant soulagée du mieux que vous pouviez de ses souffrances.

Je me dois aussi de vous louanger pour avoir été là pour soutenir, comme vous l'avez fait, ma pauvre mère inconsolable de la perte de son enfant malade. Ce sont des moments de la vie que l'on ne peut jamais oublier. Ce que je considérais comme la pire des injustices, d'avoir pris la vie de cette créature innocente m'a conduit, révolté, à prendre un très mauvais chemin. Si nous sommes tous égaux, ce qui peut faire la différence ce sont les décisions que nous prenons et sans aucun doute les miennes n'étaient pas les bonnes. Pour autant je ne chercherai pas à me soustraire des graves fautes que j'ai commises et je ne mérite aucune excuse ou compassion.

Puis, j'ai eu la chance de lier une amitié au hasard de circonstances particulières avec Antoine votre fils. Il est un homme, comme vous, pétri de bonté et la sagesse de son père rayonne en lui. Cette rencontre fortuite autant quelle fut improbable m'a ouvert une voie dont je ne soupçonnais pas l'existence. C'est celle de la réflexion, du questionnement sur soi et de la quête du sens de la vie. Une sorte de conversion à laquelle il m'aurait été impossible d'accéder sans cette singulière opportunité introspective. J'ai pu développer ainsi une sensibilité qui m'était étrangère et avoir un regard différent sur les êtres et les choses alors que mon niveau scolaire se limitait à un simple certificat d'études. La littérature est devenue grâce à Antoine votre fils et quelque part mon maître, une passion initiatique, une seconde nature qui a dirigé progressivement ma curiosité vers l'art, la culture et tant d'intérêts que recèle le monde : une véritable renaissance. Mais il m'a offert bien plus encore et ce cadeau je l'ai avec vous en partage. Il se peut que lui-même l'ignore, si Marthe ma fille adoptive adorée lui a caché son secret. Il s'agit d'un enfant dont il est le père, un peu modestement le mien mais surtout le vôtre. Il s'appelle Paul Antoine Maxime, cette association de prénoms fondue dans une seule et unique personne représente beaucoup pour moi mais c'est Marthe et elle seule qui en a fait librement le choix. Voilà très chère Marie, nous avons en commun une descendance et je n'ai qu'un souhait, que notre petit-fils ressemble à son père, qu'il évite la mauvaise direction que j'ai emprunté. Que cet enfant puisse se rapprocher de vous et u so babbu di nascita, son père biologique. Il honorera votre famille.

Je vous embrasse Marie de tout mon cœur, je ne mérite pas le paradis alors je vous en prie, daignez prier pour mon âme, celle d'un pêcheur car j'ai beaucoup à me faire pardonner.

Avec toute ma reconnaissance, votre dévoué Max.

— Tu vois Antoine, j'ai toujours espéré que tu fondes ta vie autrement, autour d'un foyer, que cela soit avec Marthe, Mado ou une autre. Que tu aimes une femme et quelle t'aime tout autant. Je me suis rendue longtemps responsable considérant qu'avec mon égoïsme possessif, j'étais la cause de cet échec, mais aujourd'hui j'ai le sentiment d'un accomplissement miraculeux et je suis béate et comme dit chez nous « *furtunata*, fortunée. »
— Maman, tu n'es responsable de rien. J'ai fait mes propres choix et je les assume. Tu m'as donné tout ce que je pouvais attendre et même plus. Maintenant il est clair que j'ai des devoirs vis-à-vis de Paul Antoine.
— Mon fils, je ne te dis pas que cela sera facile, mais tout va bien se passer, tu verras ! Le plus difficile sera les premiers instants de votre rencontre, votre découverte mutuelle et puis tout ira bien.
— Tu sais, Marthe m'a parlé de lui, elle et Max l'ont instruit sur ce que nous étions et nous faisons déjà parti

de son environnement, sa famille. Il n'ignore rien de ce que nous sommes et nous habitons depuis toujours son imaginaire.
— Max, quel que soit son parcours, était un homme intelligent. Il a pensé à tout et le prouve dans sa lettre. Il était capable d'anticiper des situations aussi complexes qu'elles soient et je pense qu'au plus profond de lui il a gardé cette mentalité que nous avions et propre à la Corse.
— Paul Antoine et sa mère viendront pour la Toussaint.
— C'est la fête des morts, c'est un moment de recueillement important mais c'est aussi la fête de tous les Saints. Même si l'on ne souffle pas tous les jours des bougies, le moment où Paul Antoine viendra dans notre maison, on l'accueillera comme un jour de réjouissance.
— J'appréhendais de te faire cette annonce, tu m'as facilité l'énoncé d'une proclamation à laquelle il était impossible de me soustraire, mais ce que je craignais le plus c'était ta réaction.
— Mais mon fils chéri, comment voulais-tu qu'une telle surprise ne me rende pas heureuse ? Depuis la lecture de la lettre de Max je nage dans le bonheur. Je ne t'ai pas appelé parce que j'estimais qu'il revenait à Marthe de t'informer la première. C'est ce qu'elle a fait, et c'est très bien ainsi. C'est dans l'ordre naturel des choses.
— Regarde, Marthe m'a donné une photo de Paul Antoine, elle est récente.
— C'est inouï, c'est ton portrait craché au même âge. Il n'y a aucun doute c'est bien ton fils. Mon Dieu qu'il est beau ! Béni soit le seigneur !

— Tu peux la garder maman.
— Merci, *u mo figliolu*, mon fils, je vais la mettre dans le cadre à côté de celle de ton père, sur le mur de la salle au-dessus de la cheminée. Ah, n'oublie pas dimanche midi, le père Piotr mange à la maison après la messe.
— Paul-André, bonjour c'est Antoine, quand pars-tu ?
— Finalement lundi matin, je n'ai pas trop envie de rentrer et reprendre le boulot mais les meilleures choses ont une fin. Comme ça je pourrai assister au concours de boules et au trail. Tu as une drôle de voix, tu voulais me dire quelque chose ?
— Oui, mais c'est… comment t'expliquer… un peu long et un peu délicat…
— Bon écoute, si rien ne presse et si tu peux m'accompagner à l'aéroport lundi nous aurons le temps de nous entretenir et nous serons seuls dans la voiture et de plus ça me rend service.
— D'accord, c'est parfait tu peux compter sur moi, je t'embrasse.

Cumpagnia di Balestra
Compagnons d'Arbalète

— Le dix-huit contre le deux ! le vingt-trois contre le huit ! le neuf contre le dix ! le....
Les triplettes s'approchaient de la guérite protégée par un grand parasol blanc et rouge. Maurice avait récupéré le numéro du tirage au sort annoncé au micro par une voix nasillarde d'une sono mal réglée qui sifflait, il devait rejoindre ses deux coéquipiers, Dédé et Julien. Le concours bien primé, par une somme de mille cinq cents euros pour l'équipe gagnante avait attiré un grand nombre de compétiteurs. Une télé à écran plat et de nombreux lots, dont un jambon de Dumé et une caisse de vin *Niellucciu* de Patrimonio constituaient l'enjeu de ces joutes pour les autres finalistes et demi-finalistes. Un fer à repasser, des billets d'entrée pour le prochain concert des Déglinguos et vingt-quatre bouteilles de Pastis offertes par le principal sponsor servaient de lots de consolation. Pas de veine ! Le trio était tombé sur les favoris qui venait de la ville et réputé pour rafler la mise de tous les concours de boules. Le gitan, surnommé Django était le leader. Sa notoriété faisait trembler tous ses adversaires. Une cigarette de maïs à laquelle il ôtait

le filtre pendait en permanence du coin de ses lèvres. Ses dents jaunes comme ses ongles qu'il rongeait et la peau du bout de ses doigts étaient noircies par la nicotine, le fond de ses yeux gélatineux semblait avoir la même couleur que ceux d'un poisson ayant pris un coup de chaud sur l'étalage. Quand il s'approchait du rond tracé de la pointe d'un bâton dans la terre, il se mettait en position, puis faisait un pas en arrière pour jauger la bonne distance et avançait. Sans hésiter il soulevait le bras se penchant en avant, pour décrocher un tir, qui quasiment à tous les coups faisait mouche. Il dégoûtait les meilleurs pointeurs qui découragés ne s'appliquaient même plus, sachant que malgré la qualité de leur geste, leur effort serait fatalement anéanti par ses frappes sans pitié. Ce gitan faisait partie de cette catégorie de gens à qui il est difficile de donner un âge. Pour ceux qui le connaissaient et malgré les années, il était toujours pareil. Maigre, les cheveux noirs gominés peignés en arrière et séparé par une raie tirée au cordeau, une fine moustache donnait à son teint maure, les allures d'un Espagnol andalou. Il portait invariablement une chemise brune dont il retroussait les manches et un pantalon long foncé qui terminait sur des mocassins d'un cuir usé, aux couleurs ternies d'un marron poussiéreux. Ses deux coéquipiers, décontractés, en short de foot et claquettes en plastique exhibaient leurs ventres débordants sous leurs tee-shirts crasseux, floqués au nom de l'enseigne de l'entreprise de déménagement pour laquelle ils travaillaient occasionnellement. Tous deux portaient des casquettes sur lesquelles on *pouvait lire en toutes lettres «* Casanis l'ami du sport. » L'association avait préparé les terrains et s'était occupée de tracer à la chaux blanche la démarcation entre chaque jeu. Certains joueurs se désaltéraient, en attendant que l'un des terrains se libère, à la buvette tenue par les membres de « *Paese Dumane.* » Le nettoyage de la planche de jardin envahie de ronces avait posé quelques problèmes avec le propriétaire. Celui-ci s'opposait à son utilisation pour la circonstance alors qu'il n'en faisait strictement rien et que sa parcelle n'était plus cultivée depuis des lustres. Il avait fallu toute la persévérance de la présidente, sa cousine Angèle, pour réussir à le convaincre, lui faisant valoir l'intérêt qu'il avait d'un nettoyage gratuit. Mais la force de persuasion résidait davantage dans une contrepartie de sandwiches et boissons qui pouvaient lui être servis gratuitement et à volonté durant la manifestation. L'open bar fut l'argument imparable et il donna enfin son accord. Le succès et l'affluence obligea l'équipe du gitan et celle de Dédé à s'affronter sur le terrain caillouteux de la place de l'église. Rien n'était plus sérieux qu'une partie d'un concours de boules.

Encore plus sérieux que pouvait l'être la partie de belote. Les testostérones s'affirmaient dans la virilité apparente des participants et dans la précision du geste de ce théâtre silencieux où seul le claquement d'une boule frappée l'une contre l'autre résonnait ici et là, interrompu par des annonces au micro du type « On demande Fernand à la buvette, on demande Pierrot pour approvisionner le bar en glaçons… »

Bref ce qui était primordial c'était la concentration et la stratégie du chef d'état-major de chaque triplette qui consistait à faire un choix délicat. Fallait-il pointer ou tirer ? Cela nécessitait une profonde réflexion et une décision aussi judicieuse que grave, qui obligeait quand elle était prise, à une reconnaissance topographique méticuleuse avant d'exécuter le mouvement le plus précis et le plus approprié. La boule était une véritable science et le gitan était maître, que dire un génie.

— C'est la classe internationale, s'exclama Dédé se tournant vers Maurice et Julien. « *Le mieux que l'on puisse faire c'est d'éviter le Fanny.* » À la faveur du sol irrégulier du devant de l'église et de trois carreaux sur place dont Maurice ne savait pas comment il avait pu les faire, l'équipe des bras cassés réalisa un incroyable exploit, celui d'éliminer de deux points les champions. Quand le micro annonça les premiers résultats, personne ne croyait à la surprise. Certains pouffaient de rires à s'étouffer pensant qu'il s'agissait d'un canular. Tout le monde se précipitait pour suivre à chaque nouvelle partie cette équipe inattendue. Maurice avait même oublié qu'il boitait et avait remisé sa canne. Dédé avait remonté les ourlets de son pantalon les accrochant avec une pince à linge pour éviter de les salir quand il s'accroupissait pour pointer. Au fil des mènes, les encouragements entrecoupés d'applaudissements entretenaient le suspense et boostaient les trois compères, donnant à ces artistes de la pétanque l'assurance pour tenter l'impossible. Ils avaient gagné le soutien unanime de

supporters enthousiastes qui espéraient tous la victoire de leurs favoris et se levaient à l'unisson avec hurlements et sifflets, quand ils marquaient un point dans une ambiance digne d'un grand stade.
— Allez Dédé tu es le plus fort ! Allez Maurice montre leur qui tu es. Cogne Momo ! Allez Julien, allez Julien... Ouais ! Bravo !
Tout leur réussissait ce qui rendait le spectacle de ces trois clowns connus pour leur maladresse encore plus désopilant. Jusqu'au quart de finale où ils assurèrent dans leur défaite, avec panache, une partie d'anthologie, avec en conclusion une déclaration héroïque de Dédé : « *La garde meurt mais ne se rend pas !* » Pas plus qu'ils ne se rendirent pour livrer une dernière bataille, cette fois-ci au comptoir de la buvette. Les braves dans une cuite mémorable abdiquèrent à cinq heures du matin. »

Corre corre ..... è attippà

Courir courir....et grimper

Le trail, le dernier événement important d'une semaine très animée, devait débuter ce dimanche matin de bonne heure. Les joueurs de boules rentraient se coucher après une nuit des plus fracassantes et croisaient les compétiteurs de l'épreuve. Bien sûr les participants n'étaient pas les mêmes, ni leur moyenne d'âge. L'encadrement aux avant-postes prévoyait toutes sortes d'avaries inhérentes à la pratique de ce sport : chute, déshydratation, entorse, déchirure musculaire, luxation, fracture, malaise cardiaque y compris l'égarement de quelques personnes se trompant d'itinéraire. Bref, la tension était palpable chez le président de l'Athlétique Club, Jean-Sébastien, ancien cadre des pompiers et sensible aux notions de responsabilités et secours qui ne lui étaient pas étrangères pour avoir été son lot quotidien durant toute sa carrière. Il avait fait appel à l'ambulance du centre et à ses anciens collègues ainsi qu'à un médecin urgentiste en cas de pépin. D'un ton martial, il donnait des consignes à tous les bénévoles qu'il avait déjà briffés la veille lors de la dernière reconnaissance. Ils étaient tous présents, équipés de brassards et gilets rouge fluo ainsi que de sacs à dos chargés de bouteilles d'eau. Ils devaient prendre place tout le long du parcours avec des talkie-walkie pour faire le comptage des coureurs numérotés en renseignant le PC installé sous un chapiteau blanc situé sur l'ancien stade de foot désaffecté. Pendant que d'autres volontaires s'affairaient à la confection de sandwiches jambon beurre ou le dressage de tréteaux sur lesquels trophées et coupes prendraient places, la direction de la course faisait l'ultime débriefing, essayant de corriger les erreurs des années antérieures sous l'habituelle menace de démission de Jean-Sébastien. « *Quist'annu hè l'ultima volta !* Cette année, sera la dernière fois ! »

Avant le coup d'envoi de la course senior, une première vague réservée aux enfants de huit à treize ans s'élancerait sur trois kilomètres. De nombreux parents venus de tout le canton accompagnaient leurs rejetons dans une ambiance bonne enfant, ne manquant pas d'adresser des recommandations de prudence à leurs futurs champions et nouer les lacets des baskets de leurs athlètes en herbe. Marie Clémence cherchant en permanence des occupations estivales pour distraire son fils avait obtenu du comité que Benoît participe à la compétition. Il avait presque l'âge, mais le simple fait d'être avec ses camarades et d'enfiler le maillot fluo jaune de concurrent le rendait heureux. Elle en profitait pour faire des photos, dont les plus parlantes seraient assurément postées sur Instagram et de papoter avec d'autres parents, dont ses cousines, sur les nombreuses anecdotes et qualités de leur progéniture respective. Comme chacun le sait, ses propres enfants sont toujours les plus beaux et les plus intelligents et dans cette surenchère d'affection démonstrative et publique, Marie Clémence se devait d'en faire un maximum pour compenser l'absence d'un père dans les moments importants de la vie d'un enfant qui grandit. Ainsi, le village offrait un cadre protecteur et les jeux et animations de l'été, pendant les vacances, garantissaient le comblement d'un vide. Ainsi la présence et les nombreuses attentions de parents ou voisins à l'égard de Benoît étaient, à ses yeux de mère, substantielles. Cela pouvait pondérer l'isolement familial de cette situation monoparentale du reste de l'année quand elle était, après l'école, l'unique relation de son fils. Ainsi Marie Clémence était apaisée par les bienfaits de cette nourriture essentielle du contact pour son enfant, celle d'un entourage plus fécond que d'ordinaire que celui de ce lien exclusif mère-enfant. Elle pouvait presque avoir bonne conscience sur son choix d'existence, même s'il se faisait au détriment de sa vie de femme et même si le petit Benoît était le pur produit de son égoïsme maternant depuis le jour où elle avait décidé de prendre cette responsabilité de l'élever seule.

Après l'arrivée des cadets, les adultes prenaient place sur une ligne de départ bien garnie. La fourchette d'âge oscillait de dix-huit à soixante ans. Pour la plupart, l'essentiel était de pouvoir terminer le trajet assez ardu compte tenu du dénivelé. Mais cette difficulté majeure contribuait à la notoriété de la compétition. D'ailleurs elle attirait de véritables champions dont le recordman du GR 20, faisant figure de vedette. L'organisation très pointilleuse ainsi que la convivialité de l'événement hissaient le trail à un des rendez-vous majeurs de la spécialité. Le prêtre s'étant prêté volontiers au jeu et pour la bonne cause y alla d'un coup d'eau bénite à la demande de Jean-Sébastien. Après tout, ne devait-on pas emprunter la route d'un col, celui portant le nom d'un saint important de la chrétienté, « *A bocca di San Martinu*, Le Col de Saint Martin. » Se mettre sous la protection d'un Saint cela peut éviter bien des ennuis. Son œuvre bienveillante accomplie, le père, sans tarder, fila ensuite à l'église pour l'office du dimanche : il n'y aurait pas grand monde ce jour-là à la messe, après quoi il se devait d’honorer l'invitation d'une de ses fidèles, Marie, dont il avait hâte de connaître le fils, Antoine.

Si sbaglia ancu u prete à l'altare
Même le prêtre se trompe dans son homélie

— Entrez, entrez mon Père, prenez place. Je vous présente mon fils Antoine, peut-être le connaissez-vous déjà ?
— Je n'ai pas eu beaucoup l'occasion de vous voir à la messe mais votre mère, en bonne pratiquante assidue, prie pour vous, j'en suis certain, mais je ne désespère jamais de rassembler le troupeau du seigneur et ramener vers lui les brebis égarées. Ne vous inquiétez pas je plaisante, je sais que vous êtes berger ! Je suis content de faire votre connaissance.
— Enchanté mon Père, ce n'est pas commun d'entendre un prêtre plaisanter de la sorte.
— Oui, mais pas avec n'importe qui Antoine, ce n'est pas un blasphème et je sais tant soi peu avec qui je peux me le permettre. Au risque de vous choquer, mon engagement dans le ministère sacerdotal tient davantage d'une rencontre auprès de mes semblables que dans une foi aux écritures sibyllines, indéchiffrables pour le plus grand nombre, et qui ne servent pas forcément l'humanité si l'on n'a pas les clés.
— Oui, je suis bien d'accord avec vous, la foi est une

conviction toute personnelle, ou pour les croyants une révélation divine, mais l'Église, au-delà de la foi, ne se prive pas d'intervenir bien au-delà de son ministère et au nom de la sainteté, se disant posséder elle seule la signification du mystère de Dieu, les voix du Seigneur ne sont-elles pas impénétrables ?

— Le doute fait aussi partie de la foi, il vous habite probablement comme il nous habite tous, mais à quoi pensez-vous ?
— Que c'est souvent derrière le mensonge que la vérité se cache et que par conséquent les convictions sont dangereuses parce qu'elles se veulent porteuses de vérité. La vérité dans ce cas peut être une imposture et l'Église vaticane a imposé sa vision du monde, sa vérité, jusqu'aux événements contemporains et bien éloignés de sa sphère spirituelle.
— Nulle vérité n'est absolue et éternelle, voyez-vous, votre pensée agnostique me donne raison, vous êtes sur le bon chemin, celui du questionnement. Mais à quelle intervention de l'Église faites-vous référence si elle est récente ?
— Je pense au Pape Jean Paul II et plus particulièrement lors de la visite de Mikhaïl Gorbatchev au Vatican trois semaines après la chute du mur ayant reconnu lui-même que « *Rien de ce qui s'est passé en Europe de l'Est n'aurait pu être possible sans la présence de ce Pape.* » Dans leur entretien privé à Rome Gorbatchev lui aurait déclaré : « Vous avez gagné ! » Ce qui prouve bien l'ingérence de l'Église dans les grands événements

géopolitiques contemporains et sa toute puissance qui date de plusieurs siècles, au moins depuis Constantin.
— « *Si Dieu n'existait pas, l'homme doit se conduire comme s'il existait* », ce n'est pas de moi mais de Dostoïevski. Voyez-vous, il faut se garder de toute tentation dogmatique, qu'elle soit religieuse ou politique. J'ai grandi à l'Est et dans le même diocèse que le Cardinal Karol Wojtyla. J'ai pu faire la synthèse entre les idées de Marx et celles de Jésus, j'y trouve un dénominateur commun : c'est le profond désir de l'avènement d'une justice sociale ou règne la concorde entre les hommes et l'égalité.
— En effet, Marx ne s'était pas privé de faire lui-même référence au christianisme en prétendant que :
« *L'amour du prochain que prêchait le christianisme antique, que certain reconnaissent comme la révolution du communisme, est une des sources d'où découlent l'idée des réformes sociales.* »
— Mon Père, pardonnez-moi d'interrompre votre discussion, voulez-vous un apéritif avant de passer à table ? Antoine se chargera du service pendant que je finis mes préparations.
— Bien volontiers ! Jean Paul II lui-même pensait que l'idéologie marxiste portait des graines de vérité mais il a aussi écrit qu'une autre idéologie débridée et toute aussi puissante, se montre tout aussi dévastatrice : l'ultra libéralisme capitaliste. Donc voyez-vous, il n'imposait pas une vue purement anti-communiste.
— Un vin d'orange vous dirait mon Père ?... Jean Paul II, il faut l'avouer a été un homme hors du commun mais

l'on ne peut pas nier son rôle dans la désagrégation de cet empire soviétique. Voulez-vous des glaçons ?
— Non merci, je pense que le vin est assez frais, mmm quel parfum ! L'Église essaye aujourd'hui de se repositionner en se réorientant vers une pensée sociale et environnementale en opposition à la dictature de l'argent et un libéralisme débridé. Elle peut être une alternative crédible, mais elle est prise entre deux feux en son sein. Les turpitudes internes entre les cardinaux réformateurs et ceux qui préfèrent s'enfermer dans leur vocation spirituelle pour éviter de prendre parti ne sont pas nouvelles. Dans son histoire, il y a eu de nombreux schismes. Il suffit de se souvenir de l'époque des franciscains, le Saint d'Assise manifestant sa quête dans une dévotion pacifique prêchant l'humilité a évité un processus révolutionnaire à l'encontre de l'institution. La papauté toute puissante a su habilement réagir et se réapproprier cette image de piété qu'elle avait abandonné pour le faste et même la débauche.

Plus tard et pour des raisons similaires, Luther a contesté de façon plus véhémente les privilèges de ces princes de l'Église, on sait ce que cela a donné. Aujourd'hui Sa Sainteté, le pape François, essaye d'abolir à sa manière tout ce qui peut être une position de privilège du Vatican et surtout s'oppose à une domination d'un monde par l'argent. L'urgence d'une justice humaine, d'une justice sociale et d'un esprit de solidarité doivent devenir la raison du combat de l'église catholique, au-delà des croyances. Le tout élargi dans

un cadre œcuménique par le biais du dialogue interreligieux devenu incontournable.
— Oui je vous rejoins, nous vivons une nouvelle crise qui peut être la conséquence d'un manque de spiritualité au sens large et pas forcément religieux, qui nous doit faire réfléchir sur la destination universelle des biens. Soumettre uniquement l'homme aux prétendues lois économiques, c'est condamner notre terre et le devenir de l'humanité. Les prochaines batailles seront environnementales et nous sommes mal partis pour les gagner.
— Tout est prêt, mon Père voulez-vous bénir la table ?
— Bien sûr Marie, Seigneur bénis cette table, ceux rassemblés autour de ce repas, plus particulièrement celle qui l'a préparé avec amour et attention, ta fidèle servante Marie. Nous te rendons grâce pour toutes les joies de la vie que tu nous offres. Fais-en sorte que les plus modestes puissent eux aussi profiter de cette nourriture terrestre en attendant de prendre place à ta table, au royaume des cieux. Amen !
— Amen !
— Lorsque j'étais dans une autre paroisse, voilà quelques années, j'ai fait la rencontre d'un homme qui vous a bien connu.
— De qui s'agit-il mon Père ?
— Il s'appelle François Xavier, pour ne rien vous cacher, il m'a souvent parlé de vous et je crois qu'il vous appréciait.
— Nous étions ensemble à la fac, il y faisait des études d'histoire, il était mon voisin de chambre à la cité universitaire. Il était aussi très engagé politiquement.

— Il me l'a confié et ne m'a pas caché que ses idées et son activisme lui ont causé de gros problèmes.
— Je l'ai revu à sa sortie de prison, ses certitudes avaient été ébranlées, il s'est retranché dans une forme de retraite et s'est découvert une passion, celle de l'apiculture.
— Que D ieu me pardonne Marie, mais votre jambon est une véritable tuerie.
— Il a dix-huit mois et le gras est aussi bon que le maigre. Resservez-vous mon Père, voulez-vous encore un peu de vin ?
— Bien volontiers, vous disiez qu'il avait été déçu ?
— C'est un euphémisme, lui et d'autres étaient guidés par une idéologie sincère. Ils avaient comme credo celui ne pas vouloir suivre un destin écrit par d'autres. Leur démarche s'est intensifiée pour devenir radicale et violente et cette violence les a rattrapés et même dépassés. Malgré que bon sens, elle se sont effacées pour ces raisons.
— Et vous qu'en pensez-vous, si je peux me permettre ?
— Les Corses vivent avec une double culture : latino-italienne millénaire sur laquelle par la suite est venue se greffer une culture française de seulement deux cent cinquante ans. Ils ont adhéré à cette dernière, *pè forza o pè amore*, par force ou par amour, pour certains par conviction opportune et par pragmatisme pour d'autres. L'oscillation permanente entre deux pôles, deux manières d’être et de penser a eu pour effet de créer une culture hybride. La langue corse fait partie du groupe italo-toscan, nos noms de famille sont à consonances

italiennes, beaucoup d'habitudes culinaires ou autres restent ancrées ou proches de cet héritage latino -toscan ligurien étouffé ou simplement ignoré. Cette dévolution plus spécifiquement pisane ou génoise, telle qu'en témoignent l'architecture de nos églises et le bâti ancien de nos villes et villages, sans parler de la langue, fonctionne comme des messages subliminaux et permanents d'une histoire refoulée. Ces flashs viennent s'insérer dans le quotidien des Corses vivant paradoxalement les yeux tournés vers Paris et le dos tourné à la péninsule. Les Corses jusqu'au XVIIIe siècle faisaient leurs études ou se faisaient soigner à Pise, Naples ou Rome. La famille de Pascal Paoli serait originaire d'une bourgade appelée Gubbio pas loin de Péruggia, celle des Buonaparte d'une branche ayant migré de Sarzana en Liguria à San Mignato en Toscane. Le commerce et les échanges avant Louis XV se pratiquaient presque exclusivement dans la zone d'influence de la mer Tyrrhénienne et depuis des siècles. Puis la Corse devenue française les liens se sont rompus avec l'Italie, il a fallu pour ses habitants assimiler de nouvelles habitudes, une autre langue et une autre culture qui n'étaient pas celle d'origine, en bénéficiant aussi de ce puissant apport de l'instruction dispensée par l'école républicaine et laïque mais surtout émancipatrice de Jules Ferry. La dernière guerre et particulièrement l'occupation par les troupes fascistes italiennes sous la férule du dictateur Mussolini ont rajouté de la confusion à ce qui déjà pouvait être un trouble. Le jacobinisme laissant peu de place pour la diversité a intensifié ce qui pour beaucoup pouvait être une incompréhension. L'Empire colonial français comme l'administration avait offert des opportunités auxquelles les Corses ont massivement souscrit, le plus souvent pour des intérêts carriéristes et sortir de la misère plus que par conviction idéologique partisane, s'accommodant ainsi de leur nouvel univers et facilitant une intégration à une nation porteuse d'un réel progrès social pour les individus. Mais les Corses, ces derniers temps, après avoir entretenu une méfiance à l'égard des Génois, puis Italiens et autres, et quelles que soient leurs opinions, éprouvent de plus en plus cette différence culturelle avec des continentaux français et leurs gouvernements successifs, qui pour leur part se sont toujours refusés à reconnaître les particularismes. Notre époque est celle d'une mondialisation débridée qui vient encore plus perturber les individus en quête de leurs racines et ajoute de l'égarement à un trouble déjà existant. Cette quête d'identification est une constance qui se heurte à un refus brutal au nom du risque de fissuration de l'unité nationale française. Ce manque de reconnaissance a des effets clivant.

— Vous n'êtes pas les seuls à vivre des contradictions. Dans un ordre différent nous avons à l'Est d'où je viens, vécu des paradoxes après l'effondrement de l'ancien régime. Nous avions ce désir profond de liberté que nous redécouvrions et voulions conserver cette sécurisation que le communisme nous assurait au prix d'une soumission totale au système et celui d'une liberté surveillée.

Ce drame existentiel est partagé par bon nombre de peuples. Il n'est pas nécessairement celui des minorités. C'est souvent le résultat de déchirures de l'histoire dont les causes originelles sont purement liées à des intérêts de domination. Ainsi les peuples sont sacrifiés sur l'hôtel de stratégies géopolitiques qui les dépassent le plus souvent.

— Il est difficile de faire coexister deux cultures. On peut avoir le sentiment d'avoir toujours un pied dans le vide et pour éviter cette peur ont peut être tenté de se chercher une identification de substitution, quitte à en surjouer, c'est d'ailleurs le cas fréquent de ceux qui ne sont pas tout à fait d'origine corse et qui sont plus royalistes que le roi et souscrivent à une politique exacerbée s'imaginant ainsi être authentiquement des Corses. D'ailleurs au-delà de leur besoin de justification, un peu comme celle de se dédouaner d'une origine continentale pouvant être suspecte, ces personnes n'ont pas compris que se vouloir Corse n'implique pas forcément l'obligation d'épouser les thèses d'une idéologie nationaliste. L'inverse est aussi vrai, avoir une étiquette nationaliste n'est pas la preuve intangible d'une identité corse que l'on veut à tout prix posséder. Au- delà de son appartenance par le simple fait de son éducation et du contexte dans lequel on a pu évoluer on ne devient jamais trop différent de ce que l'on est réellement. Mais les nationalistes ont été très adroits en introduisant cette notion de "communauté de destin". Ils se sont ainsi assurés les suffrages de non Corses qui pour le coup se sentent en sécurité, même si ces nationalistes n'ont pas vraiment de considération pour eux. En fait ce genre de stratégie a brouillé la lisibilité parce qu'il manque l'essentiel : l'adhésion commune à des valeurs quelles que soit leur origine. Donc le malaise identitaire est bien au centre des préoccupations tant pour la communauté autochtone, c'est à dire les Corses d'origine, que ceux installés ici depuis peu mais pour des raisons divergentes. Celles pour les uns de ne pas vouloir disparaître, celles pour les autres d'être acceptés. Pour le coup l'assimilation est biaisée. Au final on ne sait plus vraiment qui assimile l'autre ?

— Il est vrai qu'il est important de savoir qui on est et chaque altération de l'une des deux cultures peut être apparentée à un renoncement voire une trahison.

— Pour ma part je vois pointer un problème plus grave, il est dans le délitement généralisé du lien entre les membres d'une même société, elle-même privée d'un véritable horizon commun.

— Dans mon parlé ecclésiastique, je dirais privée d'une étoile polaire, celle du berger. Mais il est évident que si le socle de ce qu'est l'équilibre social, quelle qu'en soit la raison, tend à se fis-surer c'est la nature égoïste de l'homme dans un comportement individualiste de repli qui prendra le dessus.

— C'est exactement ce qui se passe et mon intime conviction est que se rajoute un trouble supplémentaire dans les esprits, un assujettissement à des nouveaux systèmes d'échanges qui détruit les rapports normaux tels que les gens les entretenaient entre eux naguère. Dans notre fonction-nement planétaire, l'industrie du loisir a su se vendre, elle est devenue pour une majorité l'industrie du bonheur. Non seulement elle a pris le contrôle de nos vies, mais elle modifie notre manière d'appréhender le monde qui nous entoure, c'est un changement fondamental. Il y a de ce fait une confusion entre liberté et indépendance. Après ce que fut la télé jadis, les réseaux sociaux viennent accentuer cette solitude contemporaine et donnent à une grande majorité de personnes l'illusion de communiquer avec la planète entière. C'est l'illusion du commun dans le vivre séparé, avec des contenus pour la plupart vides de substance. Ce phénomène de virtualité du lien de sociabilité façonne notre manière de percevoir tout ce qui nous entoure. La Corse n'échappe pas à cet élan de dimension universelle : la première des conséquences de ce type de pratique est l'édification de murs que chaque individu dresse autour de lui, tout en étant paradoxalement convaincu de s'ouvrir aux autres et ignorant le plus souvent son voisin de palier. Au-delà de la réelle séparation physique, la véritable menace réside dans l'intrusion dans la vie privée et la manipulation des masses pour des raisons commerciales voire politiques. Des groupes très organisés, possédant les techniques de communication les plus sophistiquées influencent les choix de bon nombre de citoyens du monde avec des contenus publicitaires. Il est presque facile d'orienter insidieusement le réflexe d'achat comme des choix électoraux et leurs résultats jusqu'à changer le court des choses à l'échelle d'un pays.

— Voilà le plat de résistance… Je plaisantais mon Père,

c'est en rapport avec votre conversation, là c'est tout simplement du veau en sauce accompagné de haricots Soissons, j'ai laissé la viande et les contours dans le fait-tout.

— Mmm ça sent drôlement bon... et en plus assaisonné d'humour.

— Je vous sers ? Approchez votre assiette.

— Merci, pas trop, je pourrais toujours en reprendre, vous disiez Antoine ?

— Eh bien ce type de communication à outrance peut avoir des effets désastreux :

— Tout d'abord il enferme les gens dans une solitude dont ils n'ont pas conscience puisqu'ils sont abreuvés en permanence d'informations en tout genre.

— En second lieu, du fait de cet isolement, ces personnes sont encore plus fragiles et donc plus malléables, à la merci de cette supercherie qui consiste à leur faire croire qu'ils sont informés. En l'absence de filtre, ils deviennent les cibles de la désinformation.

— Alors, selon vous, les gens qui ont épousé cette tendance de l'époque, à travers cette modernité communicative à tout crin, sont en fait dans une régression, vous y voyez les prémices d'une décadence, en Corse comme ailleurs ?

— Je ne sais si le terme décadence est le plus approprié. En revanche, pour ceux qui ne sont pas armés, cette peur de la solitude érigée en forteresse devient dans une certaine mesure anxiogène. Ces murs provoquent des peurs irrationnelles, celle de l'autre et de la différence en particulier. Les structures collectives anciennes telles que

nous les avons connues dans nos villages se sont effacées, elles nous mettaient à l'abri de ce type de peur mais elles ont glissé d'une communauté de partage des joies et des peines au quotidien en communauté d'intolérance. Cela devient du communautarisme qui confine ses adeptes à un espace de sociabilité réduite. Une forme d'ethnocentrisme avec la tendance à la fermeture sur soi. Un énorme paradoxe à l'heure de l'avènement de ces réseaux sociaux et de ces moyens de communication jusqu'à ce jour inégalés, où circulent toutes les idées du monde en instantané et qui justement pouvaient jouer le rôle d'une émancipation sans précédent. Force est de constater que les effets de ce mode de rencontre virtuelle sont inverses à ceux d'une ouverture.
Pour en revenir à François Xavier et pour en avoir parlé avec lui, je sais qu'il partage avec moi cette analyse sur le glissement de cette société corse, qui s'est jetée à corps perdu dans l'hyper-tendance du moment. Il est lui aussi très critique sur l'adhésion frénétique à ces réseaux sociaux où se déversent la haine et les fake news. Il la qualifie de dangereuse et pense qu'elle accélère notre indigence. Cela favorise l'éclosion de la violence et tout ça ne va plus dans le sens de son militantisme généreux et optimiste de départ. Je sais également que parmi ses anciens camarades, qui pour autant ne
renient pas leurs idées, beaucoup pensent que l'individualisation de l'existence moderne peut avoir pour effet une identité de repli dangereuse et non celle de l'ouverture qui motivait leur engagement. Dans leur esprit, la revendication de la reconnaissance d'une identité

spécifique pour la Corse était assortie d'une rupture avec un mode d'isolement, d'une émancipation légitime, d'un accès au progrès mais certainement pas d'un choix qui consiste à se couper et rejeter les autres pour se protéger. Vous m'avez demandé ce que je pense ? J'ai l'intime conviction que d'aller vers des réflexes endogènes nuit à tout développement, c'est une condamnation anticipée au déclin puis à la disparition.
— « *L'ange du Seigneur les approcha et la gloire du Seigneur les enveloppa de lumière* », Évangile selon saint Luc. Voyez-vous, si Dieu s'est adressé à des bergers pour leur révéler la lumière, ce n'est pas tout à fait un hasard… Il ne s'agit pas de croyance mais de clairvoyance, François Xavier ne s'était pas trompé en me parlant de vous.
— Vous me flattez mon Père.
— Pas du tout, je suis sincère et je trouve beaucoup d'explications aux questions que je me pose sur la nature des problèmes en Corse et bien au-delà. Mais voyez-vous, je ne pense pas qu'ils soient spécifiques à ce que vous êtes et je partage votre analyse sur les réflexes communautaristes que l'on peine à identifier. Je peux vous assurer qu'il existe ici et ailleurs un délitement des familles, une fragmentation sociale dans nos quartiers, nos villes et nos villages qui entraînera à terme des troubles de grande ampleur. L'essentiel c'est qu'ils n'évoluent pas vers une ségrégation ethnique, religieuse ou sociale dont les effets sont difficilement mesurables au moment où nous en parlons, sans oublier que le travail, cette valeur qui a prouvé son pouvoir de cohésion

sociale, est reléguée au second plan. La substitution par les loisirs et les futilités en tout genre nous éloignent de l'essentiel. C'est une forme de détournement de la pensée.

— Pourtant nous possédons tout pour réussir et aller vers le meilleur. De plus, le cadre démocratique qui est le nôtre est certainement le modèle jusqu'à ce jour le plus performant. Il s'affirme par la laïcité qui elle offre l'espace le plus opportun qu'il soit et ça nous le devons indéniablement à un courant de pensée qui à un moment de l'histoire a traversé l'Occident, la France et dont la Corse a pu aussi bénéficier. Ce cadre institutionnel est très précieux, il permet précisément l'expression de toutes les opinions et pensées politiques ou religieuses à condition d'éviter le mélange des genres et là, pour le coup, cela peut devenir compliqué.

— Pourquoi compliqué ?

— Quelque fois il y a un amalgame fallacieux quand on mélange ce qui est le religieux au politique et au culturel au prétexte du maintien de la tradition. Nous en avons chez nous l'exemple. N'en êtes pas vous même pas affecté au sein de votre Église ?

— Je crois savoir à quoi vous faites allusion, si vous faites le parallèle avec des confréries religieuses, sachez qu'une majorité de prêtres se sentent pris en otage dans leur observance par ces pratiquants souvent occasionnels. De mon point de vue, beaucoup viennent aux offices pour une autre raison que la prière. Je n'en vois que très peu les dimanches ordinaires de l'année. Je dirais que cela s'appelle du sophisme.

— Je doute qu'ils possèdent pour la plupart une connaissance très approfondie de la liturgie. Il en va de la religion comme de la culture, il y a des meneurs qui dirigent le show et en font leur business. Finalement ce sont des aigrefins qui n'hésitent pas à entretenir une confusion dans l'esprit de personnes qui sont dépourvues d'une capacité d'analyse et d'une instruction théologique. On est bien loin de la vocation initiale des confréries dont le rôle premier était liturgique et caritatif en l'absence jadis d'une sécurité sociale. Mais ce domaine vous concerne davantage que moi.
— Je vous répondrais *habeas corpus* ! Toutefois j'ose espérer que parmi ceux qui adhèrent à ces groupes de chant, certains sont de bons chrétiens et se rapprochent à leur manière de la parole du Seigneur.
— Mais dans l'immédiat nous avons à faire ici à un problème beaucoup plus grave.
— Quel est-il ?
— C'est la captation des espaces communs par des groupes de particuliers voire quelques familles dans une nébuleuse aux contours mafieux. Dans cette mixture de ce que sont les intérêts et leurs logiques, l'intérêt de quelques-uns devient l'intérêt général. Ils vampirisent progressivement l'économie à leur seul profit. De ce point de vue la Corse rentre de plein pied dans cette modernité désastreuse où les inégalités se creusent et où l'on assiste à l'émergence d'une classe pauvre : le triomphe de l'injustice se profile et les dirigeants de la Corse perdus dans leurs luttes chimériques sont sur ce terrain complètement absents.

— Écoutez Marie, votre veau est divinement exquis, il fond dans la bouche et la sauce est une réussite ! Je retrouve le goût de la goulache que nous préparait ma grand-mère et en plus je prends beaucoup de plaisir à partager ce moment avec votre fils.
— Pour ce qui est de la recette, elle n'est pas très compliquée, tout est question de patience, il faut une cuisson lente, plus la viande mijote plus elle prend du goût mais l'Erba Barona fait la différence. Antoine me l'a ramené de la montagne il y a quelques jours. En tout cas mon père je suis doublement contente : que vous appréciiez ce repas mais aussi que mon fils tel que je le connais, peu loquace pour se livrer tant, éprouve de la satisfaction dans votre échange.
— Oui tu as raison maman, il y a des sujets qui sont difficiles à aborder avec la plupart des personnes ici, car les propos ne sont pas toujours compris tels que l'on veut les exprimer honnêtement et notre hôte nous offre cette chance d'avoir une opinion que l'on peut qualifier d'un apriorisme positif.
— En effet c'est « *l'expérience la plus élémentaire qui soit, celle de l'être* » aurait pu penser Kant sur le sujet.
— Bravo mon Père, cette fois-ci c'est vous qui m'étonnez, vous vous éloignez du décor scolastique de votre institution !
— Je n'ai aucun mérite mais vous m'avez tendu la perche. J'aurais dû commencer par vous dire qu'avant de rentrer dans les ordres, j'ai suivi le même parcours d'études que le vôtre et celui de mon célébrissime compatriote le pape Jean Paul II. Mon penchant pour Schelling

m'a dirigé tout naturellement vers un spiritualisme théologique, j'ai épousé son idéalisme qui m'a guidé vers l'idée d'une annonciation, celle de la promesse du Christ, mais la décision qui a été la mienne tient essentiellement aux lectures des travaux d'un de vos compatriotes religieux.

— Laissez-moi deviner, ne s'agit-il pas d'un jésuite ? Ne serait-ce pas le Père Xavier Tilliette ?

— En effet, vous êtes très fort et je vais jusqu'à croire que vous l'aviez deviné en me parlant d'apriorisme positif.

— Pas vraiment, mais votre pensée est celle d'un jésuite et la rationalité n'est jamais trop loin de ce que peut être la foi. A cela j'ajoute ma connaissance de mes anciennes lectures sur les travaux de Kant comme celles sur Schelling et leurs analyses respectives sur le sujet, ces travaux furent largement repris par le Père Tilliette. Mais Saint Augustin, bien avant, avait adopté la pensée philosophique avant de trouver sa vocation si je ne me trompe ?

— C'est exact « *la foi cherche et l'intellect trouve.* » L'important en toute chose est d'essayer de comprendre et d'éviter de juger trop vite. Jésus lui-même n'avait-il pas trouvé la plus belle des formules ? « *Que celui qui d'entre vous qui n'a jamais péché lui jette la première pierre.* » Voilà ce qui m'amène toujours à l'idée d'une réflexion positive et me permet d'espérer que toute situation peut évoluer favorablement : à un moment ou un autre celui qui est convaincu peut changer d'opinion si l'on parvient à éclairer sa pensée.

— De ce point de vue, je suis en accord avec vous, même si j'ai cette insolence à ne pas croire à des mues miraculeuses, mais il peut toujours y avoir une issue et ce en toute circonstance. Notre conversation antérieure, s'agissant du glissement de notre petit monde vers la soumission à une pensée unique, faisait état des limites qu'elles imposent. A un moment ces limites se heurtent à la nécessité d'un pluralisme et d'une contradiction nécessaire qui nourrissent le progrès. Comme le doute a toujours nourri la science, la certitude nourrit l'opacité. L'homme possède en lui cette faculté de réflexion qui surgit dans les moments les plus inattendus de sa vie. Des événements peuvent le surprendre et les circonstances d'un amalgame imprévu entre ce qui l'est, ce qui l'entoure et ce qui survient peuvent déterminer ses choix et son futur. Ce cocktail comme tout cocktail nécessite trois ingrédients : penser d'abord, se poser des questions ensuite, pour finalement se remettre en question. Ce qui laisse supposer que jamais rien n'est perdu de même que jamais rien n'est définitivement acquis. Une simple rencontre peut nous conduire ou nous obliger à rebattre nos cartes, à nous ouvrir vers d'autres horizons et ces convergences sont multiformes. Il peut s'agir d'une rencontre amicale, amoureuse, professionnelle ou immatérielle d'une lecture, d'une œuvre d'art, d'une musique, d'un paysage. Mais elles ont toutes un dénominateur commun : la sensibilité. Est-ce un défaut ou une qualité ou pour certains le début de la faiblesse ? De cette sensibilité quelque fois enfouie au plus profond de l'être, peut naître une émotion comme la plus belle des

surprises, semblable à l'éclosion d'une fleur. C'est de cette émotion que l'intelligence va surgir comme une fontaine de jouvence qui renouvelle ses eaux.
Antoine tout en parlant pensait aux derniers événements qui l'avaient ébranlé cette dernière semaine, la nuit passée avec Mado était pour lui empreinte d'une étrange poésie. Puis la révélation par Marthe de sa paternité avait ressuscité les faits successifs de sa vie : la saga rocambolesque de Max, les menaces pesant sur petit Jean, ses échanges avec ses amis Camille et Paul-André. Une compilation de péripéties, de conversations, d'observations, de sentiments, qui finalement étaient le lot du ressenti de tout un chacun, unique pour soi et commun à tous. Mais il n'aurait pas osé faire de telles confidences au prêtre malgré la confiance que ce dernier lui inspirait. Dans cette accélération du temps tout s'était bousculé, engendrant une confusion, une perte de contrôle, celle de la maîtrise de son esprit et de sa logique. Le conseil récent de sa mère Marie lui revenait à l'esprit et il devait admettre que quelque fois l'émotion peut prendre le dessus sur toute forme de raison, mais cette raison ne pouvait-elle pas trouver ses fondements dans l'émotion comme l'étincelle qui allume le feu et embrase le maquis ?
— Mon père, je vous débarrasse. Antoine veux-tu bien prendre les petites assiettes dans le buffet s'il te plaît, deux par personne, une pour le fromage, une pour le gâteau.
— Oui maman, dois-je aussi changer les couverts ?
— Tu laisses les couteaux pour le fromage et tu prends

des petites fourchettes pour le gâteau et amène le plateau et la corbeille de fruits, il y a du raisin et des figues.
— Seigneur que c'est beau, vous avez déjà du raisin ?
— Mon cousin Bartuluméo m'en apporte tous les ans pour ma fête le quinze août. C'est du Cardinal, un cépage précoce.
— C'est un raisin de circonstance mon Père.— Vous avez de l'humour Antoine comme votre mère, mais Dieu m'en préserve et je n'ai pas cette ambition, mon rôle modeste me convient parfaitement et je préfère être au service de Dieu que celui de la curie !
— Quant à cette pâtisserie de pain perdu, nous l'appelons *Pastizzù*, c'était le gâteau autrefois des pauvres, aujourd'hui on gaspille le pain et la semoule a remplacé les miettes, il en va de la pâtisserie comme du reste.
— Rassurez-vous ma chère Marie, comme l'a si bien dit votre fils, des événements surgissent tôt ou tard et rebattent les cartes. Il n'est pas impossible que demain chaque miette de pain compte et que l'homme apprenne enfin à partager. Dans les temps de crise la dévotion populaire jaillit et la vulnérabilité des hommes en quête d'une espérance fait qu'ils se raccrochent à la providence. La terre a besoin du ciel, les hommes celle de Dieu pour obtenir des grâces.

Sin'a à che u n'hè l'ora
n'è si nasce, n'è si more
Jusqu'à ce ne soit le bon moment
ni l'on ne nait, ni l'on ne meurt

Antoine avait donné rendez-vous à Paul-André à huit heures, ce qui suffisait largement pour se rendre à l'aéroport et procéder aux formalités d'embarquement pour le vol de midi. En fait il ressentait le besoin de parler avec son ami, de tout lui dire au sujet de Marthe, de Paul Antoine y compris de sa nuit d'amour avec Mado. Il voulait chercher à se soulager de cette anxiété qu'il le submergeait depuis l'avant-veille, ainsi que du souci qu'il se faisait également pour petit Jean et par contrecoup pour Antonia et Marie Clémence sa filleule. Les conseils avisés de Paul-André seraient les bienvenus. Il était la personne la plus indiquée pour répondre en partie à son appréhension, celle de sa future rencontre avec son fils Paul Antoine à l'automne.
— Tu sembles tendu Antoine, dit le psy à peine le moteur allumé.
— Oui c'est vrai, j'ai vécu ces quelques jours des instants assez intenses, Antoine fit la narration des derniers événements, de la visite de petit Jean et les craintes qui

l'avait motivée, ainsi que la fin de nuit du bal dans les bras de Mado, jusqu'aux révélations de Marthe au lendemain de l'enterrement de Max.
— As-tu entendu ce matin les infos locales ?
— Non, ma valise n'était pas tout à fait finie, j'étais à la bourre, pourquoi ?
— Il y a eu une tentative de meurtre, mais je ne sais pas s'il y a eu des victimes, le commentateur faisait également état de l'incendie d'une paillote sans préciser les lieux du forfait ni relier les deux affaires.
— Je sais à quoi tu penses. Nous savons bien tous les deux que Petit Jean a choisi un métier à risques, si je peux m'exprimer ainsi. Par les temps qui courent la Corse est un brûlot et notre ami va devoir être prudent compte tenu de ses activités. Tu n'avais pas besoin des confidences de Marthe pour savoir que petit Jean joue avec le feu depuis longtemps. Pour autant je vais tenter de mettre un peu d'ordre dans tes pensées confuses. Dans la chronologie des différents faits, sans vouloir éluder les problèmes récurrents de petit Jean, je commencerai par ton histoire avec Mado ! Il fallait être aveugle pour ne pas voir ce qui se tramait entre vous depuis longtemps. Chaque été pouvait être le bon, c'est arrivé cette année et cela fait partie de la vie. Quand deux êtres s'attirent réciproquement, rien ne s'oppose à ce qu'ils se rencontrent. Si tu permets j'emprunterai une image pour te dire qu'en fait c'était inévitable, une vérité en forme de postulat qui ne souffre d'aucune dissonance. C'est le contraire qui aurait été une anomalie, comme peuvent l'être les fausses pudeurs. Pour

te rassurer, personne d'entre nous y a trouvé à redire malgré votre différence d'âge. Bien ! J'espère que tu ne culpabilises pas et de toute façon l'un comme l'autre, vous disposez de tout le temps pour réfléchir et vous revoir ou pas, poursuivre ou pas cette relation. Il est probable qu'elle vous soit nécessaire et j'irai jusqu'à dire bénéfique à tous les deux. Même si je ne m'autorise pas à juger une situation amoureuse, à titre amical et vous connaissant, je n'y vois que du bien. En ce qui te concerne il faut que tu finisses par rompre avec ton isolement affectif. Tu as eu beaucoup de succès féminins et tu as toujours attiré les femmes par une sorte de charme énigmatique, mais invariablement tu les as fuies comme pour te préserver et finir par t'isoler dans ta montagne, même si tu t'en défends. Mado est une fille intelligente, certes avec un caractère dynamique qui contraste avec ta lenteur, mais elle sait ce qu'elle veut, elle a des idées claires. Elle n'est pas du genre à improviser quoi que ce soit, le soir du bal quand elle est venue te chercher à notre table, elle avait sans doute prémédité la suite, je suis prêt à parier qu'elle attend ton appel et je suis aussi prêt à parier que depuis tu ne l'a pas appelée !

— Oui, tu as raison, je ne l'ai pas fait, avoua Antoine un peu timidement.
— Tu sais Antoine, ne le prend pas mal, mais à ton âge il est temps que tu abandonnes un peu tes rêveries et que parfois tu t'intègres à ce qu'est la vraie vie. Nous savons tous, du moins tes proches, que tu es quelqu'un à part. Dans ces temps tumultueux avec l'incertitude de nos

lendemains, ta marginalité et ton refus de ce qu'est le mode de fonctionnement actuel, contribue à te donner l'image d'un homme indépendant, sage et inébranlable. Pour Camille et moi comme probablement pour petit Jean, Marthe, Marie Clémence ta filleule et Mado pour ne pas la citer, tu as toujours fait figure de référence. Souvent j'ai envié la force tranquille de ton caractère et ton charisme, mais tu vois il est difficile de changer le cours des choses et tu dois aussi te rendre à l'évidence que le monde est en pleine mutation et nous n'y pouvons pas grand-chose. Mado est de plein pied dans la réalité, elle se bat à sa manière, c'est une femme courageuse autant que généreuse, la concernant c'est tout ce que j'ai à te dire.

— Merci Paul André ! Tu réponds à mes confessions par ta sagacité et elle peut me soulager de mes lourdes préoccupations, tu as raison je suis finalement égoïste et certainement prisonnier dans ma tour d'ivoire et dans mon confort intellectuel d'un bien-pensant. Je me suis trop éloigné du monde tel qu'il est.

— Pas tout à fait, je ne crois pas. Tu es trop lucide pour être totalement coupé de tout, mais ton mode de vie est incompatible avec ce que sont la plupart des gens d'aujourd'hui et ton réflexe de protection est normal. L'environnement humain s'est terriblement appauvri depuis quelques années, non pas du fait qu'en Corse et au village la population est faible mais à cause d'une médiocrité généralisée dont nous avons eul'occasion d'analyser les causes et leurs effets. Si tu ne veux pas être aspiré par le bas tu n'as pas trop le choix, tu es contraint à un repli sur toi-même, ce qui n'implique pas que tu abdiques et laisse échapper ce qui peut être un bonheur à portée de ta main. En revanche quand l'occasion se présente, évite de la rater. Peu importe s'il s'agit de Mado ou de quelqu'un d'autre, je pense singulièrement à ton fils Paul Antoine, il est lui aussi une véritable chance pour toi. C'est pourquoi l'annonce de Marthe t'oblige à sortir de ta retraite et, comme l'a écrit Max à ta mère, et d'après ce que tu m'as rapporté, considère-toi aussi que c'est un cadeau merveilleux qui t'est offert. Au village ta romance avec Marthe était connue de tous et l'existence de cet enfant a toujours été le secret de polichinelle. Pour ce qui ont eu l'occasion de rencontrer Paul Antoine, la ressemblance avec toi est si frappante qu'il était logique que l'on soupçonne que tu sois son père. Il semblerait que vous seuls, ta mère et toi, n'étiez pas au courant.

— Cela m'a fait un réel choc, je te le confie, mais je commence à me faire à l'idée de cette paternité. Et si cela va bien au-delà d'une simple curiosité, je redoute hâtivement cette rencontre, une forme d'oxymore unissant dans un sentiment contradictoire celui d'un rejet désirable.

— Ce que tu appelles pudiquement, « *lourde préoccupation* » est en réalité une peur. Dans notre jargon de psy nous préférons la formuler sous la définition de situation anxiogène. Le sentiment contradictoire que tu embrasses, suscite en toi une inquiétude on ne peut plus normale et cette appréhension peut être le réceptacle de cette peur refoulée aggravée par une série condensée d'événements imprévus et l'inquiétude que tu éprouves pour petit Jean. Cette angoisse n'est sans doute pas celle d'un manque mais la cause par anticipation de ce manque. Ta frayeur, si je peux me permettre, vient du fait que rien jusqu'à présent ne pouvait troubler ton confort existentiel et la cause du manque peut prendre dans ton cas la forme d'une responsabilité que tu n'aurais pas délibérément prise, qui surgit et s'impose sans te prévenir, risquant de te priver de tes paisibles habitudes, ta seconde nature. Aujourd'hui ce sentiment contradictoire réquisitionne ton esprit. Cette responsabilité c'est ce devoir que tu endosses vis-à-vis de Paul Antoine et mais aussi d'une certaine manière et par procuration vis-à-vis de Marie Clémence et Benoît pour lesquels tu t'es engagé par amitié fraternelle envers petit Jean. Je suis convaincu que c'est le tribut de ta liberté que tu payes aujourd'hui et la cause de ce manque, inconsciemment, tu l'identifies à cette double paternité furtive et non consentie mais au fond de toi désirée. Si je te parle de double paternité c'est aussi par rapport à la situation monoparentale de Marie Clémence pour laquelle tu acceptes cette obligation de devoir paternel par substitution si par malheur quelque chose survenait à petit Jean. Il suffit que tu souscrives à l'idée d'être le père assumé de ton enfant et pourquoi pas par subrogation celui de Benoît si les évènements le commandent. Au final tu t'es refusé à devenir ce que tu ressentais commeun désir profond depuis toujours : celui de l'exercice de la transmission, de l'enseignement et de la paternité.

— Tiens la gendarmerie, ils font arrêter les voitures, il

y a peut-être eu un accident ?
— Bonjour Messieurs, Gendarmerie Nationale, il y a eu un problème un peu plus bas sur la route et la circulation est momentanément interrompue, nous ne pouvons pas vous laisser passer.
Une épaisse fumée noire laissait présager qu'un accident avait eu lieu mais il était impossible de distinguer du barrage de police quoi que ce soit si ce n'est les éclats des lumières bleues des gyrophares.
— Vous croyez que cela va prendre du temps ?
— Je pense que oui, c'est grave, les pompiers sont en intervention sur une voiture en flamme, mais si vous n'avez pas quelque chose d'important à faire, il vaut mieux que vous rebroussiez chemin.
— Monsieur doit prendre l'avion et je l'accompagne.
— Je regrette mais les ordres sont stricts. Si vous voulez poursuivre votre route dans cette direction vous pouvez emprunter une déviation à l'embranchement à droite, cela vous retardera certainement mais c'est la seule solution pour vous rendre à l'aéroport.
— Cela fait froid dans le dos, je ne pars pas sous les meilleurs auspices. Quelle fin de vacances et qu'est-ce que cela augure ?
— Ce genre de spectacle a toujours un côté traumatisant. Bon cela nous oblige à faire un détour d'une bonne quinzaine de kilomètres et une heure de trajet en plus mais nous n'avons pas le choix, d'un autre côté nous pourrons continuer notre discussion plus longuement. Oui, ce que tu disais me concernant est juste, je me suis destiné à l'existence d'un célibat, dans cet ermitage j'y ai trouvé

des justifications mais j'ai évité de me poser les vraies questions et surtout de vouloir assumer des charges, je me suis gravement trompé.
— Non, n'exagérons rien, la situation peut tourner à ton avantage. D'abord sache que dans ton cas l'angoisse est provoquée par de fortes émotions et si tu l'apprivoises elle peut être un facteur déclenchant et pourquoi pas un moteur, elle peut te permettre de sortir de tes habitudes et te poussera à aller de l'avant. Souvent il faut aller chercher très loin pour comprendre ce qui finalement est une peur. Pour ce qui te concerne, elle est peut-être liée à ton enfance, un traumatisme affectif refoulé.
— J'ai aussi lu sur le sujet les théories de Mélanie Klein et je me suis posé la question. Il est vrai qu'enfant j'ai vécu le départ du village à l'internat comme une déchirure, une forme d'abandon et peut être inconsciemment cette cicatrice émotionnelle ne s'est jamais bien refermée et a influencé véritablement mes choix et toute ma vie.
— Par extension, j'ai la conviction que le rapport de bon nombre de Corses à leur village, plus particulièrement pour ceux de notre génération qui y ont grandi, est très proche du tien. Le village est plus qu'un référent, il est une matrice affective qui explique ce besoin de retour pour nous tous. Il y a un quelque chose de très instinctif et assez inexplicable de l'ordre de la peur. Cette peur résonne un peu comme une maladie d'amour. Cette obstination jusqu'à vouloir s'y faire enterrer témoigne d'un déchirement, d'un vide durant son existence de ce monde idéalisé et protecteur que l'on a dû quitter. Il est

étroitement lié à une souffrance plus qu'au désir d'y reposer en paix, peut-être une compensation qui se veut rétroactive. J'ai souvent pensé que pour nous le village s'apparentait à une enveloppe fœtale, comme si nous étions à l'abri d'une invisibilité sacrée, d'une intimité de laquelle il nous est quasi impossible de nous extraire. Toi quelque part tu as anticipé ce retour et nous qui n'y vivons pas à l'année cherchons à cohabiter avec ce vide avec la permanence d'une idée de retour. Il y a quelque chose qui m'a toujours interpellé. Quand nous devons quitter la Corse nous ne sommes jamais pressés de partir, dans le sens retour, nous avons tous la trouille de louper l'avion ou le bateau. En tout cas, tu as l'occasion de jouer un rôle bénéfique et de premier choix avec la bénédiction de leurs mères respectives, aussi bien auprès de Paul Antoine que du petit Benoît, celui d'un excellent précepteur, le meilleur des enseignants. D'ailleurs au passage je tiens à te dire que ta filleule est certainement amoureuse de toi.

— Il y a une ironie à la vie, moi qui n'ai jamais songé à avoir un enfant ! Quant à Marie Clémence c'est ma filleule, j'espère que tu plaisantes, tu te trompes certainement sur ses intentions.

— Non, je ne pense pas, même si je ne connais pas ce que sont réellement ses intentions mais la manière dont elle se comporte en ta présence et te regarde en disent long. Tu la vois peut-être comme une petite fille, mais c'est une femme, avec des désirs de femme et elle s'est trahie dans sa réaction par rapport à Mado. Tu m'étonneras toujours par ta naïveté.

— Écoute c'est une chose inconcevable.
— Oui pour toi, mais tu devrais savoir qu'une femme ne fonctionne pas comme nous les hommes, qui nous laissons piéger par les apparences immédiates, pour parler vulgairement par un beau cul et une paire de gros nichons ! Elles ont ces capacités qui nous sont presque étrangères de considérer une relation amoureuse dans une dimension plus profonde et aussi plus pérenne. Une attirance purement physique ne peut exclusivement les satisfaire. Nous les hommes avec nos pulsions animales et guidés par notre bite, sommes très éloignés de cette notion fondamentale de la préservation. Marie Clémence instinctivement voit en toi quelqu'un qui la rassure, qui peut la protéger par rapport à son isolement et sa charge et par extension peut protéger son fils. Là aussi il s'agit d'angoisse et chez elle c'est l'angoisse de toute femme ayant porté un enfant qui prédomine : la peur de le perdre. Elles vivent la peur de la mort plus intensément que nous en sommes capables pour avoir donné charnellement la vie. Par syllogisme on pourrait dire que l'angoisse chez une femme est le moteur de l'amour, lui-même engendré par un instinct naturel maternel d'abord de procréation et puis de perpétuation.
— On devrait mettre la radio, il va y avoir le bulletin d'info de neuf heures, peut-être nous en serons plus sur l'accident, j'espère ne pas devoir faire à nouveau ce détour quand je remonte.
— Je suis désolé Antoine de te créer tant de complications.
— Tu n'as pas à l'être, s'il fallait faire le tour de Corse

pour t'accompagner je le ferais et je sais que tu ferais pareil, d'autant plus que tes propos m'apaisent. Alors plus la route est longue et plus j'y gagne en sérénité. — Ah, tu le prends de la meilleure des façons. Il ne nous reste plus qu'à poursuivre notre bavardage et reprendre mon propos. Je pense que notre langue est très illustrative de cette propension émotionnelle des femmes corses. Quand une mère dit en parlant de son enfant : « *sò i mo ochji,* ce sont mes yeux », c'est significatif de l'immense valeur qu'il représente dans ce qu'elle a de plus fragile. Au-delà, d'un prolongement d'elle-même par ce sens qu'est la vue, celui plus particulier de la vision et de la lumière, son enfant est source de vie et cette vie est plus précieuse que la sienne. On peut se poser la question sur la mystification des yeux de Sainte Lucie qui va bien plus loin qu'une simple croyance religieuse en Méditerranée, qu'elle soit en Turquie, en Corse ou ailleurs. Sa signification chrétienne est beaucoup plus profonde, elle a une dimension psychanalytique. Nous sommes les yeux de nos mères prêtes à sacrifier les leurs pour un amour infini. Tu vois à quel point le pouvoir matriarcal est fort chez nous, il peut aller jusqu'à l'offrande extrême et nous les hommes, objets et favoris de nos mères, sommes bien loin d'être capables d'une telle oblativité. Dans ce jeu de rôle nous sommes réduits à des postures de pantins roulant des mécaniques dans de ridicules parties de belote, de boule ou de chasse et parfois à nous livrer à des jeux de pouvoir alambiqués dans des joutes politiques carnavalesques pour affirmer une virilité compensatrice de cette différence. Ce jeu de séduction inavouable et refoulé a pour but réel de séduire nos mères.

— Ton raisonnement est très freudien. Si je comprends bien je suis le triple produit d'une forme de pouvoir matriarcal : d'abord celui de ma mère, puis celui de Marthe et peut être un jour celui supposé par toi de Marie Clémence et toujours pour la même et unique raison, celle d'une utilité reproductive directe ou indirecte voire de préservation. Ma marge de manœuvre serait très réduite, juste à me donner un peu de consistance face à des femmes qui me vampirisent.

— À la différence notable qu'aucune de ces trois femmes est malhonnête et aurait entretenu avec tes toi des rapports pervers, sans oublier Mado qui a fait éruption ces jours-ci dans ta vie. Aucune d'elles n'a altéré tes capacités et t'a influencé et détourné de ce que tu es, pour te dérouter vers un rôle de marionnette semblable à celui de beaucoup d'idiots qui cherchent à affirmer leur masculinité par des artifices. Justement, tu es l'exact contraire et ce qui certainement les fascinent et les attirent, chacune à leur manière, c'est ta douce robustesse, en somme une réelle virilité discrète qui les rassure.

— Ça grésille, on n’entend rien, la zone n'est pas couverte à cause du relief, enfin on finira par savoir ce qui s’est produit sur la route, il vaut mieux éteindre cette radio, elle nous casse les oreilles... Tu sais Paul-André, en ce moment je ne me sens pas très robuste et encore moins viril.

— Il est normal que tu sois troublé et fébrile, mais je

suis persuadé que ta rencontre avec ton fils Paul Antoine sera décisive, elle te délivrera d'un poids et elle t'ouvrira de nouveaux horizons !

— Enfin, nous sommes sur la route principale, on sera à l'heure, nous avons même le temps de boire un café... Tu as sans doute raison après la Toussaint j'aurai retrouvé mes marques et me sentirai mieux... Je te dépose et je vais au parking, on se rejoint dans le hall.

— OK.

Antoine profita de ce court instant pour rallumer la radio et écouter un speaker se définissant comme envoyé spécial... « *Nous sommes sur les lieux de ce qui semble être un double homicide. La police scientifique est sur place pour procéder à des investigations, ainsi que le procureur qui vient d'arriver il y a quelques minutes, acheminé tout spécialement par hélicoptère. La route est toujours coupée et le périmètre est sécurisé. Nous sommes tenus à l'écart et dans l'impossibilité d'en savoir davantage, s'agit-il d'un règlement de compte ou d'une nouvelle guerre du milieu liée au trafic de stupéfiants dont on disait ces derniers temps qu'il faisait l'objet de rivalités pour le partage de territoires entre groupes opposés. Pour l'heure il est trop tôt pour tirer des conclusions. Il est probable que nous puissions en savoir plus sur l'identité des victimes dans le courant de la journée, dès lors que les enquêteurs auront recueilli un certain nombre d'éléments. Mais la tâche semble ardue, la voiture des deux victimes ayant brûlé, les corps semble-t-il, sont calcinés.* »

— Merci Ange François, n'hésitez pas à nous rappeler si vous disposez de nouvelles informations. Pour ce qui concerne les faits divers, une paillote sur la plage dans l'anse de Marina a fait l'objet d'un incendie dont on ne sait pas, à l'instant où je vous parle, s'il est d'origine criminelle ou accidentelle. Nous n'avons pas pu joindre le gérant de l'établissement. En revanche nous savons que ce restaurant de plage avait fait l'objet par les services d'État d'un procès-verbal avant la saison estivale. Il était reproché au propriétaire de ne pas être en conformité avec la législation en vigueur. Aujourd'hui nous recevrons dans le cadre de notre journal débat de treize heures le président de l'Association de défense de l'environnement et de la protection du littoral, « la Mouette », ainsi qu'un représentant du collectif des établissements de plage. Le sujet qui sera abordé traitera de l'économie balnéaire, un dossier d'actualité et sans mauvais jeu de mots que nous pouvons qualifier de brûlant et maintenant voici le bulletin météo de ce jour avec notre charmante Marion la reine des sables blancs... Merci Dominique, aujourd'hui... le soleil brille sur toute l'île et... »

— Merde ! C'est la paillote de petit Jean !, s'exclama Antoine tout en étant encore plus inquiet pour la nouvelle du double meurtre perpétré sur la route menant au village et pensant pour le coup que les deux affaires étaient liées et que petit Jean pouvait être l'une des deux victimes.
— Ah te voilà, qu'est-ce qui t'arrive, tu es tout pâle ?

— J'ai écouté le bulletin d'actualités à la radio, c'est la paillote de petit Jean qui a été incendiée et sur la route il ne s'agissait pas d'un accident mais d'un double meurtre, cette tentative évoquée ce matin au bulletin d'info.
— Putain, tu crois qu'il y a un rapport entre les deux, viens allons- nous asseoir au bar, j'ai déjà enregistré mon billet et déposé ma valise, l'avion a du retard, ça nous laisse un peu de temps. Bordel quel merdier, espérons que petit Jean n'ait pas été tué.
— Ouf déjà que cette chaleur est harassante, mais là il y a de quoi suffoquer, répondit Antoine la gorge serrée et l'estomac noué, j'espère que notre discussion de ce matin n'était pas prémonitoire.
— Nous allons vite le savoir, la police dispose aujourd'hui de moyens scientifiques poussés et il est probable que l'autopsie révèle leur identité. Si c'est le cas ce sera terrible pour sa famille, Antonia et aussi Marie Clémence, sans compter Maryse, mais dans l'immédiat rien ne le prouve et il faut garder la tête froide même si je sais que pour toi c'est encore moins évident. En tout cas dès que tu apprends quelque chose préviens moi, si tu le souhaites Antoine et si tu as besoin de moi, je reviens immédiatement par le premier vol.
— Merci Paul-André, je suis touché par ta sollicitude tu es vraiment un ami.
— Tu m'as bien dit que pour moi tu serais prêt à faire le tour de Corse, c'est dans la difficulté qu'il faut témoigner de sa solidarité, pour toi je suis prêt à faire le tour du globe... C'est l'heure, il faut que j'y aille, on s'appelle Antoine ! *Avvedeci*, au-revoir.

— Ciao Paul André, prends soin de toi.

Antoine resta dans l'aérodrome jusqu'à ce que l'avion décolle, comme pour retarder son retour et reculer l'instant de ce qu'il redoutait le plus.... Au bout de quelques kilomètres il trouva un panneau de ralentissement. Deux gendarmes en faction étaient chargés d'alterner la circulation mais la route n'était plus barrée. Antoine croisa successivement une ambulance de pompier puis une dépanneuse sur laquelle une voiture calcinée avait été hissée. La gorge serrée, il avait du mal à déglutir puis il arriva sur les lieux de ce qui aurait pu être un guet-apens. Une grande tâche noire sur le goudron et des bris de verre témoignait de la violence des faits malgré l'absence du véhicule. Les flammes avaient léché le bas-côté et l'herbe était roussie. De la neige carbonique épandue sur le macadam s'évaporait lentement, se transformant en petite flaque d'eau, une odeur âcre de pneus brûlés persistait. Un groupe d'hommes, certains en uniforme, d'autres en civil, s'affairaient encore autour deux marques blanches dessinant la silhouette de deux corps étendus sur la chaussée et donnant un aspect macabre à ce décor dramatique. Parmi eux Antoine distingua le capitaine Frémont. Leurs regards se croisèrent, l'officier se détacha du noyau et s'approcha de la voiture.

— Bonjour Monsieur, il me semble vous reconnaître, nous nous sommes croisés en montagne il y a quelques jours. L'homme profitait de l'occasion pour s'accorder un peu de répit, le visage crispé et choqué visiblement

par la scène qu'il avait dû endurer.
— Bonjour Capitaine, c'est affreux. Vous connaissez l'identité des victimes ?
— Non pas pour le moment, nous avons fait transférer les corps, le médecin légiste doit pratiquer une autopsie et l'enquête ne fait que débuter, vu leur état cela va prendre du temps. Nous en sommes aux constations d'usage et un détachement spécialisé doit prendre le relais pour les prélèvements d'ADN, je vous avoue que je ne suis pas mécontent de leur arrivée éminente pour quitter ce lieu lugubre le plus vite possible. Bon, veuillez m'excuser mais je dois rejoindre l'ensemble des personnels.
— Bien sûr je comprends, bon courage... Dès que j'arrive au village, je rendrai visite à Antonia pensa Antoine puis il chassa cette idée pour se raviser... peut-être cela n'a aucun rapport avec le feu de la paillote et la pauvre Antonia n'a probablement aucune information. Il ne vaut mieux pas l'inquiéter, si petit Jean n'est pas l'une des victimes il ne tardera pas à se manifester… Antoine songea soudain à Camille. Le capitaine Frémont n'a pas été très disert, quand bien même, il ne peut pas faire des confidences sur une enquête criminelle à un inconnu de passage, en revanche les rapports qu'il peut avoir avec son ancien directeur sont différents… A peine arrivé chez lui Antoine fit le numéro de Camille.
— Salut Antoine, je sors à peine d'une réunion tu as de la chance de m'avoir. Ce n'est pas dans tes habitudes de m'appeler pour rien, je suppose qu'il y a quelque chose d'important qui motive ton coup de téléphone ? Antoine

résuma en quelques mots la situation, celle de la nouvelle de l'incendie suivie du double meurtre perpétré sur la route de l'aéroport en évoquant l'hypothèse d'un lien entre les deux.
— Écoute Antoine, il ne faut pas paniquer. Même si comme toi je redoute le pire, rien pour le moment ne prouve que petit Jean soit l'une des victimes. Je vais tâcher de joindre le capitaine mais d'après la description que tu m'as faite, il n'est pas dit qu'il en sache davantage. Par ailleurs je ne peux pas trop insister et je ne veux pas le mettre dans l'embarras, il a un devoir de réserve.
— Oui bien sûr, bonne écoute, j'aurais dû te demander si tu étais bien rentré mais j'avoue être terriblement soucieux.
— Les convenances ne sont pas la priorité, Antoine je comprends très bien et je partage ton trouble, si j'ai la moindre information je t'en fais part, dans tous les cas tu auras de mes nouvelles d'ici la fin de la journée. Je suis désolé mais je dois te quitter, je dois enchaîner dans une autre réunion. Il me faut boucler tout un tas de dossiers avant mon départ, j'ai une nouvelle nomination, je t'en parlerai, je t'embrasse.
Antoine n'avait pas très faim, il ouvrit machinalement le frigidaire, sa mère lui avait déposé une assiette creuse recouverte par un plat en guise de couvercle. Il devina le contenu et décida de réchauffer le sauté de veau de la veille. Ce genre de mets mitonné est toujours meilleur le lendemain, mais ni le cœur ni l'appétit n'étaient au rendez-vous. Après avoir machinalement avalé son

repas, Antoine décida de s'allonger un petit peu en emportant dans son hamac un livre qu'il avait maintes fois lu et qu'il connaissait presque par cœur : ce roman de la solitude avec son lot de regrets, d'errances et d'incertitudes, Le Désert Des Tartares de Dino Buzzati. « *Tout choix est un renoncement* » disait Nietzsche, cet aphorisme résumait l'histoire de ce roman, comme elle résumait sa propre vie, comme elle résumait finalement toutes nos vies pensa-t-il : la sienne au village et son isolement, la conséquence de ce choix assumé, celle de sa mère qui avait préféré jeune femme ne plus se remarier, celle du prêtre qui s'était prononcé pour l'Église au prix de la privation des plaisirs et la douceur de l'amour, celle de François Xavier ayant renoncé un moment à sa liberté pour son engagement politique, celle de sa filleule ayant désiré un enfant sans mari et s'étant départie de fonder un vrai foyer, celle de Luigi menant une existence servile et consentie quasi monacale, enfin celle de petit Jean ayant opté pour un monde où les risques sont grands avec celui incalculable d'une probable résignation à ne pouvoir un jour mener une existence paisible. Antoine tant soit peu apaisé par sa lecture trouva enfin le sommeil, un repos réparateur de l'agitation intense de ces derniers jours. La chatte comme à l'accoutumé grimpa sur son ventre se blottissant en ronronnant. Dans le mouvement de ses petites pattes de devant, emportée par son désir de succion, elle pétrissait le coton doux dans sa danse du lait mimant une tétée réconfortante.

Essa in catalettu
Aller très mal

Il était déjà seize heures, Antoine décida de se lever et faire un tour jusqu'à la bergerie, histoire de vérifier si tout était en ordre et au passage rendre visite à Mascarellu qu'il n'avait pas vu depuis trois jours. Le chien était autonome et ne se manifestait que quand sa provision de croquettes diminuait. Dans sa quête de nourriture, il allait gratter à la porte de Marie qui lui gardait toujours quelques petits restes, des croûtes de fromage ou des croûtons de pain dur, de véritables friandises. Mascarellu avait ses habitudes et l'une d'entre elles consistait à enterrer ses os pour les déplacer régulièrement dans de nouvelles caches afin de tromper celui de ses congénères qui, sait-on jamais, pourrait soupçonner le lieu secret d'un de ses précieux trésors enfouis dans le sol. Ce qui avait pour effet d'orner l'endroit d'innombrables trous ici et là dans la terre noire du périmètre de la « *Chjostra.* » Quand Antoine arriva sur place il fut étonné de ne pas voir son chien allongé dans la poussière à sa place de prédilection devant la niche. Il doit être descendu au village se dit-il, quand soudain il entendit de derrière le rocher surplombant l'enclos un léger glapissement qui témoignait de sa présence. Il a dû chercher la fraîcheur devant la porte du « *casgile* » ... À peine eut-il contourné le gros bloc de granit qu'il entraperçut dans l'encablure de la porte entrebâillée son ombre. Le chien apparu en remuant la queue en guise de bienvenue tout en se contorsionnant en mimant de s'aplatir pour manifester son innocence, celle d'avoir bravé un interdit.

— Comment as-tu fait pour ouvrir la porte ?, s'écria Antoine sur un ton réprobateur tout en pénétrant à l'intérieur, quand dans la demi-pénombre il distingua la silhouette d'un corps d'un homme allongé.

— C'est moi Antoine ! La voix tremblotante et paraissant très affaiblie était celle de petit Jean.

— Bon sang qu'est-ce que tu fous là ? Antoine eût très peur et sa surprise était à la hauteur de son soulagement, Dieu merci tu es vivant. Ça va ?

— Non, pas trop, j'ai très mal.

Antoine s'efforça de garder son calme. On n'y voit pas grand-chose, je vais t'aider, tu peux marcher ? Mets ton bras derrière mon cou, je vais te soulever nous allons aller à l'extérieur, on y voit mieux. Antoine agrippa petit Jean et le traîna lentement vers le dehors puis l'assit avec mille précautions contre le chêne vert.

— Ici c'est mieux, on y voit plus clair, ne bouge pas, je vais te mettre ma veste derrière ta tête, voilà appuis toi, « *pianu*, doucement »... je vais regarder ce que tu as.

La chemise de petit Jean a moitié déchirée était toute ensanglantée. Sur son côté droit au bas du ventre une tâche d'un rouge sombre indiquait l'endroit d'une blessure profonde, celle d'une balle pensa Antoine tout en essayant de garder son calme. Puis il détacha délicatement le tissu collé à la plaie. Promptement il déchira un morceau de la manche en coton de la chemise de petit Jean avec laquelle il lui fit avec un pansement sommaire.

— Essaie de presser dessus, je vais aller prévenir les secours.

— Non, non Antoine, je t'en prie n'appelle personne... J'ai soif... donne-moi à boire.

Antoine se précipita jusqu'au robinet extérieur au-dessus de la pile du vieil évier en pierre et rinça le verre qui s'y trouvait pour le remplir de l'eau de la source qui alimentait l'endroit. Il laissa couler un court instant afin qu'elle se rafraîchisse un peu et évacue sa turpitude. Puis il revint s'agenouiller vers son ami et lui appuya le bord du verre contre les lèvres comme on le fait pour un enfant. Petit Jean buvait maladroitement mais vida le verre en quelques grosses gorgées bruyantes. Il était visiblement déshydraté. Il ne fallait pas paniquer pensa Antoine et il devait prendre une décision sans tarder il se souvint du petit mot de Mado, elledevrait être de retour... je vais l'appeler. Mado décrocha immédiatement.

— Enfin, je suis contente que tu m'appelles, tu t'es rappelé que j'étais revenue. Antoine lui coupa la parole assez sèchement.

— Oui je suis désolé de ne pas l'avoir fait avant mais il faut que tu viennes très vite à la bergerie j'ai besoin de toi.

— Que ce passe-t-il ? Au son de ta voix je comprends

qu'il y a un problème, tu t'es fait mal ?
— Non, moi je n'ai rien, il y a un blessé grave et c'est urgent.
— Tu ne peux pas m'en dire plus, tu as appelé les pompiers ?
— Je n'ai pour le moment appelé personne, c'est toi qui jugeras, ne me pose pas de questions, essaye de prendre un nécessaire de soins je t'expliquerai quand tu seras sur place, excuse-moi d'être si bref, mais tu comprendras...
Mado était assise au pied de sa maison et laissa instantanément de côté le magazine qu'elle feuilletait. Elle se précipita à l'intérieur pour récupérer dans l'armoire de l'entrée une sacoche dans laquelle elle disposait de tout le matériel médical de première urgence. Son engagement professionnel était sa vie et elle pensait qu'à tout moment elle pouvait être utile où qu'elle se trouve, y compris durant ses congés au village. Ainsi il lui fallait à portée de main le minimum en cas d'intervention. Elle se saisit rapidement de compresses et d'un grand flacon de désinfectant posés sur l'étagère et embarqua dans sa voiture une couverture et un coussin pour se rendre en quelques minutes à la bergerie. A peine arrivée, elle se dirigea vers les deux hommes et découvrit petit Jean adossé au tronc du chêne auprès duquel se trouvait Antoine accroupi. Elle était rodée aux situations extrêmes et immédiatement ses réflexes professionnels lui indiquaient la marche à suivre en cas d'urgence.
— Antoine, prend la couverture et le coussin à l'arrière de ma voiture et ma trousse devant, nous allons allonger Jean, je vais l'examiner. Bon, lave-toi les mains au

savon si tu peux, puis tu me passes les ciseaux nous allons lui enlever la chemise. Je vais nettoyer la plaie, donne-moi la Bétadine et le coton. Hum, c'est une blessure par balle. À priori aucun organe vital semble touché, apparemment il a été transpercé par le projectile et il semble que celui-ci soit ressorti. Je pense qu'il a perdu beaucoup de sang, mais l'hémorragie s'est arrêtée, je vais lui prendre la tension. Bon, je vais devoir cautériser la plaie. Maintenant je crois deviner la raison pour laquelle tu as souhaité ne rien me dire au téléphone... J'ai l'habitude de ce genre de blessures, j'en ai vu des centaines sur des théâtres de guerre où nous intervenons avec mon ONG, quand elles ne sont pas mortelles les plus grands risques sont infectieux. Jean Jean, je vais te faire une piqûre, ça va te faire un peu mal mais ça va calmer ta douleur, je vais pouvoir bien te désinfecter en profondeur et te faire un beau pansement. Antoine on ne peut pas le laisser ici.

— Nous allons l'amener chez moi dans l'immédiat.
— Il serait préférable de le transporter à l'hôpital.
— Je sais Mado mais tu n'es sans doute pas au courant de l'incident d'aujourd'hui et la raison pour laquelle petit Jean ne souhaite pas aller à l'hôpital.
— Non, je n'ai pas bougé de chez moi, je me suis reposée, j'ai lu un bouquin et n'ai vu personne, que s'est-il passé ?
— Je n'ai pas les détails mais je pense que la blessure de Jean Jean est consécutive à un échange de coup de feu qui s'est produit ce matin sur la route de l'aéroport

et qui s'est soldé par deux morts.
— C'est plus que sérieux. Il faut essayer d'en savoir plus tu ne crois pas ?
— Bien sûr. Une fois chez moi, si Jean Jean n'est pas trop faible, nous lui demanderons des explications. Il n'a pas voulu que je fasse appel aux pompiers.
Après avoir descendu avec d'infimes précautions petit Jean jusqu'à la maison, Mado et Antoine l'installèrent dans le lit de sa chambre, non sans lui avoir ôté ses vêtements tâchés de sang pour ensuite procéder à la toilette du blessé. Antoine était admiratif de l'efficacité et l'énergie de Mado. Il la découvrait dans ses fonctions médicales, ses gestes étaient aussi rapides et précis que délicats. Petit Jean n'ayant plus la force de réagir, se laissait faire les yeux à moitié fermés puis finit par s'endormir.
— Viens nous allons le laisser se reposer. La piqûre que je lui ai administrée est un antidouleur et tranquillisant puissant, un combiné de sédatif et d'analgésique entraînant un état de somnolence profond. Il devrait faire sa nuit comme un bébé. Bon, fais-moi un café s'il te plaît, après toutes ces émotions j'en ai bien besoin.
Tous deux à la cuisine, Antoine sortit du vaisselier deux tasses puis un sachet de canistrelli qu'il déposa sur la table, il se retourna vers le placard et n'eut pas le temps de se saisir du sucre qu'il sentit les bras de Mado l'enlacer.
— J'ai envie de toi Antoine, fais-moi l'amour !
Puis sans même qu'il ait le temps de répondre, elle lui retira en l'arrachant son polo, desserra la ceinture de son

pantalon pour de ses doigts agiles dégrafer sa braguette. Elle le poussa pour le faire asseoir sur une chaise tout en ôtant son tee-shirt et dévoiler sa poitrine pour piquer le bout de ses seins à la hauteur de sa bouche. Dans son élan elle remonta sa jupe courte et d'un geste ample écarta ses jambes pour se fendre et enfourcher Antoine assis, en déviant la dentelle de sa culotte afin qu'il la pénètre. Tout en prenant appui sur la pointe de ses pieds et s'agrippant au haut du dossier de la chaise, elle ondulait des mouvements de bas en haut en cambrant ses reins et rejetant sa tête et ses cheveux en arrière. Ses soubresauts accompagnés de petits souffles marquaient ses efforts et faisaient place à de petits cris qui s'amplifiaient avec la montée de son orgasme pour enfin sentir en elle le jaillissement d'une chaude semence. Assouvie, elle se relâcha pour se coller à Antoine et lui saisit la main pour glisser le pouce dans sa bouche humide qu'elle emprisonna d'une tension de ses lèvres en le suçant langoureusement et ainsi prolonger ce plaisir absolu. Antoine éreinté et bouillant de sueur ressentait un apaisement procuré par cette effusion imprévue, un soulagement aussi inattendu qu'insoupçonné, puisé dans cette effervescence spontanée. Mado avait su exercer des fonctions thérapeutiques, non pas par ses talents médicaux mais par son instinct charnel de femme. Malgré la gravité de la situation, Antoine retrouva son calme. Tous deux restaient un long moment dans cette position collés l'un sur l'autre, chacun perdu dans une pensée commune, celle de l'étrangeté de la vie qui rapproche les êtres avec le puissant désir de vouloir figer à l'infini

un suprême instant de communion. Cela s'appelle l'amour dont on souhaiterait qu'il reste éternel et dans une étreinte suave et délicieuse qui mérite à elle seule et pour elle seule que la vie soit vécue, Mado rompit d'une voix douce ce moment de silence.
— Antoine je te suivrais n'importe où les yeux fermés... . J'ai tant d'amour à donner.
À ce moment il ressentit profondément la sincérité de Mado, comme il ressentit sa générosité et son courage mais il ne voulait pas abuser d'elle.
L'esprit clair et conscient sa tête se remettait en mouvement avec une logique implacable. Sa rationalité fonctionnait de nouveau comme réparée d'une panne, son angoisse s'était évaporée pour laisser place à une force qui le caractérisait, celle de son esprit cartésien.
— Je ne veux pas que tu sois mêlée à cette histoire, cela comporte trop de risques, la police peut très bien faire le rapprochement entre le feu de la paillote et petit Jean. L'incident sur la route est d'une gravité extrême. Il n'est pas impossible que l'on y ait prélevé du sang de la blessure de petit Jean et avec l'ADN il sera facile d'identifier sa présence sur les lieux de la fusillade. Par conséquent nous nous retrouvons complices bon gré mal gré. Allez, je vais nous faire le café que tu souhaitais boire avant notre petit intermède et ton attente malicieuse, puis nous interrogerons petit Jean dès qu'il se réveillera et en fonction de ce qu'il nous dira nous aviserons, mais toi après tu rentres chez toi, c'est préférable.
Mado se détacha d'Antoine délicatement puis renfila son tee-shirt et réajusta sa jupe.

— Je sais exactement les risques que cela comporte mais tu l'as dit toi-même, nous allons réfléchir, Antoine je, je t'aime et je suis prête à tout partager avec toi et réfléchir à deux me paraît mieux.
— Je ne pense pas qu'il te soit utile de partager ces événements et pour lesquels nous n'avons pas une réelle implication, à plus forte raison en ce qui te concerne. Tu es aux antipodes du monde des voyous et leurs sombres histoires violentes ne doivent pas d'une quelconque manière avoir une incidence fâcheuse sur toi, je suis certain que même petit Jean se rangera à mon avis.
— Tu as fait appel à moi en tant que médecin, il est de mon devoir d'intervenir comme tel, je ne suis ni juge ni policier. Que les choses soient claires Antoine, je suis une femme indépendante et je suis maîtresse de mes propres choix et je vais où mon devoir m'appelle en mon âme et conscience.
— C'est bien la raison pour laquelle... Antoine retint son souffle... pour rajouter d'un ton très doux, je... je te trouve admirable et, et je...
— Rien ne t'oblige à le dire, le plus important pour moi c'est que tu le ressentes.

C'était évident, Antoine aimait Mado et elle avait réussi à l'apprivoiser comme aucune femme n'avait pu le faire jusqu'alors. Par sa seule présence, elle avait eu le pouvoir de chasser toutes ses angoisses de ces derniers jours. Sa fougue amoureuse dont il éprouvait encore l'effet était comme un remède, lui donnant ce sentiment d'assurance et la capacité de faire une analyse claire. Il entendrait d'abord petit Jean dès que celui-ci serait redevenu lucide puis échafauderait différents scénarios pour tenter de sortir de ce guêpier.

— Mado, si cela ne t'ennuie pas, tu vas devoir rester seule auprès de ton patient un moment, je vais aller chez Antonia pour la rassurer. Elle est probablement au courant du feu qui a ravagé la paillote et, sans nouvelles, elle doit se faire un sang d'encre pour son fils. Je vais lui dire qu'il va bien, qu'il m'a chargé de la rassurer et qu'elle ne parle à personne, qu'elle se contente de dire à qui que ce soit qu'elle n'est au courant de rien. Puis je passerai chez ma mère prendre un peu de pain, elle a certainement de la soupe. Je remonterai également jusqu'à la bergerie pour effacer toute trace suspecte, on ne sait jamais. Cela devrait me prendre un peu plus d'une heure. Si tu es d'accord tu veilleras sur petit Jean durant mon absence, en attendant tu peux piocher dans mes bouquins quelque chose qui t'intéresse, ou regarder la télé. Mado s'approcha d'Antoine pour lui donner un long baiser.

— A tout à l'heure Amore mio !

— Je reviens vite.

— Ah Antoine, tu es au courant ? *Sò inchieta, ùn ne possu più.* Je n'en peux plus d'inquiétude.

— Oui je viens précisément pour ça, Jean Jean m'a téléphoné pour me dire qu'il était sur le continent sans me préciser le lieu et m'a chargé de vous rassurer. Il vous donnera de ses nouvelles dès que possible, mais actuellement il ne peut pas.

— Même les gendarmes sont passés à la maison, ils

voulaient l'entendre concernant la paillote, « *u mo fighjolu à sapè cosa hà fattu torna..., averaghju sempre penseri cum ellu !* va donc savoir ce qu'a encore fait mon fils, j'aurai toujours des soucis avec lui ! » Je leur ai dit que je ne suis au courant de rien et que j'étais inquiète de n'avoir aucune nouvelle de lui. Ça a toujours été dans ses habitudes de faire des affaires en secret mais à la fin il y a toujours un problème.
— Si par hasard ils revenaient vous questionner, vous devez continuer à leur dire, ainsi qu'à toute autre personne, excepté à Marie Clémence, que vous ignorez où il se trouve. Surtout ne dites rien au téléphone, il faut que vous me fassiez confiance. Je reviendrai vous rendre visite dès qu'il me rappelle, je pense dans une dizaine de jours. Au fait où sont ma filleule et son fils, ils ne sont pas là ?
— Elle est avec Benoît à une chasse au trésor organisée pour les enfants par des mamans du village, puis après elle doit aller comme tous les soirs au bar faire sa belote en laissant au passage le petit chez sa sœur Maryse le temps de sa partie. Tu sais, elle aussi, elle ne m'aide pas beaucoup, elle met les pieds sous la table et en plus n'est jamais contente, elle trouve toujours à redire sur tout, heureusement que j'ai ta mère qui me réconforte, pour moi elle comme une grande sœur.

Antoine n'avait qu'à traverser la rue pour tenir sensiblement les mêmes propos à sa mère. Il n'avait pas d'autre alternative que de dissimuler l'endroit où se trouvait réellement petit Jean, conscient ainsi de lui éviter le pire, en tout cas dans l'immédiat. Puis ayant récupéré de quoi souper, il alla jusqu'à la bergerie. Mascarellu gratifié par cette nouvelle visite l'accueillit comme à son habitude en remuant la queue ! Cette fois-ci plus attentif, Antoine scruta le sol et aperçut dans la poussière les traces de pneus d'une moto. Il comprit comment petit Jean avait réussi à parvenir jusque-là. Cet après-midi il n'avait pas vu la marque des roues et s'empressa de les effacer puis de camoufler l'engin derrière des bottes de foin dans la remise où elle se trouvait déjà. Il chercha à masquer ensuite tout ce qui pouvait faire croire au passage d'un individu et regagna enfin sa maison où l'attendait Mado.

À peine eut-il franchi le seuil que le téléphone sonna, c'était Camille qui, comme il l'avait promis, livrait quelques informations.

— J'ai eu le capitaine, ils ont essayé de joindre petit Jean sans y parvenir mais leurs efforts se sont concentrés sur l'incident survenu sur la route et l'incendie de la paillote est passé au second plan. Leur manque d'effectif, compte tenu de la densité du travail l'été, les oblige à hiérarchiser les priorités, c'est ce qu'il m'a dit. Quant aux deux personnes assassinées, il s'agirait de deux repris de justice connus défavorablement par les services de police, selon la formule habituelle. Un des deux hommes a déjà été impliqué dans une histoire de meurtre et l'autre vient à peine de sortir de prison. Pour le moment ils n'en savent pas davantage et le procureur va faire une communication à la presse, elle sera

probablement diffusée aux actualités régionales. Enfin, l'essentiel pour nous c'est que petit Jean ne figure pas parmi les victimes, quant aux histoires de paillotes, aussi fâcheux que cela soit, elles ne sont pas nouvelles et elles n'ont pas fini de défrayer la chronique. Ces quelques propos suffirent à rassurer Antoine qui pensa que dans l'immédiat la police ne faisait pas de lien direct entre les deux affaires. Quand bien même, les policiers, en pareil cas, peuvent se contenter de compter les points. A savoir, s'ils n'ont pas intérêt à ce qu'une guerre entre voyous les débarrasse d'un certain nombre d'individus dont ils ont le plus grand mal à prouver la culpabilité et sans autre forme de procès se dit Antoine. Dans ce cas le danger serait ailleurs pour petit Jean et la menace serait encore plus sérieuse, mais il fallait impérativement en savoir plus. En attendant il proposa à Mado de passer à table qui, finalement ravie de rester sur place malgré le contexte, ne se fit pas prier. D'ailleurs la soupe corse de Marie était excellente et elle avala son assiette avec un appétit féroce jusqu'à essuyer les rebords avec la mie de pain pour éviter de gaspiller la moindre goutte, ce qui amusa Antoine.
— Tu es affamée, tu en veux encore ?
— Oui volontiers, elle est délicieuse, elle me rappelle celle que nous faisait ma pauvre grand-mère mais il faut en laisser un peu pour petit Jean, il se peut qu'il ait envie de manger quelque chose.
— Ma mère met toujours un bout de schincu, l'os du jambon ou de la panzetta, lard, c'est ça qui lui donne du goût.

Un guardà quant' o ti vengu
Fideghja quant'o ti tengu
Ne regarde pas notre degré de parenté
mais plutôt à quel point je tiens à toi

Mado pouvait partager un repas avec son Antoine tout en rêvant d'occuper une place dans la maison. Certes les circonstances étaient pour le moins particulières mais Antoine ne pouvait ignorer le rôle qu'elle avait joué et elle pouvait prouver encore son utilité, chose que toute femme cherche à faire quand elle met les pieds dans une maison où elle souhaite gagner une position légitime en faisant preuve d'initiative. Elle se leva pour débarrasser et laver en un rien de temps les assiettes creuses et les couverts.
— Tu veux autre chose ? Il y a du fromage et des fruits.
— Oui, je veux bien, je suppose que les petites assiettes se trouvent au même endroit. A peine eut-elle le temps de terminer sa phrase que l'on entendit un bruit de craquement dans la chambre, c'était petit Jean qui tentait de se lever... tous deux se précipitèrent.
— Je veux faire pipi...
— Attends, je vais t'aider, je t'accompagne jusqu'aux toilettes... tu as bien dormi, comment te sens tu ?

— Je suis épuisé, un peu dans le brouillard.
— Voilà, voilà, fais doucement, appuie-toi sur mon épaule.
Après quoi Mado et Antoine recouchèrent petit Jean.
— Tu veux manger quelque chose, il y a de la soupe.
— Oui, un petit peu.
Mado se débrouilla pour amener sur un plateau un bol encore tiède du potage ainsi qu'un grand verre d'eau.
— Il faut que tu boives, prends ton temps, après je vais te prendre la température et puis la tension. Demain matin j'irai te chercher des médicaments chez moi, il va aussi falloir que j'examine en détail ta blessure et te refaire le pansement.
— Je ne peux pas rester ici, je ne veux pas vous attirer des ennuis, dit petit Jean d'une voix encore faible.
— Dans l'état où tu te trouves tu ne risques pas d'aller bien loin, tu vas me laisser faire. Pour le moment personne ne sait que tu es chez moi, Mado va rester ici, elle pourra s'occuper de toi pour ce qui concerne les soins, après on verra mais dans l'immédiat tu n'as pas à t'inquiéter.
— Tu sais Antoine, ici je suis comme chez moi et me sens en parfaite sécurité. Ce n'est pas la police que je crains le plus mais les gens qui ont voulu me tuer. Le soir du quinze août, le serveur de l'établissement m'a téléphoné pour me dire que deux hommes me cherchaient. Selon la description qu'il m'a faite, j'ai compris de qui il s'agissait. Depuis un moment le trafic des stupéfiants s'amplifie et en ce qui me concerne j'ai refusé ce business et je ne veux pas cautionner la vente de cette

saloperie. De plus, au début de l'été j'ai mis dehors sans ménagement un dealer de leur bande qui venait vendre sa dope chez moi. Ce soir-là je me suis énervé et j'ai été violent, je l'ai secoué et lui ai dit de ne plus remettre les pieds chez moi. Je lui ai aussi dit de faire passer le message à ses amis. Ce en quoi la réponse ne s'est pas fait attendre. Le lendemain j'ai eu la visite de ce con de Nasone, le chef de leur bande. Cette face de rat avec son nez proéminent et son sourire narquois, m'a dit qu'à partir de cet instant je n'étais plus le patron et que je devais considérer que j'étais chez lui. Qu'il me laissait le choix, soit de travailler pour eux ou de me casser, que je réfléchisse vite à sa proposition et que de toute façon je n'avais pas les moyens de refuser la main qu'il me tendait. Ma réponse a été spontanée, je lui ai dit que je n'avais pas envie de serrer la patte d'un pourri. Il est parti en me disant que j'en assumerai les conséquences. Depuis, je suis sur mes gardes et dans la nuit d'hier j'ai entendu un bruit de ferraille alors que je dormais dans la paillote. J'ai vu deux silhouettes sur la plage, dans la lueur du petit matin. Il faisait encore sombre, l'un d'eux portait ce qui m'a paru un bidon, puis j'ai vu la lueur d'un briquet, j'ai compris immédiatement que la charge était un jerrican et que le bruit provenait d'une maladresse quand ils ont répandu l'essence. Tout est allé très vite, une boule de feu dans une forte déflagration est montée vers le ciel, tout s'est embrasé et j'ai tout juste eu le temps de sauter par la fenêtre de derrière et d'enfourcher ma moto, heureusement j'avais les clés sur moi. Ils m'ont vu m'échapper et se sont lancés à ma

poursuite, j'ai compris que leur but n'était pas seulement de faire brûler le restaurant mais de me faire cramer avec. Instinctivement j'ai pris la route du village, la connaissant par cœur ça m'a permis de prendre de l'avance. Dans le tronçon avant le grand virage de la grande montée, il y a des travaux, j'ai couché ma moto au milieu de la chaussée et me suis mis sur le côté, sachant qu'ils seraient forcés de s'arrêter. Quand leur bagnole est arrivée à ma hauteur, j'ai ouvert le feu, l'une de mes balles a dû percuter le réservoir et la voiture a explosé. Ils sont sortis tous les deux comme des torches enflammées mais le chauffeur a eu le temps de décharger son arme avant de s'écrouler en feu. J'ai senti une douleur effroyable au bas de mon ventre, comme si l'on me transperçait avec un fer chaud. Je me demande comment j'ai trouvé la force pour parvenir à relever la moto et arriver jusqu'ici. Mais je ne savais plus où aller alors je me suis réfugié à la bergerie en espérant que tu viendrais, la suite tu la connais.
Mado était abasourdie par l'énoncé de tels propos. Elle restait glacée, assise au bord du lit attendant la réaction d'Antoine. Après un instant de silence il prit la parole.
— Tu avais raison Jean. Le danger pour toi n'est pas la police mais la réaction des commanditaires qui veulent ta peau et désormais seront plus que jamais enragés contre toi. Eux savent tout, alors tu vas rester tranquille le temps qu'il faudra pour te remettre puis nous allons aviser, mais il va falloir que tu m'écoutes. Antoine parlait de manière ferme et petit Jean n'avait pas d'autre alternative si ce n'est de faire confiance à son ami de

toujours.

— Maintenant tu as besoin de repos et nous aussi. Demain matin je te dirai ce à quoi je pense, viens Mado après de telles émotions nous devons aller dormir également. Bonne nuit Jean, si tu as besoin de quoi que ce soit tu nous appelles, nous sommes là, dans la chambre à l'étage.

Mado comprit qu'elle pourrait dormir sur place et de toute façon c'est ce qu'elle souhaitait.

— Tu vois Mado, dans cette chambre est né mon père, puis quand il s'est marié, il est descendu vivre dans la maison de ma mère au hameau plus bas où elle habite encore. Mon oncle l'a occupée jusqu'à sa mort. J'en ai hérité et après son décès je m'y suis installé. Elle a plusieurs siècles, avec ses murs en pierre elle peut sembler austère, mais sa simplicité me convient. Ici rien est inutile ou superflu et pourtant l'essentiel est là. Mado ne pouvait s'empêcher de penser que cette demeure avait une influence sur Antoine. Ses gros blocs carrés en granit ajustés avec précision donnaient une impression d'une robustesse qui défiait le temps. La construction paraissait inébranlable et pourtant si modeste dans ses formes, contrastant avec ces maisons de nouveaux riches qui se perdent comme leur propriétaire dans un superfétatoire absurde de mauvais goût. Antoine n'était rien d'autre que l'endroit qu'il habitait et ce lieu habitait Antoine comme une forme de mimétisme où la force du bâti transmettait à son hôte ce don de résilience, une solidité qui émanait de sa tranquillité. Son caractère tout en profondeur rassurait Mado qui ne savait plus trop si le décor était fait pour lui ou lui *pour y demeurer : « Dis-moi où tu habites et je te dirai qui tu es »*, pensa-t-elle. Les ondes qui s'y dégageaient et que Mado captait étaient celles d'une puissance invisible et rassurante. Elle s'endormit dans les bras de celui qu'elle ne voulait plus quitter. Au petit matin, elle se réveilla à l'odeur du café que lui amenait Antoine sur un plateau garni de grandes tartines de beurre et confiture ; tout en baillant et s'étirant dans le lit elle complimenta le service d'étage comme parfait.

— Bonjour Amore mio, j'ai dormi comme un bébé, quelle heure est-il et Jean Jean il dort encore ?

— Ça a l'air d'aller un petit peu mieux, je l'ai amené jusqu'aux toilettes, je lui ai servi un café qu'il a bu et il s'est rendormi, il est huit heures.

— Déjà ? Après le p'tit déj je fais vite un saut chez moi pour faire ma toilette et me changer, j'emporte les vêtements de petit Jean, tu me donneras aussi ton bleu, il est taché de sang, je ferai une machine puis je reviens m'occuper de notre patient privé.

— J'ai écouté les infos ce matin à la radio dans la cuisine. Ils ont relaté les faits d'hier sans rien dire de nouveau. Le sujet principal portait sur l'éternelle crise des déchets, ils n'ont même pas évoqué l'incendie de la paillote et ont balayé assez rapidement l'incident du double homicide en disant que l'enquête est en cours, ce qui dans le fond n'est pas plus mal.

Quand Mado quitta la maison, le grincement de la massive porte d'entrée réveilla petit Jean qui ayant retenu ce que lui avait dit Antoine la veille l'appela à son chevet avec le désir d'en savoir plus...

— C'est simple Jean Jean, tu vas devoir t'absenter un moment et quitter la Corse pour te faire oublier, tes ennemis vont te chercher, ils sont maintenant dans l'obligation d'aller jusqu'au bout et finir le boulot. Après ce qui s'est passé ils te redoutent et ignorent que tu es blessé, ils te considèrent comme un véritable danger.
— Pour aller où et qui peut m'aider ?
— Moi d'abord, mais avec le soutien de quelques personnes. Pour le reste j'ai ma petite idée.
— Tu sais Antoine, j'ai toujours eu pour toi l'affection d'un frère mais je n'ai pas su être à la hauteur de l'exemple que tu étais et que j'aurais dû suivre. J'aimais la mécanique et j'aurais mieux fait de poursuivre cette voie mais je me suis perdu sur des mauvais chemins. Peut-être aujourd'hui aurais-je mon atelier et surtout une vie tranquille, à côté de ça je n'ai récolté que des ennuis et procuré des soucis à mes parents et particulièrement à ma mère. Là j'ai atteint un point de non-retour et je ne suis pas fier de ma vie. J'ai conscience de te faire partager mes problèmes alors que tu es étranger à toutes mes conneries.
— Jean Jean, la question n'est plus là, c'est bien que tu aies des remords mais peut-être qu'il est encore temps que tu changes de vie. Dans l'immédiat il va falloir t'éloigner, après quoi il se peut que tu puisses revenir un jour dans un climat plus serein.
— Oui, tu as raison. Depuis un moment je songeais à

revenir au village. J'avais même discuté avec Dédé pour la reprise de son bar. Sur le principe il semblait intéressé d'autant plus qu'il veut prendre sa retraite et aller vivre l'hiver à Toulon. On peut transformer l'affaire et créer une table d'hôte, nous avons de bons produits locaux dans la vallée et puis en complément j'aurais pu rénover la maison de maman qui est grande et créer quatre ou cinq belles chambres à louer en complément d'une auberge. Marie Clémence aurait pu m'aider dans la gestion, elle aussi aurait eu un but et Benoît pourrait être plus souvent avec maman qui l'adore. J'aurais pu m'occuper des uns et des autres, comme apprendre à pêcher les truites à mon neveu, lui faire des cabanes ou des arcs comme nous les faisions enfants.

— Je suis content que tu penses à renouer avec la normalité et que tu envisages de tels projets, c'est dans le domaine du possible mais pas pour tout de suite. Je vais aller voir Luigi, il est resté à la villa. Marthe est aux États-Unis pour trois semaines, je suis sûr que Luigi va nous apporter son aide pour t'exfiltrer. Je dois te confier que je sais par Marthe, que Max t'avait déjà mis en garde et t'avait offert de travailler pour eux à l'extérieur de la Corse. Il savait ce qui pouvait se produire et il ne s'était pas trompé, il ne connaissait que trop la musique. Ah ! j'entends Mado, elle est de retour… Tu as été rapide, tu es chargée comme un baudet.

— J'ai le pain et le journal, des pansements neufs et de quoi manger. A mon retour j'avais fait le plein pour la semaine, on ne va pas se laisser mourir de faim.

— Je crois que petit Jean a un peu repris du poil de la

bête. Il va falloir que je m'absente la demi-journée. Je vais aller voir un dénommé Luigi, tu le connais peut-être de vue, il travaille depuis longtemps pour Max et maintenant pour Marthe. Je suis certain qu'il a une solution pour faire sortir petit Jean de l'île, si je pars rapidement je peux être de retour pour déjeuner.

— Tu en profiteras pour passer à une pharmacie, j'ai besoin de compresses et de tout un tas de choses que je n'ai pas ici, je vais te faire une ordonnance.

Sarà partitu in Gallura

Il peut être parti en Gallura

Il était dix heures, Antoine se trouvait déjà devant la villa et sonna au portillon.
— Luigi, c'est moi Antoine ! Pouvez-vous m'ouvrir ?
— Oui bien sûr je vous ouvre, vous connaissez la maison, vous savez où vous garer.
Antoine se rangea à l'exact endroit de sa visite précédente.
— Je vous attendais mais je ne savais pas quand vous viendriez.
— Comment ça vous m'attendiez ?
— J'ai suivi les infos de ces derniers jours et le feu à la paillote ne m'a pas surpris, Monsieur Max avait depuis un moment prévenu votre ami. Ce qui s'est passé par la suite ne pouvait être que dans le prolongement du forfait. Marthe vous a confié lors de votre venue de ce qui se tramait et bien entendu j'étais également au courant. Logiquement petit Jean ne pouvait trouver refuge que dans son village, c'est le réflexe instinctif d'un Corse. De gibier il s'est transformé en chasseur et il a piégé ses agresseurs lors de la poursuite qui s'en est suivie. Il ne pouvait demander de l'aide qu'à une personne de

confiance et maintenant vous le cachez, n'est-ce pas ?
— Bravo Luigi, vous ne vous trompez pas, vos déductions sont bonnes mais ce que vous ignorez c'est que petit Jean est blessé et j'ai besoin de vous.
— Oui, évidemment et vous avez tapé à la bonne porte, vous êtes plus que de la famille et vous jouissez dans cette maison d'un crédit total. Vous étiez bien le seul à pouvoir demander à Monsieur Max ce que vous vouliez même si vous ne l'avez jamais fait. Je crois savoir beaucoup de choses, vous étiez la personne à qui il n'aurait rien refusé et Marthe c'est pareil et je pense davantage. D'ailleurs je peux vous l'avouer, elle m'a donné des consignes dans ce sens. Par conséquent je n'ai pas à en référer. Les deux hommes restèrent un petit moment silencieux puis d'un ton calme Luigi exposa son plan.
— Nous allons l'amener en Sardaigne, dans la région d'où je suis originaire, chez mes cousins. Je vais les prévenir, ils ont l'habitude et nous ont déjà rendu service par le passé en hébergeant des amis en cavale. Nous avons un code, je les appelle en leur demandant si tout va bien et en prenant des nouvelles des uns et des autres puis à un moment de la conversation, je glisse une question anodine et eux comprennent. De plus nous conversons en dialecte sarde et si nous sommes sur écoute ça brouille encore plus les pistes. Il ne faut pas tarder, ceux qui ont voulu tuer petit Jean ont dû eux aussi déduire où il se trouve. Dans les différentes hypothèses qu'ils échafaudent, ils peuvent se douter qu'il ait pu trouver asile dans son village, ils ne tarderont pas à pointer leur nez, il se peut même qu'ils aient des gens de là-haut chez

vous qui les renseignent.
— Pour le moment personne au village ne soupçonne sa présence chez moi.
— Vous savez le ver est souvent dans la pomme et les amis de petit Jean ne sont pas forcément de vrais amis, y compris dans votre environnement proche. Il faut faire preuve d'une extrême prudence. Voilà ce que je vous propose : je vais aller sur le port et vous m'attendrez ici. Vous n'êtes pas censé ignorer que de nombreuses familles sardes sont installées en Corse. Quand ce n'est pas dans l'élevage de brebis ou le bâtiment, certaines d'entre elles pratiquent la pêche et parmi ces gens il y en a pour qui il est facile de jouer les passeurs et qui nous sont d'une parfaite loyauté. Monsieur Max a rendu à certaines de ces personnes de grands services et ils nous sont reconnaissants. Je sais à qui je vais m'adresser.
— Je vais vous paraître curieux, mais cela m'intrigue, la question anodine codée au téléphone, quelle est-elle ?
— C'est simple, je leur demande de me confirmer la date de mariage d'un neveu ou cousin, ils me la donnent et moi je leur réponds que j'avais cru comprendre que c'était prévu à un autre moment. Je fais mention de la date qui me paraissait la bonne et en réalité c'est cette date que je leur propose qui détermine le jour du transfert, mais elle est rétro-décalée en réalité de deux mois en amont au cas où une surveillance se met en place à la suite d'une écoute, ce qui limite les risques au moment de l'opération. Si cela convient ils me disent que je suis invité à la noce et qu'ils seraient heureux que je

sois présent. Il y a toujours un mariage, un baptême, un anniversaire ou la fête d'un saint durant l'année... Au court de la traversée le pêcheur prend contact en VHF avec le pêcheur sarde chargé de la récupération du fugitif, l'échange a lieu en mer.

— Ça paraît en effet simple, mais c'est très astucieux.
— Disons plutôt que c'est efficace, le mérite en revient à Monsieur Max qui savait trouver des solutions à tout en cherchant à minimiser les prises de risques au maximum, même si l'on n'a jamais une garantie absolue. Les garde-côtes et la douane exercent davantage de contrôles sur les plaisanciers et les bateaux rapides qu'utilisent les trafiquants de drogue, le plus souvent d'ailleurs sur la base de renseignements car s'ils devaient surveiller en permanence toutes les embarcations, bateaux de pêche compris, il leur faudrait une armée. Savez-vous que le trafic maritime le plus important du monde est en Méditerranée ? Ceci dit, je fais un saut au tabac pour téléphoner à mes cousins puis ensuite je vais jusqu'au port. À cette heure-ci Salvatore doit être rentré de la pêche, je devrais le trouver sur les quais. S'il a du beau poisson je vous en ramènerai et si je suis suivi quoi de plus normal que d'aller acheter du poisson frais à un pêcheur ? De plus cela fera certainement plaisir à Marie votre mère. Vous allez m'attendre ici, je ne serai pas long. De toute façon il va falloir que nous nous mettions d'accord sur tous les détails de vive voix, c'est préférable. Avec un peu de chance d'ici une heure notre affaire sera bouclée, *a dopu* ! À tout à l'heure !

Antoine était étonné de l'éloquence de Luigi qu'il ne connaissait jusqu'à lors que très peu loquace. Cela contrastait avec son apparence austère et l'aspect physique presque terrifiant de sa silhouette massive et ses épaisses mains de forçat. Il est vrai que si Max avait fait de cet homme son second c'est qu'il devait avoir des qualités insoupçonnées. Il en faisait la démonstration. Au bout de trois quart d'heure, Luigi était déjà de retour avec un sac en plastique dessiné par les formes d'un contenu mouvant de poissons encore vivants à l'intérieur.
— Salvatore m'a fait cadeau du poisson, j'ai insisté mais il n'a pas voulu que je le paye, j'ai pour vous de magnifiques rougets, ils frétillent encore. Pour le reste tout est sur les rails. J'ai aussi eu mon oncle Simone en Sardaigne, le mariage a bien lieu dans deux mois... jour pour jour... Lino viendra avec son bateau jusque devant la villa, nous embarquerons petit Jean demain soir durant la nuit.
— J'aimerais l'accompagner et Mado que vous connaissez peut-être pourrait être également utile à cause de sa blessure, elle est médecin. Croyez-vous que cela soit possible ?
— Non seulement cela ne pose aucun problème mais, vous verrez, les gens de mon île sont très accueillants et très généreux et ils se feront un plaisir de vous recevoir, vous risquez d'être étonnés. Au fait, j'ai prévu de vous envoyer une petite escorte chargée de sécuriser votre route entre chez vous et ici, on n'est jamais assez prudent. Pour ne pas se faire remarquer, deux de nos

hommes vous attendront à la sortie du village dans la descente à environ un kilomètre de la pancarte, ils vous ouvriront la route et auront de quoi faire face en casd'anicroche. Ce sont des gars sûrs, leur voiture sera un SUV de marque Audi de couleur blanche. Si Mado vient avec vous, elle occupera la place de devant et petit Jean devra voyager couché à l'arrière. Même si c'est inconfortable pour lui, votre Kangoo est parfait parce que la tôle occulte la charge et il est difficile de voir si vous avez un passager à bord. Soyez ici un peu avant vingt-trois heures, selon Lino la mer sera calme et la traversée aussi.

Hè quanta a circa a cruna di l'acu à chjar di luna
Autant chercher le chas d'une aiguille au clair de lune

Luigi expérimenté en la matière ne laissait rien au hasard et les précautions qu'il prenait pouvaient s'avérer précieuses. Antoine le vérifia quant à son retour il s'arrêta chez sa mère pour lui donner du poisson et qu'elle lui annonça qu'Antonia avait reçu la visite des « deux planchettes. » Elle les surnommait ainsi avec acrimonie en référence à leur père Planche, persistant dans son refus de l'appeler par son prénom. Les deux frères avaient évoqué comme prétexte de vouloir prendre des nouvelles de petit Jean et témoigner de leur solidarité à la suite du malencontreux incendie dont sa paillote avait fait l'objet.
— C'est curieux tout de même que ces deux gros lourdauds que sont cet abruti de Batti et l'imbécile d'Augustin éprouvent une quelconque compassion à l'égard de qui que ce soit et plus particulièrement de petit Jean ?
— Tu as raison maman, ils devaient être guidés par une motivation tout autre. Ils sont plutôt du genre à trouver du plaisir dans le malheur des autres. Antoine ne put

s'empêcher de penser à ce que lui avait préconisé Luigi quant aux prudences élémentaires qu'il fallait prendre. Il avait identifié les vers et en effet ils étaient bien dans le fruit. Finalement cela ne le surprenait pas. Cela correspondait au profil de ces personnages qui se donnent des allures de caïd en fréquentant des truands et finissent pas se convaincre qu'eux même font partie de ce monde des voyous. En quête d'une reconnaissance de leurs mentors, ils sont toujours prêts à se rendre disponibles pour de petites tâches dont ils tirent une certaine gloriole. Ainsi ils parviennent à se donner l'illusion de pouvoir imposer du respect voire une crainte dans leur entourage que pourrait susciter leur supposée appartenance à la caste de tout-puissants du moment. En règle générale leur bêtise n'ayant d'égale que leur lâcheté, ils peuvent s'avérer très dangereux. Il était clair qu'ils avaient pour mission de prospecter les lieux dans le but d'indiquer la présence de petit Jean au village et le localiser pour celui qui voulait le retrouver, Nasone. La mère de petit Jean confirma à Antoine la visite des deux idiots à son domicile. Elle les avait remerciés en leur disant que son fils allait bien et qu'il était parti sur le continent pour se reposer. Cela rassura tant soit peu Antoine mais avant de regagner la maison il préféra faire un saut à la bergerie. Des traces de pas dans la poussière et des objets déplacés alertaient du passage des deux frères qui vraisemblablement avaient prospecté le site en détail. Apparemment les bottes de foin n'avaient pas été déplacées mais Antoine supposait qu'ils avaient pu les remettre en place pour masquer leur inspection zélée.

— Regarde Mado, le beau poisson que je nous ai ramené, nous allons le faire frire, j'ai également pris les médicaments à la pharmacie. Alors comment s'est passée la matinée ?
— Très bien, j'ai mis un peu d'ordre dans ta maison, j'ai fait un peu de ménage, ce n'était pas du luxe. J'ai refait le pansement de petit Jean, il n'a pas de fièvre ce qui est bon signe et sa tension est normale. Il faut tout de même être vigilant le temps qu'il cicatrise et ça va prendre un moment. Il a lu le journal, il a dû se rendormir. Et toi alors ?
— Tu aimes la plaisance ? Parce que si ça te dit, nous pouvons faire un petit voyage, par exemple en Sardaigne et nous pouvons même y séjourner quelques jours, histoire de changer d'air.
— Merveilleux ! Je crois avoir compris, quand partons-nous ?
— Nous embarquons demain soir, malheureusement la nuit et nous risquons de ne pas voir grand-chose.
— Qu'importe cela m'est égal, l'essentiel c'est que toi, je puisse te voir... le paysage n'est que le décor et puis une fois sur place nous aurons tout le temps pour la découverte. Mado était ravie et la seule idée de se retrouver en voyage avec Antoine la comblait de joie malgré les conditions aventureuses et pour le moins particulières de ce déplacement.
— Au fait quand je secouais tes tapis j'ai vu passer Batti et Augustin, ils semblaient regarder dans tous les sens. Je les ai salués, ma présence chez toi a dû les surprendre.

— Tant mieux ! Écoute, pour ce qui est de ta présence ce n'est pas grave même si ces deux « *linguacce, sales langues* » sont avides du moindre ragot, l'essentiel n'est pas là. Ils t'ont posé des questions ?
— Non, aucune ! Dès qu'ils m'ont vue, ils ont filé.
— Ils ne viennent jamais jusqu'ici, ils cherchent tout simplement à savoir si petit Jean est là, ils sont passés chez sa mère Antonia pour soi-disant demander des nouvelles. Le soir, ils sont souvent au café, je ferai un saut à l'heure de l'apéritif et dirai suffisamment fort, afin qu'ils entendent, que je monte à la montagne contrôler le troupeau et que pour le rassembler je serai forcé d'y rester quelques jours. S'ils soupçonnent que je cache petit Jean, ils en déduiront que je vais me rendre au *caseddu* pour l'approvisionner. En revanche nous devrons avancer notre départ du village prévu initialement en fin de journée. Nous partirons d'ici en milieu de matinée, il est probable qu'à ce moment eux soient là-haut à plus de deux heures d'ici à pied, dans le but de vérifier si je rends bien visite à petit Jean. Le temps qu'ils redescendent nous seront à la villa de Marthe en sécurité je vais prévenir Luigi de ce petit contretemps.
— Comment vas-tu faire ?
— Je vais lui indiquer que je lui livre le fromage qu'il m'a commandé plus tôt que prévu et ce demain matin à dix heures, il comprendra. Je vais tout de même dire à ma mère que je m'absente car nous risquons de rester là-bas une semaine voire un peu plus.
— Une semaine ? C'est magnifique, une escapade en Sardaigne. Je suis allé au bout du monde et je ne connais

pas la terre la plus proche de notre île.
— Tu n'es pas différente de beaucoup de Corses. Malheureusement beaucoup d'entre nous nourrissent à l'égard des Sardes une forme de mé-pris que je ne m'explique pas. Nombreux de ces gens n'y sont jamais allé ne serait-ce qu'une fois. Néanmoins c'est un peuple qui nous ressemble en tout point. Un peuple aux origines pastorales prédominantes qui a souffert de conditions difficiles. Avec moins d'atouts naturels que nous en avons, il a su prospérer dans bien des domaines. Tu vois, nous sommes riches en eau, en bois, en sols fertiles et nous ne sommes même pas capables de mobiliser cette abondance. Malgré l'aridité de leur territoire, ils savent mieux le gérer et ont su tirer de leurs ressources une économie et développer de véritables compétences : que cela soit dans les domaines de la pierre, de l'élevage ou encore du liège. Nous, les Corses passons notre temps à contempler nos campagnes et cultiver la nostalgie et nous nous satisfaisons de maigres initiatives qui ne sont pas en lien avec la richesse que nous possédons. Pour beaucoup trop d'entre nous ici, le seul idéal professionnel réside dans l'obtention d'un poste dans une administration. Hélas nous avons perdu en partie nos savoir-faire. Les Sardes, eux se sont relevés les manches depuis longtemps pour nourrir une population bien supérieure à la nôtre. Enfin, nous aurons un peu de temps sur cette île et tu pourras constater tout ça par toi-même. Mado était rêveuse et ce voyage imprévu prenait une allure de romance. Elle n'avait jamais songé à aller visiter cette île sœur et Antoine était le guide parfait.

Il ne faisait aucun doute qu'avec son regard averti et l'étendue de ses connaissances il saurait l'instruire sur l'anthropologie de nos voisins. Mado, habitée par une curiosité avide, voulait par-dessus tout partager ces moments privilégiés avec celui qu'elle aimait. Le véritable amour n'a-t-il pas cette capacité de créer la soif, l'enthousiasme et la communion dans la découverte ? Une saveur de tous les instants ne renvoie-t-elle pas à l'innocence de l'adolescence que suscitent ses rêves, le plaisir insouciant des petites choses, cette légèreté qui nous envahit avec ce pouvoir extraordinaire de rendre merveilleux le plus petit des événements ordinaires devenant soudain porteur d'une valeur unique. Oui Mado rêvait déjà de ce désir d'harmonie et de poser son regard mêlé à celui d'Antoine sur la mer, sur les côtes, les plages de sable blanc et le bleu des eaux transparentes, la campagne parsemée de blocs de granit rond autour desquels des troupeaux de brebis blanches, la tête perdue dans les herbes, pâturent. Ils pourraient flâner dans les villages à la rencontre de leurs habitants car pour la première fois de sa vie une dimension différente avait pris possession de cette aspiration de découverte, elle s'appelait bonheur. Elle se laissait transporter par l'idée de mille voyages qu'elle pourrait accomplir avec son amour et l'envie insatiable d'innombrables visites, celle de Napoli, sa baie et ses îles enchanteresses aux noms magiques comme Capri, Procida, Ischia, celle de la Costa Amalfitana en faisant étape à Pompéi, puis celle de Palerme en *Sicilia* pour y savourer ses succulentes pâtisseries, les *cannoli* à la ricotta, celle des Cinque Terre

aux terrasses escarpées de vignes qui défient la mer d'un surplomb vertigineux et regardent la Corse dans le lointain du soleil couchant. Ne pourrait-elle pas un jour pénétrer avec son Antoine dans le sacro-saint de la peinture italienne à la *Galleria degli Uffizi* après avoir fait quelques pas sur le *Ponte Vecchio* qui enjambe l'Arno à *Firenza* ? Ne pourraient-ils pas tous les deux, main dans la main, déambuler sur la *Piazza di Spagna « della città eterna* » et pour s'y rendre, emprunter le chemin des pèlerins sans oublier de s'arrêter au Val d'Orcia et se tremper dans ses eaux chaudes thermales tout en admirant le paysage de la belle Toscana. Puis un jour pourquoi n'iraient-ils pas jusqu'à la *serenissima Venezia*, toutes ces destinations sublimes où elle le suivrait aveuglément comme elle l'avait promis à « son amore moi. » Ils pourraient s'attarder dans les pas d'Hemingway à la terrasse d'un café sur la piazza San Marco, Mado posant sa tête sur l'épaule d'Antoine en louchant sur la foule des badauds et la nuée de pigeons en dégustant un *prosseco*... où chaque minute, chaque seconde serait semblable aux bulles pétillantes du délicieux apéritif : féériques, légères et évanescentes.
Comme prévu Antoine se rendit au bar à l'heure de l'apéritif et comme prévu les deux frères buvaient leur pastis. Antoine s'approcha du comptoir après les avoir salués brièvement puis improvisa une conversation faite de banalités quotidiennes avec Dédé, dans laquelle il glissa son projet de visite du troupeau à la montagne tôt le lendemain matin. Les deux frères tout en faisant semblant de se désintéresser des propos d'Antoine ne perdirent

pas une virgule de ce qu'il avait pu dire... la stratégie avait fonctionné. Puis Antoine rendit visite à sa mère comme il le devait.

.— Maman, je vais m'absenter quelques jours, une semaine environ. Je te dois la vérité.... Nous partons avec Mado faire un petit tour.

Marie n'avait pas coutume de poser des questions à Antoine sur sa vie intime et ce dernier avait toujours fait preuve d'une grande discrétion. Ce respect était à la fois un mélange d'éducation et de tact, une volonté de non-ingérence que se devait une mère corse à l'égard de son fils, sachant qu'un jour si ses intentions pour une femme étaient sérieuses elle le devinerait et quoi qu'il en soit ce dernier lui en ferait la confidence. Cette fois-ci était la bonne et ses prières du quinze août à la Vierge avaient été exaucées. Elle éprouvait soudainement un sentiment profond de soulagement, enfin une femme allait pouvoir prendre le relais, s'occuper de son fils, être présente pour lui, lui faire à manger, s'occuper de son linge, de sa maison, le soigner si nécessaire, être là pour l'écouter et le soulager des maux de son âme. Cette traduction émotionnelle de sa conception du rôle de la femme était probablement en rupture avec ce monde contemporain où les choses avaient changé et les femmes écartelées à présent entre tradition et modernité, entre devoir maternel et émancipation, entre dépendance matérielle et liberté. Mais son fils était sa chair, sa véritable raison de vivre et il allait lui falloir lutter dorénavant contre elle-même, ne pas se laisser envahir par un sentiment de dépossession, d'abandon, une peur de solitude.

Ces derniers temps son cœur avait été mis à rude épreuve, la nouvelle de l'existence d'un petit fils, une immense joie et maintenant celle d'une femme dans la vie de son fils chéri... Il fallait l'accepter...

Marie, rendue un peu fébrile par cette nouvelle annonce chercha à se ressaisir, il fallait prioriser avant tout le bonheur de son fils et le rendre compatible avec le sien. Après tout, Mado n'était-elle pas celle toute désignée, celle qui à ses yeux pouvait être la femme parfaite pour Antoine. Après un petit silence, elle s'approcha de son fils puis déposa sa main avec une infinie douceur sur sa joue. « *Soyez prudents* », dit-elle et prend bien soin de cette petite, elle saura te le rendre. Ces quelques paroles sonnèrent comme une sorte de bénédiction et, à cette forme d'approbation de sa mère, Antoine répliqua « *Ùn ti ne fà o mà, ti chjameremu…* Ne t'en fais maman, nous t'appellerons... » Ah, au fait, Karim a dû rentrer du Maroc, tu sais que tu peux compter sur lui, il va certainement passer te voir, il te soulagera pour faire manger Mascarellu et tu sais que tu peux l'appeler à tout moment en cas de besoin. À la bergerie il reste suffisamment de sacs de croquettes pour le nourrir durant notre absence. Après avoir embrassé Marie, Antoine regagna sa maison pour régler les derniers détails du départ. Petit Jean semblait nettement mieux et Mado impatiente avait déjà préparé son sac de voyage. Antoine les informa de chaque détail de l'expédition tout en fouillant le placard de la chambre pour y extraire quelques vêtements pour petit Jean et lui-même.

— Ce ne sont pas trop des frusques qui correspondent à tes goûts vestimentaires mais dans l'immédiat il va falloir t'en contenter, je suis sûr que tu trouveras sur place tout ce qui te convient et qui correspond mieux à ton style.
— Moi je suis fier de porter tes chemises et en plus je sais qu'elles me vont, mais tu as raison il y a certainement là où nous allons, tout ce qu'il faut, d'ailleurs Mado et moi en profiterons pour te relooker. La plaisanterie de petit Jean déclencha une hilarité qui eut l'effet d'amener un peu de légèreté dans cette atmosphère pesante de ces dernières vingt-quatre heures.
— Demain nous devons rester silencieux et éviter de faire du bruit trop tôt. Si nous sommes espionnés par ces deux crétins de Batti et Augustin, il est préférable que nous leur fassions croire que je suis parti aux aurores, pour monter au caseddu. Il n'est d'ailleurs pas impossible qu'eux-mêmes partent
en montagne de très bonne heure, histoire de me suivre.
— Bon, venons-en aux choses sérieuses, c'est l'heure de la piqûre, je te refais le pansement Jean Jean, puis nous passons à table. J'ai fait de la soupe, sans doute pas aussi bonne que celle de Marie mais je me suis appliquée.
— Elle est peut-être différente mais à sentir cette bonne odeur je suis persuadé qu'elle ne peut être que délicieuse.
Après une nouvelle nuit auprès d'Antoine, Mado avait ce sentiment d'avoir une famille, d'appartenir à un groupe, elle se sentait détendue. Le corps n'est-il pas le temple de l'esprit ?, pensait-elle. Certes, sa pratique

médicale l'avait familiarisée à cette influence que peut avoir la physiologie sur la psychologie et aussi l'inverse mais là, malgré ce contexte particulier et totalement inédit, la seule présence d'Antoine auprès d'elle, lui procurait un bienfait apaisant, jusqu'à ne plus ressentir ses maux de ventre et ses douleurs prémenstruelles. La femme lors de ses cycles peut manifester une irritabilité, des sautes d'humeur que l'homme a toujours du mal à décrypter car il est toujours surpris par l'affût émotionnel et brutal de ces changements périodiques. Mado allait être réglée mais était totalement sereine. Sa tendance irrépressible et fréquente à l'éréthisme ne se déploierait pas et elle épargnerait à son compagnon une quelconque nervosité fébrile ou le soupçon d'une effervescence. Elle en déduisait que ce bien-être était en rapport direct avec cette présence, une nouvelle nuit d'amour, la tendresse d'Antoine aux gestes fermes et mesurés, son odeur suave et son souffle lent et régulier ponctué par un léger ronflement qui berçait son sommeil. Tout chez cet homme lui procurait cet équilibre bienfaisant. Cette influence aussi douce que rassurante prenait la forme d'une tranquillité d'esprit qui lui avait fait défaut durant sa vie professionnelle stressante. Une existence mouvementée faite d'un long renoncement, comme une longue parenthèse, une forme d'apostolat au service du bien-être des autres avec comme priorité l'exigence de lutter contre les injustices de la souffrance et finir par s'oublier dans le tourbillon du quotidien pour ne penser qu'à ses malades. Elle devrait prescrire « un Antoine » à toutes ses patientes en ébullition se dit-elle, mais Antoine était unique et c'était le sien qu'elle ne partagerait avec personne, elle le garderait jalousement pour son usage unique, sa médication personnelle, alors elle se mit à pleurer silencieusement, laissant échapper de petits sanglots d'allégresse. Ses chaudes larmes coulaient sur ses joues rouges déjà enflammées par le désir insatiable qui l'envahissait de cet homme étendu à côté d'elle. Cette attirance montait en elle irrésistiblement dès le petit matin comme un appétit irrépréhensible, une envie gourmande. Elle glissa sa main sous le drap pour caresser le ventre nu d'Antoine flottant dans un demi-sommeil, puis après avoir fait saliver ses doigts humides, elle effleura avec son pouce le bout de la partie la plus intime de son amant, après quoi elle enfouie sa tête pour, de sa bouche, prendre le relais voluptueux de sa main et appliquer ses lèvres et sa langue friande dans un mouvement délectable, lent et régulier jusqu'au jaillissement d'un éveil délicieux de son bien-aimé. C'était plus exquis que la sonnerie stridente d'un réveil posé sur une assiette en porcelaine garnie de pièces de monnaie qui s'entrechoquent dans une criaillerie métalloïde, pensa Antoine tout en s'étirant dans un long souffle en gémissant de plaisir, faisant écho à cette aubade voluptueuse. Ces stimuli érotiques improvisés du matin étaient venus troubler admirablement son rythme circadien. Son horloge biologique habituelle alternant sommeil et réveil qui à l'accoutumé était banalement calquée sur la clarté du jour. De tel carillon on en redemande.... Il était plus de huit heures, il fallait déjà se lever même si Antoine noyé dans cette lassitude post-élective aurait

préféré se prélasser encore dans sa couche aussi douce que la laine duveteuse d'un cabri. Tout en faisant glisser sa main dans les cheveux de Mado il lui câlinait machinalement sa tête encore posée sur son ventre et il songeait maintenant au programme de la journée.
Karim était rentré la veille de son Rif natal et irait très certainement rendre visite à Marie qui l'informerait de l'absence d'Antoine durant ces quelques jours. Ainsi Karim ferait tout ce qui fallait si nécessaire et ça le rassurait. Sa présence et sa fiabilité l'apaisait tant pour sa mère qui ne serait pas seule que pour s'occuper de Mascarellu, gardien de la bergerie qui le connaissait bien. D'ailleurs Karim se présentait comme l'essence même de la providence, une inestimable assistance qui lui permettrait de se libérer pour pouvoir prendre du bon temps avec Mado, d'organiser sa vie différemment et non plus exclusivement centrée sur le village, la montagne et son troupeau. Il éprouvait pour ce jeune corse d'origine berbère de la confiance et de l'affection. Karim le savait et lui témoignait en retour beaucoup de respect et une grande reconnaissance. Antoine l'avait toujours considéré, de même qu' il avait toujours considéré Hassan son père et Naïma sa mère. C'est encore Antoine, lorsqu'il était petit, qui l'aidait à faire ses devoirs et plus tard l'avait guidé dans le choix de ses lectures, l'ayant nourri de réflexions et commentaires utiles à la compréhension des êtres et des choses. Antoine lui avait enseigné beaucoup de choses, y compris sur l'histoire de son pays d'origine, sur l'invasion musulmane du Maghreb un temps dominé par Rome puis par les Byzantins. Il l'avait

instruit sur cette mosaïque de peuples dont celui d'où il était issu et qui, pour échapper à l'invasion arabe, avait choisi de se réfugier dans les montagnes du Rif, ces montagnes refuge de l'insoumission comme pour bon nombre de peuples de Méditerranée qui tentèrent au cours des âges de préserver ainsi leur identité. Pour le peuple rifain, sa langue, son écriture, son alphabet Tifinagh antique, cette culture subsistait encore comme dans ces vallées de l'Atlas, de la Kabylie. Antoine avait appris à Karim ce que fut la résistance et la fierté de ses habitants menés au combat par Kahina cette reine guerrière héroïque, dite Dihya, symbole d'un féminisme précurseur et déterminé. Puis celle plus contemporaine d'Abdelkrim ayant proclamé « La République des tribus confédérées du Rif. » Ces berbères, hommes libres et nobles selon la définition « Amazigh » par laquelle ils se nomment, ayant su s'approprier le raffinement de la culture des Omeyyades et prendre la tête de la conquête d'Al-Andalous, l'*Andalousia.* Grâce à Antoine, Karim savait d'où il venait et n'avait pas à avoir honte de ses origines. Cela lui permettait de faire face au mépris et à l'arrogance prosaïque dont lui et les siens faisaient souvent l'objet. Un jour Antoine lui avait fait observer une buse qui tournoyait au-dessus de la bergerie, « *Tu vois Karim les hommes intelligents sont comme cet oiseau qui plane tout en haut et nous observe, plus tu t'élèveras et plus tu paraîtras petit à ceux qui ne savent pas voler.* » Antoine avait emprunté cette métaphore à Nietzsche pour lui faire comprendre qu'il devait être au- dessus des médisances racistes de ces quelques personnages médiocres qui aiment à les répandre. Karim devrait parvenir à se donner les moyens d'explorer d'autres univers par la pensée et la connaissance. Il pourrait ainsi planer au-dessus de l'insignifiance et affronter ce regard réprobateur et mesquin de ces êtres aussi bornés qu'ignorants. Antoine lui avait procuré les meilleures armes et la plus pertinente passaient par la connaissance de soi, « *Connais-toi toi- même...* », lui avait-il dit en faisant référence tour à tour à Socrate puis Saint Augustin, un autre Berbère célèbre, puis Montaigne, ayant tous trois, à des époques différentes, médité sur le précepte gravé à l'entrée du temple de Delphes. Il lui avait ouvert ainsi les portes de la sagesse. « *Cette sagesse et cette pensée occidentale architecturée à ses débuts, par un tout aussi célèbre Berbère du nom d'Averroès, est une contribution à ce que nous sommes* », avait déclaré Antoine pour souligner cet apport enrichissant du peuple de Karim au sien. Ces peuples des montagnes de Méditerranée chez qui existaient bon nombre de convergences. Cette fierté restaurée par tout un savoir, permettrait désormais à Karim de surmonter les plaisanteries de mauvais goût, signées à la dérobée dans ces foires aux commérages par de minables auteurs ayant le sentiment d'être spirituels....

— Je vais faire le café, peut-être devrais tu dispenser les soins à petit Jean, puis nous nous préparerons à partir.

— Oui... mon chef adoré, mon amore mio.

Tous les trois se mirent en route et tout se passa comme prévu du village jusqu'à la villa de Marthe, sous la bonne garde des renforts prévus par Luigi.

Il suffirait d'attendre la nuit pour embarquer sur le bateau de pêche et gagner les rives de cette quiétude promise et tant espérée par petit Jean. Cette sérénité dont il avait tant besoin, se devant de l'éloigner d'une vie tumultueuse, aux imprévus permanents et à la fausse apparence d'une pseudo-puissance éphémère en marge du bien-être. Peut-être trouverait-il l'occasion dans ces lieux, pour lui inconnus, d'un nouveau départ, un anonymat de circonstance qui l'éloignerait d'un monde crapuleux peuplé d'individus cruels et d'ordures en tout genre. Petit Jean, malgré les souffrances qu'il endurait, voulait croire à ce qui finalement pouvait être une chance et cette chance il était décidé à la saisir.

Ch'iddi s'accoddini i to tintinni

Qu'ici les clochettes de ton troupeau
ne sonnent plus

Augustin et Batti étaient arrivés en vue du *caseddu*, il n'y avait aucune âme qui vive, ni la moindre trace d'une présence récente dans les environs. Le front rouge et dégoulinant de sueur, Batti fou de rage s'adressa à son frère encore plus bedonnant que lui et qui peinait à progresser sur le chemin caillouteux.

— « *Stu fighjolu di puttana ci ha burlatu bè, vai chì l'avemuda fà pagà* ! Ce fils de putain nous a bien eus, mais on lui faire payer cher !»
— « *Che lu crebi*, qu'il crève », répondit Augustin étouffé par la colère et maugréant dans sa barbe des jurons et des insultes entrecoupées par son souffle haletant dû à l'effort de la marche. Que rapportaient-ils à Nasone qui comptait sur eux et leur respect servile pour avoir des informations de première main à propos de petit Jean ? Comment pouvaient-ils lui expliquer sans perdre la face, qu'ils s'étaient fait flouer ? Tous deux se sentaient ridiculisés par Antoine, « *Ce fils de rouge.* » À peine arrivés au *caseddu*, ne pouvant contenir leur

rage, ils défoncèrent la porte et mirent tout à sac pour finirent par allumer le feu au petit mobilier fracassé dans une violence qui n'avait d'égal que leur bêtise haineuse. Les flammes attisées par un petit air sec envahirent la pièce pour gagner la toiture avec une intense rapidité. En l'espace de quelques minutes le toit s'écroula dans un vrombissement sourd accompagné par le crépitement métallique de petits éclats des poutres en châtaignier qui se consumaient. En un rien de temps il ne restait qu'un pan de mur calciné, un spectacle de désolation sous le regard réjoui des deux frères. Ce feu dévastateur dont ils étaient des abonnés depuis toujours pour créer des pâturages pour leurs vaches, trouvait sa raison dans une coutume ancestrale. Une fascination criminelle justifiée par une par une nécessité d'un usage pervers dont la motivation floue se concrétisait à cet instant dans la logique purificatrice de l'esprit tordu des deux frères. Mais Batti et Augustin n'étaient pas seulement tordus, ils étaient aussi stupides et méchants.

Après un petit moment de délectation sur l'efficacité nuisible de leur forfait et la contemplation satisfaisante de leur plaisir sauvage, faisant face à cette lamentable attraction, ils éprouvaient tous deux ce sentiment commun aux crétins, celui de la jouissance de la destruction. Le *caseddu*, ce modeste refuge isolé dans la montagne ayant abrité tant d'histoires riches de simplicité disparaissait à tout jamais, comme la petite fumée s'évaporant du tas de cendre, dernier signe d'une existence, laissant le souvenir lointain d'une autre vie à désormais ceux qui par hasard s'égareraient dans la montagne. Les deux génies de la médiocrité décidèrent de redescendre au village, ressassant leur inimitié familiale et leur rancœur vis à vis d'Antoine. *Quellu cù u so arabacciu, ùn anderanu più quì quand'elli collanu in muntagna. S'elli collanu torna ùn anu ch'à circassi una tana* !, conclut Batti. Lui et son sale arabe, ils n'iront plus dans ce lieu quand ils viendront à la montagne. S'ils veulent à nouveau monter, ils n'auront qu'à se trouver une grotte ! conclut Batti.

Abbia paura di i vivi, chi i morti u tornanu più
Garde-toi des vivants car les morts eux
ne reviennent pas

La journée et ce repos forcé durant l'attente libératrice avait permis aux trois membres du petit groupe de patienter en toute sécurité dans le confort luxueux de la villa. Luigi avait été parfait, faisant preuve d'une attention tout aussi discrète qu'efficace. Dans la constance de son dévouement thérapeutique, Mado rassurée par la propreté méticuleuse des lieux avait pu dispenser ses soins à petit Jean. Dans ces bonnes conditions sanitaires elle avait fait le nettoyage de la plaie puis un pansement parfait ainsi qu'une dernière inspection et l'inventaire de tout le nécessaire dont elle aurait besoin pour poursuivre le traitement. Petit Jean allongé sur le grand lit moelleux de la chambre d'ami avait somnolé devant le grand écran plat zappant de la chaîne de sport aux nombreux documentaires en tout genre, ayant seulement émergé de sa léthargie au moment du plateau repas qu'on lui servit sur place. Antoine quant à lui s'efforçait de se détendre, tout lui paraissait anormalement trop calme, sa ruse avait peut-être fonctionné avec Batti et Augustin mais découvrant la super-cherie, ils ne

tarderaient pas à informer Nasone de l'absence de petit Jean au village. Dans une île où l'on finit par tout savoir sur les relations et fréquentations des uns et des autres, celui-ci pourrait en déduire que le seul endroit où petit Jean trouverait refuge avec la complicité d'Antoine ne pouvait être que dans la villa de Max. Antoine fit part de son inquiétude à Luigi.
— Vous avez raison Antoine, j'y ai pensé et les hommes qui vous ont accompagné durant votre trajet sont en faction autour de la maison, l'un d'entre eux est dans la salle de surveillance. La maison est équipée d'un système de caméra qui peut détecter le moindre mouvement ou une quelconque anomalie dans un rayon suffisamment large pour nous permettre de voir tout ce qui se passe à l'extérieur. Le moment le plus délicat sera ce soir quand vous embarquerez, il faudra être très vigilant. Mais vous savez, la perte des deux tueurs dans leurs rangs et qui n'étaient pas des rigolos, doit les faire réfléchir avant toute nouvelle tentative. Nous avons une petite avance, ils peuvent en effet soupçonner votre présence ici, mais ils ignorent votre départ par mer ce soir. Quand bien même ils seraient animés par de mauvaises intentions, ce type d'opération ne s'improvise pas, il faut une préparation minutieuse sur la base de renseignements précis et une équipe d'hommes aguerris pour passer à l'action. Luigi semblait maîtriser le sujet, il savait de quoi il parlait pensa Antoine.
— Vingt-trois heures, le bruit d'un moteur diesel sur la mer était à peine audible Le bateau de pêche tous feux éteints était là, à une centaine de mètres de la plage.

Mado enjamba la première le gros boudin d'un semi-rigide aux commandes duquel elle reconnut un des gardes assurant leur protection, puis ce fût le tour de petit Jean aidé par Antoine qui parvint à grimper sur l'embarcation. Luigi leur fit passer leurs trois sacs de voyage...
— Merci Luigi, merci pour tout.
— Ne me remerciez pas Antoine, vous remercierez Marthe à son retour et il se peut que je vienne vous rendre visite, ce sera l'occasion de revoir ma famille, cela fait si longtemps.
— Alors *arrivederci* !
En l'espace d'une minute le zodiac gagna la mer et rallia le chalutier où tous les trois parvinrent à se hisser sur le pont arrière avec l'aide d'un matelot.
— *Benvenuto a bordo, siamo pronti per quello bel viaggio* ? Bienvenue à bord, nous sommes prêts pour ce beau voyage ?
— *Bona sera signore*. Bonsoir monsieur.
— *Chiamami Salvatore e lui è Andréa. Acomododate vi, abbiamo un posto per il signore Jean dove si puo allogare.* Appelez-moi Salvadore et lui c'est André. Installez-vous bien. Nous avons un lit pour Jean où il peut s'allonger.

Après avoir levé l'ancre, Salvatore amorça une petite manœuvre puis appuya sur la manette des gaz, le bateau prit le large dans un ronronnement sourd et caractéristique, propre à ce type d'embarcation, où les émanations de combustion du fioul s'entremêlent à l'effet sonore des vibrations. L'odeur tenace du mazout mêlée à celle du poisson imprégnant les filets étalés sur le pont arrière ne pouvait tromper les passagers sur l'endroit où ils se trouvaient. Antoine s'amusa d'une réflexion sur les perceptions qui se superposent et s'entremêlent. Ces sensations amalgamées et singulières des lieux où elles se diffusent en relation avec le métier qui s'y exerce. Il se remémorait toutes ces fresques colorées de sons et de parfums qu'il gardait en lui comme des évocations vaporeuses : celles du tintement des clochettes accrochées au cou de ses chèvres et les effluves de fumier chaud dans son étable, celles des percussions cristallines du martellement pilonnant le fer en fusion sur l'enclume de Pedru « u ferrale » le forgeron, associées à un feu d'artifice d'étincelles qui grésillent dans la forge accompagnées de l'exhalaison de cokes brûlantes, ou encore celles ravivées du souvenir de la cadence musicale de l'eau faisant tourner la roue de pierre en granit du moulin, quand en-fant il s'enivrait du fumet des châtaignes rôties écrasées en farine blanche envahissant ses narines. Ces singularités sensorielles sont propres à chaque profession mais communes à tous ces métiers de passion parce qu'elles sont apprivoisées par leurs façonniers qui savent faire vibrer la matière par la science de leurs mouvements précis, pareils aux mots subtils d'une poésie, décrochés avec jus-tesse par un écrivain. Ces parfums de l'habitude mélangés aux tonalités de leur quotidien, entretenus et attisés par leurs gestes empiriques finissent par éclairer leur vie. Ces flammes de lumière combinées à des bouquets d'arômes retentissent comme des échos et donnent un intérêt décuplé au labeur de l'artisan et sans doute concourent ordinairement à la démonstration de cette générosité issue de leur courage au travail. Antoine tout en se familiarisant aux sensations de ce métier de la mer y trouvait la raison d'une considération spontanée pour ces deux pêcheurs à la peau burinée par le soleil et le sel, parce qu'aussi leur épiderme flétri par les embruns iodés laissait supposer la dureté de leur besogne, loin d'une sinécure et dont il était certain, favorisait chez ces marins une forme d'altruisme. Ainsi ces hommes respectables vivaient un métier admirable des sens et finalement par les vertus cognitives de ses sens, un métier proche du sien, semblable à celui du vigneron qui respire l'odeur vinée du souffre de sa cave ou du boulanger celle du pain cuit de son four. L'expression imagée, « *ùn sente di nunda*, il est insipide », lui vint à l'esprit. Ne voulait-elle pas affirmer une illustration de ce socle du ressenti faisant cruellement défaut chez certains, une sorte de carence nutritionnelle des sens risquant de transformer beaucoup de nos semblables en être privés d'acuité ? Dans ce monde contemporain du virtuel la formule lui semblait d'une grande pertinence. L'animation d'images sur un écran ne donnent--elles pas l'illusion à ces nouvelles générations d'utilisateurs, de vivre la représentation d'une action sans qu'elle ne se déploie réellement devant eux ? Une forme d'abstraction d'événements en tout genre dont ils sont spectateurs passifs sans l'indispensable support sensoriel et où le faux partage se substitue à l'intensité d'une relation vécue et réelle. Assis, immobiles et isolés des heures durant, les yeux rivés sur leurs smartphones, ils finissent par croire qu'ils sont les acteurs des clichés qui défilent sous leurs yeux. Ces ultra-connectés narcissiques, addicts d'une pratique égoïste et sans même qu'ils en aient conscience, font courir le danger, par cette récente forme d'échange humain, virtuel et aseptisé, d'un clivage sociétal. Une rupture inodore qui programme insidieusement le triomphe de l'individualisme. Antoine était convaincu que les liens sensoriels qui passaient par ces métiers, tressaient naguère la participation de l'individu à sa communauté et ainsi ils l'alimentaient de cette richesse. Pour lui, ces personnages multi sensoriels d'une vraie vie étaient marqués par leur originalité : le berger portait sur ses vêtements et dans sa barbe les senteurs du maquis, le pêcheur dans son regard bleu, le goût de la mer salée mélangé à la fumée du tabac de sa pipe, le laboureur le chapeau de paille campé sur sa tête, portait la sueur de la terre retournée du sillon et le parfum aérien des herbes fleuries de son champ. Ils étaient mutuellement connectés à leur entourage par des vibrations musicales, des ombres et lumières gestuelles, dessubstances odorantes qui nous racontaient leur histoire. Ainsi ils transmettaient et établissaient le lien. Antoine plongé dans son imaginaire finit par conclure, non sans un certain dépit, que c'est par les perceptions que nous échangeons réellement et cette interactivité façonnant ce que nous sommes, que nous nous construisons et qu'au-delà se structure une société. La société corse était avant tout rurale et avait toujours vécu en symbiose avec la nature. Ses hommes évoluaient au sein de cette ruralité maintenant en passe de disparaître et c'était la nature dans sa diversité, généreuse de stimuli, aujourd'hui très affaiblie, qui était la pourvoyeuse des sens. C'est dans ces espaces d'une harmonie bourgeonnante dans laquelle nous vivions que résidait un équilibre et dans lequel nous puisions notre force... Assis sur une bâche recouvrant les filets auprès de Mado, Antoine se pencha pour lui déposer sur les épaules un gilet de laine. Bercée par la lenteur de la motrice, la tête dans les étoiles, se contentant du confort sommaire de sa couche, elle s'endormit heureuse blottie contre son amore mio.

Salvatore n'avait pas besoin de boussole pour trouver son cap, comme si, sur cette immense étendue d'eau bleutée dans la demi-pénombre apparaissait çà et là des repères, que daignait éclairer la lune, de ses pâles rayons embrumés. Pêcheurs depuis plusieurs générations, son père lui avait transmis à son tour les secrets de la mer et ceux de la navigation. Après avoir calé trémails, posé nasses et palangres, il lui faisait vivre lors de nuits étoilées, dans l'attente de la relève au petit matin, d'extraordinaires récits de prises miraculeuses alternées par des légendes de déesses douces comme l'onde, douées d'un charme féérique et pouvant par un soudain caprice se transformer en furies, déchaînant les flots pour tirer les barques et leurs marins dans les fonds ténébreux des abîmes. Comme tous les pêcheurs, Salvatore était superstitieux et croyait en la protection de Saint Érasme, son saint patron pour lequel il avait une dévotion particulière et qui en toutes circonstances saurait le guider et, dans les violentes tempêtes d'hiver, lui porterait

assistance. Sa voix rauque à la vue de l'embarcation tira les passagers bercés par le clapotis de leur sommeil.
— La Medusa !, s'exclama-t-il.

Antoine se réveillait recouvert par l'humidité fraîche de la nuit, une lueur éthérée éclairait les côtes nébuleuses se dessinant au loin. Un bateau était tout proche, c'était le moment de l'échange.

— *Ecco siamo puntuali. Salve Carlo, come stai ? avvicinati ! (vieni più vicino) piano.... piano, mandami la corda* ! Voilà, nous sommes à l'heure. Carlo, comment vas-tu ? Approche-toi doucement, envoie -moi la corde !
— *Bongiorno a tutti, ho un buono caffè caldo a bordo, il migliore di tutto il Méditérranio per i nostri ospiti, ci sono anche amaretti ! Salite sulla nave meravigliosa della felicità !* Bonjour à tous, un bon café chaud à bord, le meilleur de toute la Méditerranée
— *Tu non cambi, basta che tu vedi una bella donna e pensi di essere il re degli oceani.* Tu ne changes pas, il suffit que tu vois une belle femme et tu t'imagines être le roi de l'océan.
— *Io non sono taciturno come te, mi piaceno le belle cose e sono allegro di vederle ! e tu si un grande geloso, ma tu ai il diritto di venire a prendere la prima colazione fatta in casa sulla mia nave.* Moi je ne suis pas mélancolique comme toi. J'aime les belles choses et suis heureux de les voir. Et toi tu es un grand jaloux, mais tu as quand même le droit de venir partager le petit-déjeuner à bord de mon bateau.

— *Vi presento il mio cugino, il più strano dei pescatori sardi ma il mio preferito della famiglia.* Je vous présente mon cousin, le plus étrange des pécheurs sardes, mais c'est le préféré de ma famille.
— *Quando vieni ? t'aspettiamo per la festa e po anche la tua mama t'aspetta, lo sai ? Bene, vi ho portato del formaggio pecorino a tutti i due, e ci né ancho per Luigi!* Quand viens-tu ? Nous t'attendons pour la fête et même ta maman t'attend, tu le sais ? Bien, je vous ai porté à tous du fromage picorino, il y en a même pour Luigi !

Après ce joyeux intermède les trois fugitifs avaient l'impression soudaine d'avoir pénétré un nouveau monde. Salvatore et Andréa étaient repartis en arrière pour regagner les eaux de la Corse. Petit Jean ressentait à ce moment une profonde coupure, celle d'un cordon ombilical se demandant si un jour il reverrait sa terre. Il préféra ne pas se retourner et faire comme Mado et Antoine regarder vers le sud-est, la côte et les montagnes sardes, découvrir ce paysage merveilleux que leur offrait la mer dans le calme de ses eaux transparentes de l'aube. Le soleil entamait sa course, grimpant paisiblement vers les hauteurs avec cette clarté rayonnante qui s'amplifiait avec l'ascension du matin scintillant et qui fait, à chaque aurore, penser au premier jour de la naissance du monde. Des dauphins croisaient le sillage du chalut pour devancer l'embarcation puis disparaitre sous la coque pour bondir tantôt à tribord tantôt à bâbord se jouant des vaguelettes de leur puissante natation dans un ballet aquatique joyeux en guise de bienvenue.

— *Voi qui entrate cui, lasciate ogni speranza, s'exclama Salvadore pour rajouter... di vedere l'inferno perché adesso siamo al paradiso, siamo in Gallura !* Vous qui entrez ici, abandonnez toute espérance, s'exclama Salvadore pour rajouter... de voir l'enfer parce que en ce moment nous sommes au paradis, nous sommes en Gallura !

Revisitant à sa manière et avec dérision les célèbres vers de Dante. Salvadore le bien nommé, pensa Antoine, éprouvant ce soulagement d'avoir réussi à éloigner son ami de ce qui effectivement avait pris l'allure d'un enfer pour lui en Corse.
Après avoir débarqué discrètement dans une petite crique et salué les deux marins en les remerciant, tous trois furent pris en charge dans un gros 4 x 4 faisant office de taxi pour regagner l'intérieur. Le chauffeur ne s'exprima pas beaucoup durant le trajet si ce n'est pour indiquer à ses passagers qu'il fallait une heure de route pour arriver à bon port.
Mado, Antoine et petit Jean perdus dans leurs pensées respectives restèrent silencieux jusqu'à destination.
L'endroit était sur un vaste plateau garni de vieux chênes lièges épars et entourés d'immenses blocs de granit d'un gris rosé aux formes arrondies. La subéraie portait les traces d'une levée récente de ces épaisses chemises, l'écorçage faisant contraster le brun orangé des gros troncs lisses fraichement régénérés à leur base avec

l'épaisse peau gris clair crétacée des branches du dessus. Au milieu d'une prairie aux herbes jaunies se dressait une grosse maison de la même pierre du lieu. Dans une échancrure au loin l'on distinguait la mer où l'on pouvait supposer que le calme matinal apparent ferait place rapidement à une effervescence nautique.

— *Ecco ci siamo, il vostro amico starà in compagnia dei mei due cugini pastori Aurélio e Eficio, che stano cui l'estate per accudire il bestiame. E uno stazzo gallurese traditionale. Ll luogo è sicuro e si sta co calmo, non manca niente. La mia sorella è infirmiéra e verrà tutti gli giorni per curare il vostro compagno. Per voi due avviamo previsto una piccola casa in paeso. E vicino e vi lascio il mio scooter cosi potete andare in giro. Né ho un altro sulla costa dove lavoro. Ho un autofficina é faccio anche la meccanica delle navi.* Ca y est nous sommes arrivés. Votre ami sera en compagnie de mes deux cousins Aurélio et Eficio, tous deux bergers. Ils habitent ici l'été avec leurs bêtes. C'est un abri de Gallura est traditionnel. Le lieu est sûr et calme, il ne manque rien. Ma sœur est infirmière et viendra chaque jour pour soigner votre ami. Pour vous deux, nous avons prévu une petite maison au village. C'est tout près, et je vous laisse mon scooter, cela vous permettra de vous promener.

Visiblement l'organisation de cette cavale ne souffrait depuis le début d'aucune improvisation et donnait aux hôtes un sentiment de sécurité, mieux encore, celui de vacances insouciantes et sereines. Il était agréable de se retrouver dans un lieu où l'on ne connaît personne et où personne ne vous connaît et pouvoir se débarrasser du poids de ce regard des autres, ce regard inquisiteur et permanent, le plus souvent chargé d'aprioris. Ici personne ne vous jugera pensa Antoine éprouvant une légèreté, un sentiment de liberté renforcé par la gentillesse naturelle de ces gens spontanés et sincères.

Une fois les présentations faites aux deux bergers et petit Jean installé dans ces nouveaux lieux non sans avoir subi les derniers soins et recommandations de Mado, le chauffeur les amena jusqu'à leur domicile de villégiature. La petite maison propre et modeste au milieu du bourg bénéficiait de l'essentiel. Une fois la porte refermée Mado, nageant dans le bonheur, entraina Antoine vers le lit de la petite chambre.

— Nous devons un peu nous assoupir et il faut inaugurer ce petit nid d'amour !
Joignant le geste à la parole, elle se débarrassa de ses vêtements en un clin d'œil pour, dans la foulée, déshabiller un Antoine un peu fatigué mais qui se laissa faire... Mado n'avait rien perdu de sa fougue... Après quoi tous deux s'endormirent.
Il était déjà presque dix-sept heures et, ayant repris des forces, ils décidèrent d'aller faire un petit tour dans l'environnement immédiat de leur logement. Lino leur chauffeur du matin, avant de les quitter, leur avait indiqué qu'ils trouveraient dans le placard et le frigidaire de quoi se restaurer et du linge propre dans l'armoire mais

qu'ils n'oublient surtout pas que le soir ils étaient invités à dîner à vingt heures par Simone, le vieil oncle de Luigi.

Ce petit village de pierre, adossé à une chaîne de montagne avait été positionné manifestement à cet endroit pour mieux découvrir le loin et pour mieux se défendre. Jusqu'à se demander si ce n'était pas la nature qui avait érigé une barrière de granit pour le protéger. Un village de pierre posé sur la pierre et se fondant dans le décor minéral tel une sentinelle qui domine son territoire. Du belvédère on distinguait nettement les champs de pâturage ceinturés de roches et les sillons des vignes grimpant à l'assaut des coteaux du vallon. Dans le lointain l'on devinait les îles de la Maddalena.
— Sais-tu que c'est là que repose Garibaldi, dit Antoine pointant son doigt dans leur direction pour rajouter aussitôt, si tu es d'accord nous y ferons un tour, c'est très beau, en ayant en tête de se rendre sur l'île de Caprera pour lui tout un symbole et rendre visite à ce héros du Risorgimento.
— Ah oui volontiers.
Mado était aux anges, tout lui paraissait infiniment beau et son Antoine était son Dieu, elle buvait ses paroles, ne perdait rien de ses gestes, elle était follement amoureuse, d'un amour presque surréaliste qui la transportait dans un état second, quasi irréel, jusqu'à lui faire oublier les raisons de cette escapade. Antoine et Mado déambulaient dans les ruelles du village déserté par ses habitants ayant choisi de se retrancher dans la fraîcheur de

leur maison, luttant comme ils le pouvaient contre cette chaleur suffocante et sans pitié, en entrebâillant leurs fenêtres aux persiennes closes pour provoquer un infime courant d'air.

— Mado nous devrions faire un saut au « Stazzu »à la bergerie pour voir si petit Jean va bien et après nous nous préparerons pour le dîner.
— Oui amore mio, j'ai hâte que nous fassions la balade avec la Vespa, sur les chemins de la dolce vita !
— Ah vous voilà, vous venez de croiser Lucia l'infirmière. J'ai dormi pratiquement tout l'après-midi, ça me tire encore au ventre mais je me sens mieux. Elle m'a refait le pansement et elle est très douce, elle ne m'a pas fait mal. Elle est restée un bon moment avec moi et nous avons parlé de tout, vous ne pouvez pas savoir comme elle est gentille. Lucia est repartie pour s'occuper d'autres malades mais elle va revenir pour me faire manger ce soir et me faire la piqûre. Ici je suis vraiment bien.

Petit Jean, à l'accoutumé agité, semblait rasséréné, il est vrai que le traitement que lui avait administré Mado commençait à faire son effet. Quant à l'atmosphère, elle était pour lui on ne peut plus apaisante, bien loin de ce stress qui l'accompagnait en permanence en Corse, lui faisant redouter à tout moment un sale coup.

— Il va te falloir de la patience jusqu'à la guérison. Il faut tout de même que je te prenne la température et avant de manger tu ne dois pas oublier de prendre tes cachets, tu as tout dans ton sac et sur les boites il est indiqué la posologie.

— Oui je sais, Lucia a rangé les médicaments dans la table de nuit. Elle m'a dit qu'elle les connaissait et la température elle me la déjà prise. Elle souhaiterait aussi t'avoir pour faire un point avec toi. Elle a laissé son numéro de téléphone.
— C'est parfait, je vais l'appeler.
Au bout d'une bonne demi-heure et après avoir échangé sur leurs bonnes impressions respectives de ces nouveaux lieux, Mado et Antoine quittèrent petit Jean. Les deux bergers étaient maintenant dans la cuisine occupée à concocter un minestrone dans une grosse marmite.
— *Bona sera signori, cui siamo poveri pastori abbandonati da tutti allora siamo decisi di non lasciarsi morire di fame ! Sappiamo che sta sera siete l'ospiti di don Simonè ma la prossima volta se vuole fare gli onore di stare a gena co noi ?* Bonsoir Madame, Monsieur, nous sommes de pauvres bergers abandonnés de tous alors nous sommes bien décidés de ne pas nous laisser mourir de faim ! Nous sommes au courant que ce soir vous les invités de Don Simonè mais la prochaine nous espérons que vous nous ferez l'honneur de dîner avec nous ?

— Grazie mille Aurélio, forse domani. Merci infiniment Aurélio, sûrement demain.
Les bergers n'avaient assurément pas l'intention de se laisser mourir de faim. La grande table en bois recouverte d'une toile cirée était abondamment garnie. Une

énorme pastèque trônait au beau milieu d'une opulence gourmande de victuailles, de la charcuterie, une grosse tome de brebis, une corbeille débordante de légumes, courgettes aubergines et poivrons, une conque en liège remplie de raisins, de figues, de pêches et melons jaunes. Incontestablement ces gens avaient un appétit aussi généreux qu'ils l'étaient. Le décor de la cuisine était typique de cette richesse paysanne où l'on devinait, en regardant les tresses d'ails et d'oignons côtoyant celles de piments rouges suspendues à la hotte, que les repas pouvaient être gargantuesques. Ce lieu incontournable d'une convivialité manifeste était à l'image du gros fourneau et de la bonbonne de vin ventrue. Enveloppée de paille, posée dans le coin de la pièce, elle était rangée dans l'attente très provisoire que l'on lui enlève son épais bouchon de liège recouvert de tissus pour verser son breuvage enivrant dans des verres épais, proportionnellement identique à la vaisselle d'assiettes creuses en terre cuite, lourde et surdimensionnée. Antoine et Mado, dans un regard complice, redoutaient cet instant altruiste de ce futur repas, mais en attendant ils se laissaient porter par cet air léger que le déplacement en scooter leur procurait.

— Tu ne trouves pas qu'un des deux bergers ressemble au sergent Garcia ? En le regardant j'avais l'impression que les boutons de sa chemise allaient éclater.
— Oui c'est vrai, on ne peut pas douter de son appétit d'ogre et petit Jean, s’il suit leur régime, est condamné à prendre quelques kilos !

— Ça ne peut pas lui faire de mal, il est un peu fluet mais il faudra surveiller son cholestérol.
— Quand on voit ces deux hommes, on peut commencer à comprendre comment leurs ancêtres ont trouvé la force d'ériger ces tombes de géant, d'ailleurs à ce sujet, demain nous irons en visiter ainsi que des nuraghe.
— Oui Amore mio, mais moi je veux aussi que tu m'amènes déguster une de ces bonnes glaces.
— Ne t'en fait pas ma ragazzina, nous allons avoir tout le temps !
Il était presque vingt heures quand Lino frappa à la porte. Mado et Antoine fraîchement douchés étaient prêts.
— *Il signore don Simone è già sul posto, andiamo subido ! Si trova a uno degli agriturismi il più accreditato di Sardegna dove si po assagiare cose tipiche del posto.* Don Simone était attablé au fond de la grande salle. Il se leva promptement à la vue de ses invités. Mince, de taille moyenne, ce notable d'un certain âge affichait un savoir-vivre fait de sobriété, conforme à sa tenue vestimentaire de bon goût et propre à ces personnages prévenants et discrets qui imposent naturellement du respect. Dès le premier instant on comprenait que don Simone avec son côté feutré ne pouvait pas être un homme ordinaire.
— *Bona serra signori, pregho*, Bonsoir, je vous en prie, vous êtes les bienvenus. Lino puoi andare. Lino, tu peux disposer.
— *Si signore don Simone.*
— *Prenez place, alors, êtes-vous bien installés ?*

— Merveilleusement, répondit Mado un peu intimidée.
— Alors tout est pour le mieux et j'espère que votre séjour le sera aussi. Si vous avez besoin de quoi que ce soit, il suffit de le demander, nous ferons en sorte de vous satisfaire. J'ai souhaité vous inviter ici pour vous faire découvrir la cuisine typique de notre terroir qu'il est assez difficile de trouver en cette période sur la côte et en plus je suis très honoré de votre présence, celle de vous accueillir, Antoine, et vous aussi Madame. J'ai vécu une bonne partie de ma vie à Paris et j'ai beaucoup de fierté d'avoir été un proche de mon regretté ami Max. Je dois vous confier Antoine que pour moi vous n'êtes pas tout à fait inconnu.

Mado avait les yeux ronds comme des billes et ne comprenait plus très bien les liens qui pouvaient unir ces différents individus dont les mondes étaient si éloignés.

— Antoine, je ne peux pas passer sous silence tout le bien que Max pensait en parlant de vous. Vous savez, lui et moi, avons eu un parcours assez similaire, je pense que ça nous a instinctivement rapprochés et nous nous sommes beaucoup fréquentés pour devenir amis. Je peux me permettre de vous raconter un peu ce qu'a été ma vie. J'ai grandi dans ces montagnes avec la dureté impitoyable de ce qu'était pour nous la vie de berger, nos conditions d'existence étaient très difficiles et nous vivions sous l'autorité de pères intransigeants qui n'étaient pas trop enclins à la compassion. La seule issue pour ceux qui voulaient échapper à cette fatalité restait l'émigration. Moi, elle m'a conduit dans votre capitale. J'aidébuté comme garçon de café puis à la force du poignet j'ai réussi à ouvrir un restaurant de spécialités italiennes. Ce sont des métiers où l'on fait beaucoup de rencontres et parfois on noue des relations durables avec certains clients, mais je me suis rendu compte de mon handicap qui ne me permettait pas de progresser dans certains milieux. Il fallait combler mon retard d'une instruction qui me faisait défaut. Enfant je gardais le troupeau et ne suis allé que très peu à l'école. A Paris, je me suis inscrit à des cours et malgré mes horaires de travail j'ai été assidu. Cela m'a demandé beaucoup d'efforts mais j'y trouvais une motivation grandissante et cela m'a enrichi, à l'époque je me contentais de très peu de sommeil. Puis j'ai eu la chance extraordinaire de me marier avec une de mes enseignantes qui a largement contribué à mon savoir en me faisant découvrir les innombrables musées et expositions de la ville, le théâtre et les concerts, m'entrainant dans cet immense univers bouillonnant de la culture. Je lui suis infiniment reconnaissante. Mais par-dessus tout, elle m'a donné une fille que j'adore. Gabriella est brillante et généreuse comme l'était sa pauvre mère. Elle a suivi des études d'histoire de l'art en France puis, après son agrégation et notre retour au pays, à la suite de la disparition de Daniella sa mère, elle m'a rejoint et elle a poursuivi sa formation. Elle est devenue archéologue et elle est une spécialiste reconnue du néolithique et de l'âge de bronze. Elle enseigne aussi à l'université de Cagliari. Ses recherches la conduisent à faire des conférences un peu partout.

Demain elle doit venir ici et si ça vous dit elle peut vous amener sur un chantier de fouilles qu'elle dirige en ce moment et vous faire une visite guidée de vestiges. Dans la région il y a de nombreuses nuraghe et monuments funéraires préhistoriques, mais dans l'immédiat nous allons passer la commande et si vous êtes d'accord je vais vous conseiller.

— *Bene, camerieri vieni qui, allora che cosa ci proponi ?* Alors qu'est-ce que vous nous proposez ?

— *Per commiciare appena di mazzavrissa, poi una vera suppa gallurese. In secondo piatto, sta sera abbiamo carne di capra in agrodolce. Questa carne è preparata con un soffritto di oglio di oliva, carote, sedano e prezzemolo, con aggiunta di passata di pomodori e aceto nel quale vi è sciolto dello zucchero, per finire abbiamo dolci fatti con il formaggio e miele e le nostri famos casgiatini. Facciamo uso solo di prodotti che provengano della terra di gallura, diciamo ch' è una gastronomia propio locale.* Pour commencer, vous prendrez bien à peine de mazzavrissa, puis une soupe authentique de Gallura. En deuxième plat, ce soir nous avons de la viande de chèvre avec une sauce aigre-douce. Ce sauté de chèvre est préparé avec de l'huile d'olive, des carottes, du céleri et du persil auquel nous ajoutons de la sauce tomate et du vinaigre et ajoutons du sucre pour l'adoucir et enfin pour finir nous avons des desserts à base de fromage et de miel et nos fameux casgiatini. Nous n'utilisons que des produits qui viennent de la terre de Gallura, disons que c'est une gastronomie locale.

— *È difficile di gustare questi piatti altrove, " il cibo è la quintessenza della tipicità !" diceva Michela Murgia !* C'est Difficile de goûter ces plats ailleurs, "la cuisine est la quintessence de la typicité !" dit Michela Murgia !

— *Esato signore don Simonè, e il tutto puo essere innaffiato con vini locali come il nebbiolo o con il vermentino, tocca a questi signori di scegliere !* Exactement monsieur Don Simonè, et le tout peut être arrosé de vins locaux comme le Nebbiolo ou le Vermentino, à vous de choisir !

— *È perfetto portaci tutta sa bella roba !* C'est magnifique de nous offrir toutes ces bonnes choses !
Cela vous donnera une idée de ce avec quoi nous nous nourrissions autrefois, c'était une cuisine de pauvre mais nous avons su l'accommoder, comme nous avons su développer aussi bon nombre d'activités sur notre territoire malgré, pendant longtemps, l'indifférence des Italiens péninsulaires. Les Sardes ont été victimes d'une sorte de conjuration du silence, nos compatriotes continentaux nous considérant avec un certain dédain comme des gens aux mœurs archaïques. Mais nous sommes un peuple courageux, fier, travailleur et honnête. Vous savez, la Sardaigne a su évoluer avec son temps et pour autant nos traditions restent très ancrées, ce n'est pas du folklore, nous les vivons réellement et c'est sans doute une des raisons, en plus du mal du pays, qui m'a incité à revenir sur mon île voilà bon nombre d'années. Et puis je dois vous le confesser, je ne me sentais plus de vivre

à Paris ;sans la présence de mon épouse, je n'avais plus le même goût pour ce foisonnement culturel et cette joie de vivre ne pouvant plus la partager avec elle. Toutefois je n'ai pas abandonné les affaires que j'avais commencé à développer en France. J'y avais débuté un commerce à l'export de vente de fromage sarde, c'est devenu mon activité principale et elle est toujours assez prospère. Mes plus gros clients sont actuellement aux États-Unis mais j'en ai dans le monde entier. Aujourd'hui j'ai revendu mon restaurant mais je ne regrette pas ce choix même si Paris me manque parfois.

— Vous savez Paris n'est sans doute plus celui que vous avez connu. Pour y exercer en milieu hospitalier, je peux vous dire que c'est l'ombre de sa lumière. Les gouvernements successifs de la France ont organisé délibérément la balkanisation des populations en périphérie en abandonnant parallèlement le service public. Intramuros, tout est horriblement cher et c'est une exclusion de fait pour une l'immense catégorie des citoyens. La précarité s'est généralisée dans les couches populaires. Les conditions de vie pour la majorité des habitants sont pitoyables et nous, dans les services de santé, y faisons face avec beaucoup de mal. Nos moyens sont de plus en plus réduits même si nous, personnels soignants, décuplons nos efforts pour prodiguer des soins et pour compenser les manques. C'est épuisant. Les gens qui nous dirigent sont complètement déconnectés des réalités du terrain, ils gèrent leur carrière politique mais pas le pays, avec la duplicité d'une caste de hauts fonctionnaires d'une arrogance inouïe, préoccupés par leur seul confort et qui ne valent guère mieux. La ville lumière est devenue pour beaucoup la ville misère ! Alors je peux vous assurer que vous avez fait le bon choix de revenir chez vous. Veuillez m'excuser mais je n'ai pas pu me retenir. Antoine était surpris de cette colère spontanée, frisant l'impolitesse de Mado vis-à-vis de leur hôte, mais il voyait aussi une réaction saine. Luimême n'était pas très éloigné de ce type de réflexion concernant la gestion de la France en général et celle de sa capitale en particulier. Il y eut un petit silence, puis don Simone reprit :

— Non madame, vous n'avez pas à vous excuser, j'aime les personnes franches et qui sont capables de faire des analyses comme vous les faites. Vous devriez vous entendre à merveille avec Gabriella. Ma fille réagit comme vous et ne supporte pas les injustices même si, quelque fois, je trouve qu'elle s'emporte un peu trop. Elle a le caractère un peu incisif de sa mère. Vous savez, je rebondis sur votre réflexion que je me suis fait bien souvent, même sans vraiment me l'avouer, à la fausse idée d'un ailleurs. Je suis issu d'une société antique peut-être démodée où l'homme reste imprégné de ce désir profond de renouer avec ses origines. Nous faisons un peu comme les saumons qui regagnent pour frayer, le cours d'eau de leur naissance et finir par y mourir. Mais pour revenir à Max avant qu'il devienne un ami, il était un de mes meilleurs clients. Il adorait la *ricotta* que je faisais venir tout spécialement par avion de Gallura. Il me disait en plaisantant qu'elle était presque aussi bonne que le *brocciu* de son village et il voulait pour la consommer un peu de sucre et que je la lui arrose de *grappa* que vous appelez *acqua vita*, eau de vie. Mais je lui suis surtout reconnaissant d'avoir pris sous son aile mon neveu Luigi, qui avait eu ici de sérieux problèmes.

Ma sœur est morte en couche et son mari, quelque temps après, d'un accident dans une mine d'extraction de granit où il travaillait comme chauffeur d'engin. Luigi était un enfant turbulent, probablement blessé par cet acharnement injuste de la vie. Sa révolte et sa souffrance, il ne savait les exprimer que dans la violence. Je passe sur la suite d'incidents qui ont émaillé sa jeunesse et il a eu de sérieux problèmes. Enfin c'est du passé et des histoires anciennes. Je l'ai quelque fois au téléphone mais il n'est pas très bavard, je serais heureux de le revoir et Gabriella aussi.

— Rassurez-vous don Simone, votre neveu, avant notre départ, a manifesté le désir de venir en Sardaigne pour voir sa famille, je pense qu'il ne tardera pas à vous rendre visite.

— Je l'espère sincèrement, je suis un vieil homme et à mon âge le temps parait chaque jour un peu plus court. Pour les gens de ma génération, en Sardaigne la famille compte beaucoup. Si l'occasion m'en est donnée, je reverrais aussi volontiers Marthe et son fils. Paul Antoine doit être un jeune homme maintenant.

Antoine eut soudain une gêne, cette évocation inattendue le mit dans un embarras qu'il peina à dissimuler et dont Mado sembla s'apercevoir. Après cette chaleureuse soirée en bonne compagnie, Lino appelé par Don Simone raccompagna le couple silencieux.
— Mado il faut que je te parle, ce n'est pas facile, j'ai quelque chose à te dire et cela ne va pas forcément te plaire.
— Tu crois que je n'ai pas compris, je t'ai vu rougir et ta confusion m'a sauté aux yeux quand don Simone a parlé de Marthe, alors... ?
— Et bien, comment t'expliquer la chose. Marthe et moi avons eu une histoire. Cela a débuté lors du baptême de Marie Clémence qui a ton âge ; à l'époque vous étiez encore toutes les deux bébés. Puis Marthe et moi nous nous sommes revus et retrouvés plus tard.
— Tu veux m'expliquer que tu continues à avoir une relation avec Marthe, avoue-le.
— Non pas du tout, enfin oui...
— Bon, demain matin je pars à la première heure, je rentre, je me débrouillerai toute seule pour prendre le bateau.
— Ce n'est pas du tout ce que tu crois, il ne s’agit pas d'une relation amoureuse. Je peux t'affirmer que notre lien est différent mais...
— Mais quoi ?
— Et bien Paul Antoine le fils de Marthe... je suis son père et je viens de l'apprendre il y a seulement quelques jours. Je vais te raconter les choses telles qu'elles se sont passées sans omettre quoi que ce soit, mais tu dois

comprendre que nous avons une différence d'âge et que j'ai pu avoir avant toi une vie et des liaisons. Il n'y a plus aucune relation amoureuse entre Marthe et moi, nous sommes uniquement liés par notre enfant et un respect mutuel.
Mado se rapprocha d'Antoine pour s'agripper à lui et fondre en larmes.
— Pardonne moi amore mio, je suis ridicule, mais c'est plus fort que moi, je t'aime trop et suis terriblement jalouse, je ne veux te perdre pour rien au monde, je ne peux pas supporter l'idée que tu puisses avoir une autre femme, je suis même jalouse de ton passé, même de cette conne de Marie Clémence ta filleule avec son air de sainte nitouche. C'est la première fois que je ressens ce sentiment de possession excessive. Je sais, c'est stupide et le comble c'est que je me suis toujours moquée des gens jaloux, je n'arrivais pas à concevoir cette inclination. Pardon, pardon, je t'aime, je suis folle de toi, je ne veux plus te quitter ! j'éprouve pour toi une passion incontrôlable, mais je te le promets je vais faire des efforts pour lutter contre cette propension insensée.

— « *Heureux qui a connu l'amour avant la passion* » disait Pascal, moi aussi je t'aime, je t'aime aussi comme une fleur fragile ornée de pétales délicats mais cette passion ne doit pas nous emporter l'un comme l'autre sur de mauvaises voies et des erreurs d'appréciation. Ma *ragazzina*, notre passion l'un pour l'autre ne doit pas nous tourmenter mais nous procurer du bonheur, mais ce bonheur ne peut pas durer indéfiniment.

— Que veux-tu me dire ?
— Tout d'abord que ces derniers temps nos nerfs ont été soumis à dure épreuve et en plus *ragazzina*, moi aussi, emporté par cette cécité amoureuse, je ne dois pas oublier mes vingt années de plus que les tiennes.

— Écoute moi bien, je refuse de l'entendre, pour moi il n'y a aucune différence, je veux vivre ces instants un à un, avec le plus d'intensité possible et toi tu me fais vibrer comme jamais personne ne pourra le faire. Je n'en ai rien à foutre du reste comme des convenances. Je te l'ai déjà dit amore mio, je te suivrai partout aveuglément. Tu peux m'amener où tes chemins te conduisent, quand je t'ai menacé de partir je sais au fond de moi que j'en aurais été incapable. Je t'aime trop pour te quitter, avec toi je me sens une femme, c'est l'essentiel. Entre deux êtres qui s'accordent l'infini n'existe plus.

— Il ne s'agit pas de faire insulte au bonheur mais de se projeter dans l'avenir.
— L'avenir c'est chaque seconde fugace du présent qui s'écoule et mon présent c'est un avenir coloré de ta tendresse, alors fais-moi encore tourner la tête, je ne me lasserai jamais de toi et je vais m'employer à te dédier mon désir pour susciter le tien.

Antoine n'avait plus d'argument si ce n'est d'étreindre Mado fort contre lui et l'embrasser longuement. Mado lui donna la preuve immédiate de sa sincérité charnelle ne ressemblant en rien à un traitement compassionnel, les précipitant tous deux dans une nuit sensuelle où avenir et présent s'entremêlaient dans cet infini de l'invisible. Unis dans l'intemporalité amoureuse, à ce moment-là le temps ne comptait plus... Mado avait peut-être raison....

« Je parlerai d'amour dans un lit plein de rêves
Où nous serons tous deux comme l'or d'un anneau... »

C'est en se récitant ces vers d'Aragon qu'Antoine se réveilla dans la petite chambre, son corps recouvrant celui de Mado, étendue nue sur le drap de coton blanc. Qu'elle est belle, elle porte en elle l'innocence d'un ange, le fruit d'une jeune semence que le vent a porté tout contre moi. Le temps est un défi cruel, une injure à la vie. L'inexorable de sa mécanique ne permet pas de figer les aiguilles de cette l'horloge qui poursuivent leur route sans se soucier du destin de chacun. Comment pourrais-je freiner cette infaillible machine ? Comment puis-je suspendre la course fugace de ces instants ? Les yeux fermés, Mado sourit de l'insolence virginale de sa bouche laiteuse pour interrompre Antoine perdu dans sa mélancolie. D'une petite voix minaude, elle soupira encore endormie « *bonjour amore mio, amour de ma vie donne-moi un bisou* » La langue un peu pâteuse Antoine déposa un léger baiser sur la commissure de ses lèvres encore brûlantes.

— Tu m'en veux ?
— T'en vouloir pourquoi ?

— Pour la scène d'hier en rentrant, ma crise de jalousie stupide.
— Comment en vouloir à quelqu'un qui vous aime et que l'on aime. Non pas du tout ma *ragazzina* ! Allez maintenant il faut se lever, allons prendre un capuccino au petit bar du village avant que Gabriella passe nous prendre.
L'archéologue, dans une tenue appropriée à son travail, affichait à première vue du tempérament. Celui d'une conviction inébranlable qui donne à son engagement au service de l'histoire de son île cette vocation d'aller fouiller méticuleusement durant des années entières chaque anfractuosité et des minces couches de sédiment. Armée de pioches, pelles, truelles, pinceaux et d'une précieuse pince à épiler pour trouver des indices, cette obstination d'enquêtrice scientifique lui permettait de voyager au plus lointain sur les traces d'une civilisation disparue, ayant laissé ses empreintes et quelles empreintes quand elles étaient aussi monumentales. Gabriella n'économisait pas son énergie pour scruter et essayer de comprendre la signification de ces idées primitives s'illustrant dans ce langage plastique, cette langue usuelle et sacrée de pierres massives s'affichant sur ce territoire par de nombreux vestiges aux dimensions cyclopéennes, tous chargés d'énigmes qu'elle s'employait à décrypter.
— « Alora vi dice di fare un salto quattromila anni fà ? Alors, ça vous dit de faire un saut de quatre mille ans en arrière ? » Et bien montez dans mon carrosse, c'est un peu poussiéreux mais il est efficace pour nous rendre

sur les pistes cabossées. Je vous amène sur une nécropole, j'encadre actuellement mes étudiants sur des recherches in situ. Je dois dire qu'ils sont courageux, avec cette chaleur les conditions de travail sont ardues. Il faut s'abriter sous des parasols et beaucoup boire pour ne pas se déshydrater. Les jeunes sont motivés, c'est quand même extraordinaire pour eux de renouer sur le terrain avec cette civilisation nuragique de nos très vieux ancêtres. Vous savez j'ai des contacts fréquents avec mes confrères corses, nous sommes amenés à collaborer et nos échanges sont très fructueux. Il est évident que des liens existaient entre les Thorréens, plus concentrés dans le sud de votre île et les habitants de la Sardaigne. Les Corses sont eux aussi issus de cette antique population nuragique.

Gabriella, pourtant frêle et de petite taille, ne ménageait pas son vieux Toyota qui sautait sur la piste. Sa conduite ressemblait davantage à celle d'un char d'assaut qu'à celle confortable d'une berline de prof de fac qu'elle était. Pour autant son côté Indiana Jones ne parvenait pas à masquer la féminité de ses traits pas plus que sa vivacité d'esprit.

— Nous ne pouvons pas nier notre une histoire commune avec davantage de relations dans le passé qu'actuellement et c'est bien dommage pour nos deux îles, cria Antoine pour se faire entendre, sa voix à peine audible couverte par le vacarme du gros moteur diesel emballé.

— Ah oui, je vous suis complètement, c'est même incroyable qu'avec les moyens de communication actuels nous n'ayons pas plus de liens.
— Nous avons tout à y gagner, nos problématiques dans la plupart des domaines sont identiques et un vrai rapprochement nous serait profitable pour des raisons évidentes et au-delà de la Sardaigne et la Corse avec les autres îles de la méditerranée.
— Vous n'êtes pas trop secouée Mado ?
— Un petit peu, mais je me cramponne, j'ai une grande habitude des pistes en Afrique et j'ai connu largement pire.
— Ah vous me rassurez. Il m'arrive d'amener des étudiantes un peu mijaurées, c'est un peu un baptême du feu par rapport à ce qui les attend. Finalement le travail de fouille ça ressemble au bagne, mais si l'on est passionné parce que l'on fait, la boue, la chaleur comme l'humidité ne vous gêne même plus et les joies de la découverte sont telles que l'on oublie les souffrances. Nous voilà !
Gabriella avec son talent de conférencière avérée leur fit un exposé détaillé du site, énumérant chaque détail qu'elle resituait chronologiquement dans leur contexte historique, sachant éclairer ses deux auditeurs privilégiés, sur les périodes différentes de ce que communément nous appelons la Préhistoire. Son récit était si captivant que le couple en oubliait la chaleur se laissant transporter dans les arcanes de ce monde où les hypothèses laissent encore la place à un imaginaire envoûtant.

Ces groupes d'êtres humains anciens, après leur long nomadisme, s'étaient sédentarisés et avaient su s'organiser autour de leurs activités nourricières avec leurs rites et leurs croyances. Au vu de leurs édifications monumentales d'énormes pierres érigées on ne sait encore trop comment, l'on pouvait deviner l'intérêt qu'ils portaient à cette recherche perpétuelle d'une réponse à ce miracle de la vie.

— C'est probablement en s'efforçant de croire qu'après leur mort il existait un au-delà, donna comme réplique Antoine pour rajouter aussitôt, malgré les millénaires qui nous séparent de ces hommes le questionnement est toujours identique et probablement la quête de vérité n'est aujourd'hui guère différente.

Le temps pouvait diluer l'histoire des communautés, de leurs croyances et traditions mais il ne pouvait faire disparaitre cette angoisse de la mort et la grande aspiration à l'éternité. Cette volonté de perpétuation de leur culte, située dans le passé, aux confins de notre propre histoire, était une raison de vivre qui passait par la protection jalouse et nécessaire de leur territoire et pourquoi pas la conquête éphémère d'une forme de bonheur et de liberté.

Et Gabriella poursuivit : Finalement qu'y a-t-il de si différent à notre époque ? En fait ces vestiges sont entourés de mystères au sein d'une énigme et qui se résument à deux questions : d'où est-ce que je viens, et où vais-je ? d'être est peut-être la seule compréhension du monde, mais elle met aussi en relief l'obsolescence de l'humain. Heureusement que nous avons aussi une démarche scientifique avec des analyses ADN et des datations au carbone quatorze qui nous ont fait progresser et aident à évoluer dans l'espace de lisibilité du concret et la compréhension de cette organisation sociale. Voyez-vous ici nous sommes entre 1800 et 1500 Avant Jésus Christ ; au-delà de ces impressionnantes édifications de pierre, la taille et la solidité de ces matériaux, ce peuple n'a pas laissé des signes gravés de sa culture tels qu'on les retrouve dans des peintures rupestres. L'élaboration de la fonction de représentation des évènements et de leur pensée n'a pu se déployer pleinement. Il se peut aussi que le pillage et la mise à sac ainsi que le temps aient effacé beaucoup de leurs traces. Néanmoins nous avons mis à jour de nombreux objets, ce qui nous permet d'avoir un degré plus grand d'abstraction, une forme de mise en récit de la vie quotidienne de nos ancêtres. Nous pouvons affirmer compte tenu de la finesse de ces objets que cette population avait atteint un certain degré de sophistication. Mado et Antoine, comme de sages élèves, écoutaient attentivement leur professeur, posant chacun, avec leur savoir respectif, des questions pertinentes à Gabriella, qui heureuse de cet auditoire d'exception trouvait une saveur particulière à y répondre. Cette entente implicite les amena jusqu'au soir, tous trois ayant trouvé un réel plaisir à partager cette journée fructueuse d'entretiens. Ils conclurent leur journée autour de cette glace rafraîchissante tant désirée par Mado, se faisant la promesse de se retrouver à nouveau durant le séjour.

— Ne sois pas trop gourmande *ragazzina*, tu n'as pas oublié le dîner de ce soir qui nous attend au *Stazzu* ?

— Non, mais je suis très gourmande et après le dîner j'ai même l'intention de dévorer le plus succulent des desserts, Amore mio, susurra Mado à l'oreille d'Antoine.
— Fais attention à de ne pas avoir une indigestion.
— Non, c'est comme les châtaignes et les oursins, la tentation est trop grande et on a toujours la place pour le suivant... et je ne suis jamais rassasiée de toi.
— La table était déjà mise et petit Jean avait réussi à y prendre place avec l'aide de Lucia son infirmière. Présente au repas et ayant réussi à prendre sur son temps de travail un créneau pour continuer à prodiguer à son malade ses soins, elle se tenait toute proche de son patient, attentive à la moindre défaillance de ce dernier. Quand Mado et Antoine apparurent, ils furent accueillis chaleureusement par les deux bergers. Petit Jean, même d'apparence encore fébrile, semblait heureux. Lucia se précipita pour embrasser Mado puis elle lui fit un compte rendu médical détaillé. Mado posa les questions basiques de circonstances, puis toutes deux décidèrent d'examiner ensemble leur patient après le dîner. Antoine raconta brièvement ce que fût leur journée pensant que leurs hôtes n'avaient peut-être pas trop d'intérêt pour ce qu'est l'archéologie. Puis il entama avec Aurelio et Eficio une conversation sur l'élevage. Les bergers ne s'attendaient pas à avoir chez eux quelqu'un possédant des notions si précises liées à la pratique de la conduite d'un troupeau. Ils étaient ravis d'avoir un interlocuteur autant capable de comprendre les difficultés de cette profession que la passion qui les anime et pour cause... Quand Antoine leur révéla ce qu'était son travail, ils se

sentirent encore plus proches de lui et spontanément leur confiance fut totale. Les métiers ont cette extraordinaire faculté de rapprocher ceux qui les vivent au-delà des frontières et des langues et de les unir dans des communautés de pensée. Les hommes partagent sans trop le savoir, où qu'ils soient, les mêmes préoccupations et pour eux c'était la santé de leur bétail, le bien-être de leurs moutons, la quête des meilleurs pâturages et la qualité de leur lait. Puis au bout de la chaîne le prix qu'il pourrait en tirer pour poursuivre leur labeur et nourrir correctement leur famille. Comme il est habituel dans une tablée de plus de trois personnes, les discussions se croisent et le sujet de Lucia et Mado était plus en rapport avec le bon usage de la médecine que celui des propriétés des bonnes pâtures. Quant à petit Jean, au beau milieu de ces palabres, il était heureux et rassuré. Apaisé aussi d'avoir eu des nouvelles de sa mère Antonia par l'intermédiaire de Marie, qui dans l'après-midi avait eu son fils au téléphone. Au village en Corse, tout était redevenu calme. Les estivants pour la plupart étaient repartis, Maryse et sa famille devaient, en fin de semaine, rejoindre le continent. Marie Clémence avait laissé Benoît à sa mère et était redescendue travailler mais ce qui mobilisait dans l'immédiat l'attention de petit Jean c'était Lucia. Lucia, très attentionnée, lui était apparue comme une divinité pour le soigner mais aussi le réconforter. Manifestement elle exprimait à son égard de la douceur, de la gentillesse comme aucune autre. Il était persuadé qu'en vérité sa chance dorénavant portait un nom : Lucia ! Elle en était également convaincue.

Tous deux vivaient le début d'une romance imprévisible les ayant surpris au détour de leur vie.

— *Allora*, comment a été ce repas ?
— Loin d'être frugal ! Répondit Mado.
— J'ai eu raison de décliner l'invitation, je connais que trop l'appétit intempérant des deux frères, c'est une contre-indication à un régime, bon j'espère que vous n'êtes pas trop vaseux. Aujourd'hui nous changeons de registre, nous revenons dans le présent, je vous emmène visiter Orgosolo et ses murales, c'est dans la province de Nuoro. La Barbagia est une région typique je suis certaine que cela va vous plaire. Ne vous inquiétez pas, j'ai emprunté la voiture de papa, elle est plus confortable que la mienne.
Gabriella tout en déambulant dans ce musée à ciel ouvert dévoilait par ses commentaires à Antoine et Mado ce qu'elle était vraiment : une femme bien dans son époque. Face à ces peintures qui ornaient les murs du village retentissaient ses convictions. Elle avait tourné momentanément le dos à la Préhistoire pour faire un grand écart et parler des luttes populaires contemporaines. Cette forme d'écriture du présent ne côtoyait plus le rituel de la mort de ces temps anciens, à l'aube de l'humanité, qu'elle explorait habituellement. Là, Gabriella de plein pied dans les réalités actuelles de ce monde, adhérait sans retenue aux causes nobles des messages de révolte portés par ces artistes ayant trouvé pour les exprimer, comme support, les murs d'un village dans le cœur de la Sardaigne.

— Cette âme de rebelle de ceux qui n'acceptent pas la soumission, la fatalité et les lois qu'imposent les dominants transparait dans ces lieux. Vous pouvez ici admirer dans la diversité artistique de ces illustrations allégoriques, la narration qui est faite d'évènements politiques scandaleux. C'est une des plus belles manières de dénoncer les injustices et ici l'art trouve ce qu'est réellement sa vocation, éveiller les consciences. Gabriella était fidèle au tableau qu'avait brossé d'elle son père, c'était une femme avec son franc-parler, engagée comme l'était Mado dans ses combats humanitaires, ou encore comme l'avait été Filippu Antò durant l'occupation, ne pouvait s'empêcher de penser Antoine.
— Voyez-vous, ici, la tradition ne s'oppose pas à la modernité, elles voisinent dans les peintures. D'ailleurs ici l'on continue à parler la langue sarde.
— Tu sais Gabriella, selon certains ethno-linguistes il y a une relation de la société à la parole, cela suppose qu'existent des dynamiques de convergences et de divergences ethnoculturelles. Reste à savoir, si dans les rapports entre la culture et la langue, l'un des deux prédomine. Il ne faut pas non plus négliger le facteur affectif. En ce qui me concerne je pense que la langue est gouvernée par des structures qui sont le reflet des rapports inconscients entre langage et réalité. En clair il y a une interaction évolutive et les langues minoritaires ont toujours été victimes de facteurs externes puissants s'opposant à une culture locale affaiblie. Les langues sont avant tout le moyen codé de l'échange. Aujourd'hui elles le sont plus que jamais et sont fragilisées par un

système de globalisation dominante. Le langage est l'empreinte de l'esprit et de la vision du monde. Quand bien même si les langues évoluent, se transforment et s'exécutent pour produire de la pensée, c'est peut-être la pensée elle-même qui transforme la langue. Donc s'il on veut agir efficacement pour préserver nos langues corses ou sardes, il faut agir sur notre manière de penser, elle-même tributaire de notre mode de vie. Pour conclure je vous dirais que pour résoudre un problème il faut savoir se poser les bonnes questions. La question centrale est de savoir si l'on veut persister dans ce qui pour moi est une fuite en avant. C'est à dire si nous sommes prêts à sacrifier beaucoup de nos acquis locaux ancestraux ou et faire machine arrière mais aussi adapter notre mode de vie plus humblement dans le respect absolu de ce qui nous entoure. Ce retour n'est d'ailleurs pas du tout incompatible avec le développement des sciences et d'une modernité, bien au contraire. La préservation de notre patrimoine, qu'il soit culturel, linguistique, environnemental et finalement de ce que nous sommes passe par cet extraordinaire défi. Nous ne manquons pas d'outils, reste à trouver la volonté pour y parvenir.

— Bravo Antoine, j'adhère sans retenue, quelle chance tu as Mado, je vais te piquer ton homme... !
— Impossible Gabriella, j'ai dressé les murs les plus épais de la plus imprenable des Nuraghe.
— Bon, dans ce cas je vais me résigner et me consoler dans les bras de mon fiancé Léandro, ce soir je vous le présente, il est d'Alghiero, enfin nul n'est parfait. Nous

nous sommes connus à la Fac, c'est un océanographe et il continue à y enseigner la bio-écologie marine. On ne fait que se disputer mais on s'adore. Lui c'est la mer et moi la terre. Il passe son temps avec un masque et un tuba à chercher du plancton sous l'eau et moi à chercher dans le sol de minuscules fragments d'os ou de terre cuite quand nous ne sommes pas dans nos labos. En fait nous sommes très complémentaires et nous ne pouvons pas nous passer l'un de l'autre et puis nous avons toujours plein de choses à nous raconter. Je crois en réalité que nous avons beaucoup de chance. Et cette chance, Gabriella, comme Léandro, savaient la partager ainsi que leur gaité et leur joie de vivre. Ce séjour d'un intérêt de tous les instants, entrecoupé de moments de tendresse et des haltes obligées à la poursuite de la cure friande de glaces pour Mado faisait presque oublier au couple d'amoureux qu'il fallait rentrer en Corse. Petit Jean se sentait mieux mais devait poursuivre sa convalescence et rester encore pour sa sécurité au *Stazzo*. Lucia passait de plus en plus de temps avec lui pour finir par dormir sur place. Puis vînt le jour du départ et le moment des adieux.

— Au revoir Antoine, dis-moi que tu vas revenir... *a sai ti tengu più caru chè sè tù eri u mo fratellu*. Tu sais que je t'affectionne davantage que si tu étais mon frère.

— Ne t'inquiète pas Jean Jean, tu sais que je dois rentrer pour ma mère, pour le troupeau, pour Mascarellu, enfin je n'ai pas le choix et puis je dois aussi rassurer ta mère, elle a besoin de savoir comment tu vas. Pour Mado et moi ça était une histoire imprévue mais magnifique même si notre escapade a commencé un peu... disons précipitamment et c'est aussi beaucoup grâce à toi.

— Ah tu as toujours plaisanté, tu t'efforces continuellement de voir le bon côté des choses mais cette fois-ci je peux te faire le serment de tourner irrémédiablement le dos à mon passé de merde. Après ce qu'il est advenu, j'ai beaucoup réfléchi, je suis décidé à changer. Tu verras, tu seras fier de moi, et puis je peux te le confier, je crois avoir trouvé mon âme sœur et j'ai envie de construire avec Lucia un avenir. Celui d'un homme qui après sa journée de travail rentre chez lui le soir, serein pour retrouver sa femme et ses enfants, pour diner avec eux et s'endormir paisiblement. Les regarder grandir, comme regarder pousser les pieds de tomates dans son potager et les voir mûrir.
— Jean Jean tu ne peux pas savoir à quel point tes paroles me réconfortent. Je suis déjà fier de toi et je suis persuadé que ce ne sont pas des paroles en l'air. Je te connais mieux que quiconque pour savoir que tu as un bon fond. Dès que j'arrive chez nous, je te téléphone, prend bien soin de toi. Je t'aime mon Jean Jean.
— Moi aussi Antoine, *Avvedecci u mo amicu*, au revoir mon ami, sois quand même prudent avec tous ces fous chez nous.
— *Ùn ti ne fà, cosa voli ch'ellu m'accadi* ? Ne t'en fais pas, que veux-tu qu'il m'arrive de mal ?
Aurélio et Eficio avaient préparé deux énormes tommes de brebis de leur production, dont une à la croûte noire, Eficio spécifiant que la pâte était plus dure et parfaite

pour râper sur des lasagnes et l'autre à la croûte dorée plus affinée au goût de noisette et sublime quand elle s'accompagne de figues ou de raisins. Puis Lino prit en charge le couple, non sans avoir fait un crochet pour que tous deux saluent et remercient don Simone et Gabriella pour leur accueil et leur générosité.

— Antoine, je suppose que votre ami va devoir rester encore un bon moment chez nous avant que le ciel s'éclaircisse pour lui, mais ne vous inquiétez pas, nous allons en prendre soin. Vous pouvez rassurer ses proches et sachez qu'ici vous serez toujours le bienvenu. N'hésitez pas à faire appel à moi si vous avez le moindre problème.
— Merci mille fois Don Simone, vous ne pouvez pas savoir à quel point nous vous sommes reconnaissants, j'aimerais à mon tour si je le peux vous rendre la pareille.
— Non Antoine vous n'êtes pas redevable, c'est moi qui vous le suis indirectement et sans que vous le sachiez.
— Pardonnez-moi Don Simone, mais j'ai du mal à vous suivre.
— On peut parfois juger les hommes hâtivement en se laissant piéger par les apparences. Pour beaucoup Max comme moi sommes des gens peu recommandables mais nous pouvons aussi avoir eu accès à certaines pensées, j'irai jusqu'à dire une forme de moralité. Max m'a ouvert les portes d'un enseignement qui allait au-delà de la culture, qui ne peut être parfois qu'une simple accumulation de connaissances. Il m'a enseigné la sagesse et ce voyage initiatique vous lui avez offert dans des circonstances

dont je sais l'origine. Je sais que vous l'avez instruit d'une réflexion dont par sa transmission j'ai pu bénéficier, je suis vieux et c'est un trésor qui m'accompagne même s'il exige un questionnement permanent. Voyez-vous Antoine, vous avez essaimé jusqu'ici votre esprit, *chì Diu vi benedica*. Que Dieu vous bénisse. Bonne route.

— Au revoir Don Simone, au revoir Gabriella, la prochaine fois c'est Luigi qui vous rendra visite.

— Dites-lui bien qu'on l'attend.

— Je vous le promets.

Ce sentiment contrasté de tristesse et de joie étreignait Mado et Antoine. Ils avaient l'impression de laisser un peu d'eux mêmes dans cette Gallura riche de ses gens, riche de son histoire et où ils avaient pu vivre des moments intenses de bonheur. Mais Antoine avait une sensation bizarre, un trouble indéfinissable dont il n'arrivait pas à définir la raison.

— A quoi penses-tu amore mio ?

— L'aventure humaine n'est jamais banale. Depuis le quinze août j'ai eu cette impression d'être entraîné dans un tourbillon, une accélération du temps ponctué par des émotions fortes, presque violentes. J'ai vécu intensément ces derniers jours mais curieusement sans aucune maîtrise de la chronologie des faits qui se sont succédés, pas plus que je n'ai eu de prise sur les faits eux-mêmes. Ce retour en Corse vers ma vie ordinaire sonne comme une piqûre de rappel qui, si je l'avais oublié, me montre à quel point nous sommes des êtres précaires et décidons en réalité de peu de choses. Je vais retomber dans mon quotidien et ce quotidien rythmé par mes habitudes m'a endormi des années dans une banalité et une lenteur inconsciente d'une vie qui s'est écoulée insidieusement. J'ai l'impression qu'un temps donné est accordé à chaque individu et que souvent nous oublions cette loi arithmétique de ce temps qui ne fait que passer.

— Tu sais amore mio, je ne suis pas une philosophe, je suis une simple médecin et face à l'urgence je ne me pose pas toutes ces questions. J'ai beaucoup côtoyé la mort et j'ai presque fini par l'apprivoiser mais j'ai toujours cherché à soigner de mon mieux le vivant. Tu as certainement raison le temps passe et il est difficile de guérir les blessures de la vie, c'est pourquoi il faut essayer de vivre intensément chaque seconde du bonheur quand il se présente et les emmagasiner comme le fait le chameau dans sa bosse. Antoine chéri, tu as su faire frémir mon corps, tu fais vibrer mon âme et, tu vois, la subjectivité de ces merveilleux moments de la vie, qui resteront gravés à jamais en moi, vaut tout autant qu'un calendrier objectif qui est censé marquer l'intensité de dates telles que celles de Pâques ou Noël. Il y a des moments où tout s'accélère et se respire ardemment sans que l'on ait le temps de chiffrer la charge émotionnelle des événements et c'est très bien ainsi.

Antoine repensait aux paroles de sagesse de sa mère : « *U spriritu cerca, u core trova...*L'esprit cherche, le cœur trouve... » Puis il songeait à ce couple fusionnel qu'étaient Gabriella et Léandro, l'une pour qui le temps ne comptait pas et reculait des millénaires en arrière

pour flirter avec l'ombre d'une civilisation disparue et l'autre allant explorer les micro-organismes vivants, présents dans les eaux pour finir par se rencontrer tous deux dans leur vie commune. Est-il possible de se connecter au temps et trouver l'origine de ce qui l'est réellement ? L'amour, ce formidable cadeau qui génère de vraies émotions, n'est-il pas alors le seul instrument de mesure du temps qui permet par ses vibrations de le traverser, d'appréhender ses distorsions et sa relativité ? Alors bien heureux ceux qui aiment et ceux qui sont aimés, mais qu'arrive-t-il aux autres comme sa filleule Marie Clémence qui ont raccroché aujourd'hui ce processus de vivre et de durée à des connexions technologiques multiples, aussi nombreuses qu'éphémères. Qu'arrivera-t-il demain quand nous aurons délégué à l'intelligence artificielle notre échelle des rapports humains, vide de tout sentiment et prisonnier d'une autre dimension qui nous imposera un rythme aussi dénaturé qu'absurde ? Ne pouvant se raccrocher différemment au temps, les hommes des temps modernes ne veulent-ils pas tout simplement le tuer et ne finiront-ils pas par aboutir à un émiettement de ce qu'ils sont ?
Lino, attentif, conduisait prudemment, en direction du port, ses deux passagers, les rapprochant du départ, sans trop comprendre l'objet de leur conversation. Pour lui l'important était de satisfaire les désirs de Don Simone et d'être digne de toutes les tâches qu'il pouvait lui confier.

Ritornu

Retour

Il était tôt le matin, Antoine s'apprêtait à partir cette fois-ci pour l'avant-dernière fois à la montagne. Les pluies automnales avaient enfin fait leur apparition. Il devait chercher à localiser le troupeau pour, dans quelques jours, regrouper ses chèvres et les faire redescendre dans la vallée avec l'aide de Karim. Il savait qu'il lui serait impossible de dormir sur place. Jules étant monté avec son équipe de chasse avait découvert ce qui restait du *caseddu* incendié. Il avait informé Antoine de ce vandalisme perpétré par on ne sait trop qui, sans savoir qu'elle en était la raison. Finalement Jules après avoir tourné le problème dans tous les sens, supposait que l'origine de cet acte ne pouvait être qu'accidentelle, mettant ça sur le compte de randonneurs qui ayant trouvé refuge la nuit et n'auraient pas pris la précaution élémentaire d'éteindre le feu de cheminée en partant. Une étincelle aurait pu enflammer le gîte. Même s'il l'évoquait, il se refusait à croire un instant que l'origine était criminelle et que l'équipe de chasse adverse, « *di sti carnai*, de ces carnassiers », celle de « *quistù techju di Battì é Augustinone*, celles de ces repus de Batti et d'Augustin », ait pu faire une chose aussi odieuse.

Certes on avait soupçonné un moment les deux frères de vol de chien de chasse et même d'empoisonnement, on savait qu'ils avaient l'allumette facile mais de là à mettre volontairement feu au *caseddu* c'était inconcevable. Et puis l'espace était grand et le maquis avait pratiquement envahi tous les recoins et maintenant les sangliers n'étaient plus que des *razzoni,* cochons croisés et se multipliaient à foison. Il y en avait même trop et l'on ne trouvait quasi plus à donner la viande. De toute façon chacun avait ses battues et les membres de l'équipe concurrente ne chassaient plus qu'en quatre quatre. Ils ne prenaient les postes que sur les routes et les pistes et pratiquaient une chasse qui ne nécessitait aucun effort, en plus selon Jules, « *ils étaient trop fainéants ùn hanu più laziu di marchjà, ils n'avaient plus la volonté de marcher et à midi tapante ils quittaient la battue même si les chiens couraient encore. Il fallait qu'ils rentrent pour mettre les pieds sous la table.* » Non Jules avait fait une multitude d'hypothèses, c'était impensable, cela ne pouvait être eux, ni même ceux du village derrière la montagne, « *sti curnachjoni.* » D'ailleurs les concernant, les vieilles haines s'étaient estompées, aujourd'hui ils participaient à l'organisation du trail et les méfiances et rancœurs réciproques entre les deux villages avaient presque disparu. Non, non, assurément c'était un accident. Jules avait assuré Antoine qu'il allait mobiliser son équipe pour reconstruire le *caseddu.* Il en avait parlé à Jean Sébastien qui se débrouillerait pour obtenir l'aide d'un hélicoptère par l'intermédiaire du CODISS pour transporter les matériaux. Après tout le *caseddu* ne pourrait-il pas faire office de refuge pour les randonneurs en cas de mauvais temps ? En outre c'était l'occasion de le rendre plus confortable en y aménageant des toilettes et une petite cuisine. La source n'était pas loin et il n'était pas compliqué de la capter. Et puis à l'aide des panneaux solaires il pouvait y avoir la lumière toute la nuit et quand il pleuvait on pourrait jouer à la belote, on y verrait assez. Jules n'en finissait plus sur la future restauration qui devenait pour lui une mission qu'il s'était donné d'accomplir. Antoine l'avait écouté sagement, le remerciant pour son enthousiasme, mais il avait le cœur morose et le nouveau confort promis par Jules ne remplacerait pas ces vieilles pierres patinées d'histoires. Il lui semblait soudain que c'était la fin d'un monde, la fin d'une civilisation, la sienne, comme avait pu disparaître la civilisation nuragique. Peut-être bientôt le *caseddu* serait remplacé par un chalet flambant neuf ressemblant à ces abris de jardin des magasins de bricolage, comme on les voit partout dans n'importe quel endroit ou parfois aux abords des maisons dans les villages. Il serait surtout difficile de renouer avec le temps, ces temps immémoriaux rangés définitivement dans les tiroirs du passé d'une remise poussiéreuse. Resteraient des photos jaunies que l'on trouve occasionnellement aux puces où l'on y voit poser de vieux bergers au milieu du troupeau avec leurs ânes et leurs « *cursini* » chiens de race corse, appuyés fièrement sur leurs bâtons, leurs musettes et fiaschi, gourdes en bandoulière, leurs fusils à chien, cannes longues à l'épaule, prêts à braver les sommets pour y conduire leurs bêtes sur les vertes estives et vivre tout en haut en regardant au loin l'étendue de leur patrie d'été. Les clichés en noir et blanc où dans quelques temps l'on ne reconnaîtra plus personne, seront les derniers témoins de cette existence et peut-être sur l'un d'eux on y verrait l'ancien *caseddu*, avec assis devant sur la grosse pierre ronde un berger à la barbe blanche souriant, le regard perdu vers le ciel et fumant « *l'erba tabaccu* » du tabac dans sa pipe sculptée dans une racine de *scoba*, bruyère. La montagne dans quelques temps deviendra exclusivement le théâtre de loisirs, survolée par des drones ou autres dernières inventions pour distraire les imbéciles en mal de sensation qui ne savent plus quoi faire pour combler leur inexistence. Elle se consommera comme un vulgaire produit donnant l'illusion à l'homme moderne d'être libre, à ces pratiquants du bien-être, ivres de découverte et de grand air, d'ignorer ce que ces lieux furent. Antoine était nostalgique, Mado était partie, elle devait regagner son hôpital puis le mois d'après rejoindre son ONG au Darfour pour une ultime mission. Après elle raccrocherait et poserait ses valises pour chercher à s'installer en Corse, pourquoi pas dans le canton sous-médicalisé. Peu importe si la population était faible et si elle gagnait moins sa vie, mais cette décision la rapprocherait d'Antoine et puis elle pensait qu'ici elle serait utile à ces habitants abandonnés d'une vallée oubliée. Heureusement Antoine avait pu rassurer Antonia prétextant que petit Jean était parti pour rejoindre une fiancée avec laquelle ils avaient décidé de faire un long voyage. Marie sa mère était ravie, elle avait reçu une carte postale provenant des États-Unis de son petit-fils Paul Antoine. Elle attendait avec impatience sa venue pour les vacances de la Toussaint. Le courrier était aussi destiné à son père. Antoine avait lu et relu les quelques phrases pour s'imprégner de ces mots qui lui paraissaient déjà familiers. Ayant glissé l'enveloppe dans la poche de sa veste, l'écriture de la main de son fils lui donnait l'impression qu'il était déjà là, qu'il l'accompagnerait jusqu'en haut « *finu à quassù nant'à e cime* », jusqu'au sommet sur les cimes, traversant les maquis, les rivières, la forêt en sa compagnie, lui faisant découvrir la beauté de son royaume. Paul Antoine son enfant, sa descendance, celle perpétuée de son propre père Filippu Anto, cette lueur d'espoir. Il devait savoir attendre sa venue en rongeant son impatience. Ce fils prodigue, il le verrait dans quelques jours. Ce fils qu'il souhaitait façonner à l'image de ce qu'il est, tout en respectant sa propre trajectoire et ses choix personnels mais avec l'idée de le conduire au partage d'une intimité familiale, où vivent intensément liberté d'esprit et de penser. Après tout l'exercice de la transmission n'était-il pas pour Antoine celui d'enseigner la sagesse ? Cette sérénité endormie comme une Belle-au-bois-dormant dans la chaine indestructible des montagnes de la Corse pour qui le temps ne compte pas et attendant le jour d'une résurrection une fois la folie des hommes passée...

La latra pediniella
La voleuse aux pieds noirs

Karim, absent ce jour-là, devait passer le dernier examen avant la remise de son diplôme de berger, oui, parce que, aujourd'hui, pour exercer ce qui probablement est l'un des plus vieux métiers du monde il faut passer un examen spécialisé, parce que à notre époque une administration vampirique armée de ses stupides fantassins ne sait rien faire d'autre que de pondre directives et circulaires qui deviennent obligatoires. Tout doit être normalisé et des gens aussi zélés que bornés sont en charge du contrôle de ces mesures dites de protection, érigées par des énarques qui probablement n'ont jamais mis les pieds dans une quelconque bergerie, pas plus qu'ils n'ont effleuré de leurs mains blanches le pi d'une chèvre où trempé leurs doigts manucurés dans du lait caillé. Ces cadres moyens ou supérieurs se définissant comme des technocrates, risquent sans l'aide d'un GPS de se perdre en montagne et sont bien incapables de lire le temps en observant le ciel, pas plus que de sentir l'odeur d'une plante et reconnaître une herbe de prairie. Ces grands intellectuels, experts en toute chose, organisent les métiers de la terre à coup de règles et d'interdits. Dans leurs bureaux climatisés, devant leurs ordinateurs, ils prônent la biodiversité et ont réussi l'exploit de faire disparaître la « *fattoghja* » millénaire tressée de joncs pour la remplacer par une forme en plastique. Ces individus branchés, roulant pour la plupart en SUV, ont décidé que le fromage au lait cru ou le pain cuit dans un four à bois menaçaient la santé publique. Ces grands cerveaux à la substance molle, grassement payés pour leurs études de courbes et de tableaux, modèlent méthodiquement ce monde froid de l'impersonnel, celui du vide, où dans quelques temps, Antoine en était convaincu, leurs politiques échoueront lamentablement non sans avoir eu pour effet d'anéantir irrémédiablement la ruralité et ses gens. Pour couronner le tout au service de lobbyistes ils auront annihilé un mode de vivre et de pensée, et au passage la diversité. Finalement ils auront décimé les vraies richesses de ce monde, persuadés de le défendre. Si leur action avait été si efficace, cela se saurait et les équilibres se seraient maintenus, la montagne et les campagnes vivraient encore, elles ne seraient pas des déserts, elles continueraient à enfanter des générations de bergers et de paysans. Le danger n'était plus les guerres ou les envahisseurs venus de la mer, c'était pour Antoine cette administration kafkaïenne et son pouvoir désastreux soumise consciemment ou inconsciemment à l'unique règle du profit et incapable d'éprouver la moindre empathie pour la nature et ses hôtes. En fait ces gens-là n'étaient rien d'autres que les valets d'un système autant absurde qu'insensé, qui avait généralisé l'utilisation massive du glyphosate et autres pesticides et subitement venaient à calculer les désastres environnementaux dus à l'utilisation des cotons tiges et les dangers pour la planète de boire une menthe à l'eau avec une paille.

Arrivé à la bergerie, Antoine trouva Mascarellu allongé remuant le bout de sa queue, gémissant et refusant de se lever. Son chien était vieux, Antoine pensa qu'il avait probablement des rhumatismes et que le changement de temps qui se profilait pouvait lui provoquer des douleurs.
— *Ùn ti ne fà u mo cane, avà sì vechju, oghje starai quì, collerai a prossima volta...* Ne t'en fait pas mon chien, à présent tu es vieux, aujourd'hui tu resteras là, tu moneras la prochaine fois... Le chien glapissait bizarrement comme pour vouloir exprimer quelque chose regardant fixement Antoine dans les yeux avec l'expression d'une déception attendrissante.
— Que veut-tu me dire ? Ne t'inquiète pas cette fois je ne vais pas m'absenter longtemps, je ne resterai pas dormir là-haut sans ta présence, ce soir je redescends et je m'occupe de toi.
Antoine accroupi, le caressa avec douceur, « *ùn li mancà chè a parolla*, il ne lui manque que la parole », puis il se redressa pour lui tourner le dos, triste de devoir le laisser. Le chien dans une longue plainte exprima son affliction.
Après une bonne heure de marche, arrivé à la fontaine, Antoine remplit sa gourde. Il s'assit sur la même pierre où sa filleule Marie Clémence avait pris place pour

fumer une cigarette lors de ce jour magnifique en compagnie de Camille et Paul-André. « *Il faut que je m'occupe d'elle et surtout de Benoît, j'ai pris cet engagement, il faut que je l'assume. Je ne peux pas être le témoin passif d'une rupture avec la réalité et d'un isolement contemporain dont elle est victime et être aussi sévère que l'est Marthe à son égard. Après tout cette petite est courageuse, elle fait de son mieux pour élever seule son enfant et elle n'est pas fautive de tenter de vivre comme elle le peut avec son temps. Elle aussi a le droit d'être heureuse, elle a le droit à sa part de bonheur.* » Antoine ouvrit sa musette pour y retirer un morceau de pain dans lequel sa mère avait glissé une omelette aux pommes de terre, c'est un peu étouffe-chrétien mais que c'est bon, ici tout est meilleur... Il continuait à méditer sur la notion de bien-être, cette quête de bonheur légitime pour qui chacun est prêt au sacrifice quand il devient une ambition, s'accommodant comme il le peut du cadre de vie qui est le sien. L'environnement familial, professionnel, en premier lieu, celui de sa naissance et plus tard celui de sa vie sont-ils les raisons inhérentes de la clé de ce sésame ? Quel est dans le dédale de ce parcours, que l'on subit le plus souvent, le rôle du choix ? Mais la marge de ce choix, s'il existe, jusqu'où peut-elle aller ? Antoine pour la première fois ressentait une détresse dans sa solitude, elle lui pesait, son imaginaire ne suffisait plus à satisfaire sa plénitude, satisfaire sa soif de perfection. La chaleur d'une présence humaine lui était nécessaire, c'était un besoin comme elle l'est pour tout un chacun et seul ce jour-là, sans même la compagnie de son chien fidèle, il éprouvait la sensation d'un manque. Il se décida à reprendre sa route pour faire étape à la petite chapelle et se remémorer cet instant où Marie Clémence pénétra avec sa candeur dans ce lieu saint pour s'agenouiller devant la statue de bois. Que cherchait elle dans sa prière ? Invoquait-elle une aide pour elle ou Benoît et à qui se confiait-elle ? Et après tout si Dieu existait ? Cette entité indéfinissable, abstraite vers laquelle les hommes se tournent pour répondre à leurs tourments, ce symbole de la lumière et de l'éternité... Je n'ai pas réussi à gagner la foi pour m'être posé trop de questions et par mon orgueil voulant défier un mystère qui m'est inaccessible, j'ai conclu avec insolence que seules science et raison avaient du sens ? Ce calme et cette beauté qui m'entourent ne sont-ils pas la preuve d'une créature divine, d'un génie tutélaire, un grand architecte à l'origine de cette genèse qui aurait su ordonner cette perfection de l'univers à l'exception peut-être de l'une de ses créations, sa seule erreur : l'homme ! L'homme cet être incalculable, qui souille tout ce qui l'entoure, ayant cette arrogance de croire qu'il est la race élue, supérieure aux autres, ne met-il pas en péril tous les équilibres ? Ce cupidon vaniteux, qui programme avec un acharnement inexplicable sa propre disparition après celle des autres espèces, a oublié ce que pouvait être son salut : la sagesse. Et cette sagesse d'où nous vient-elle si ce n'est du divin ?

Antoine poursuivait son ascension pour traverser la forêt de lariccio et déboucher sur la hêtraie d'or. Il marchait maintenant sur un tapis de feuilles jaunes rougies, une symphonie de couleurs pourpres habillait les rameaux à longues tiges dans une allée majestueuse, celui de l'entrée d'un palais, peut- être menait-elle à une porte, celle d'un paradis ? Il éprouva le besoin de partager cette beauté. Je respire cette générosité de la nature mais elle n'est pas faite pour que je la vive seule. Il ne pût s'empêcher de penser à Mado, à Marthe et leur fils Paul Antoine, puis à sa mère Marie ainsi qu'à petit Jean et sa filleule Marie Clémence, son petit garçon Benoît au beau sourire plein d'innocence. Dépassé le clair-obscur de la frondaison, la sortie était éblouissante, le spectacle grandiose des montagnes faisait penser à Antoine qu'il était au pied de l'olympe. Il s'avança sur la pelouse entourant les *pozzini*, un vol de ramiers lui fît lever la tête, plus haut dans le bleu limpide du ciel planait une ombre silencieuse, les ailes déployées *l'altore* souverain flottait dans les cieux. Antoine était émerveillé, il ressentit ce besoin de s'élever vers cette pureté céleste, puis son regard alla en direction du rocher, peut être pourrait-il voir Ribella, cette fois-ci elle n'était pas là au rendez-vous ? Soudain il vit briller en face un éclat, subitement il sentit une forte brûlure dans sa poitrine suivit d'un bruit de tonnerre retentissant qui résonna jusqu'au fin fond de la vallée. Au même moment Mascarellu dans un hurlement déchirant de douleur fit écho tout en bas au coup de fusil. Antoine vacilla puis s'écroula dans l'herbe fraiche, sa vue devient trouble il releva légèrement la tête sentant un souffle léger sur son visage pour voir se pencher au-dessus de lui les yeux humides plein de larmes de chagrin sa chèvre blanche.

À cent mètres de là, deux hommes ventripotents derrière une grosse pierre, l'un encore agenouillé, penché sur sa carabine l'œil collé à la lunette, s'exclama fier de son tir : « Je l'ai eu ! » puis il se releva bombant le torse, sur son tee shirt était inscrit en toutes lettres « *A populu fattu bisogna à marchjà !* »

Ghjesucristu ùn paghà micca tutti i venderi sera...
Jésus christ ne paye pas tous les vendredis soir...mais quand il paye...

Deux années s'étaient écoulées depuis,Nazone avait passé une nuit agitée pour se réveiller au petit matin la tête lourde et découvrir dans un lit sans dessus- dessous deux femmes à moitié nues. Des vêtements jonchaient le sol de la chambre ainsi que des bouteilles d'alcool et verres renversés. Il ne se souvenait plus très bien de ce qui c'était passé la veille sauf qu'il s'en était mis plein le nez avec ces deux petites salopes qu'il avait ramené de la boite pour finir la soirée. « *Bon il va falloir que je jette dehors ces deux pétasses...* »

— Allez, allez les putes levez-vous !
— Oh, on a sommeil, laisse- nous dormir encore un peu.
— Dégagez immédiatement avant que je vous prenne à coup de pieds dans la bouche.
— T'es pas sympa, tu veux que je te fasse encore une petite gâterie ?
— Tu n'as pas compris connasse, ta copine et toi vous me foutez le camp, vous donne cinq minutes, prenez vous encore un peu de poudre dans le saladier et allez

pioncer où vous voulez !
— Bon ça va, ça va , ne t'énerve pas, pourtant on a été gentilles avec toi, on t'a fait tout ce que tu voulais, ça va on se casse mais, nous, tu ne nous revois plus !
— Oui bien sûr, c'est ça, allez-vous faire tirer ailleurs !

Nazone était pressé, il attendait une importante livraison d'Espagne, cela devait être de la pure qu'il pourrait couper, cette fois-ci il ne serait pas en rupture. Il régnait en maître sur tout le secteur et avait éliminé toute la concurrence alors il fallait qu'il soit en mesure de fournir et comme dans le business il était réglo il fallait que la dope soit de qualité, c'était important pour la réputation. Son seul vrai souci c'était le blanchiment, quoique l'immobilier ça marchait bien mais peut être maintenant il fallait passer à la vitesse supérieure, commencer à investir sur le continent et se diversifier. Ici c'était déjà le cas dans les sociétés de transports, le BTP, les produits pétroliers et la grande distribution. Toutes les portes lui étaient ouvertes, les notables et politiques il les avait à sa botte, d'ailleurs bon nombre d'entre eux se disaient ses amis et se faisaient un plaisir de lui rendre service. Il est vrai qu'à un certain moment pour le marché des déchets, il avait dû en secouer quelques-uns, histoire de se faire respecter et d'écarter des prétendants, mais aujourd'hui ils se démenaient tous pour lui rendre service. Nazone arriva à sa voiture dans le garage, il s'était acheté le dernier modèle de Mercedes de luxe, l'AMG GT coupé. Je devrais aller me faire un tour à Monaco, là-bas elle va bien dans le décor et moi aussi, je pourrais me prendre une suite au Louis XV et je me vois bien la garer devant le café de Paris, enfin peut-être j'irai pour le grand prix ? Cette fois-ci je vais proposer à Marie Clémence de m'accompagner, je vais lui en mettre plein la vue, il faut que je me la saute. Elle a toujours aimé les voyous et, avant, elle m'a toujours repoussé. Pourtant j'aurais fait n'importe quoi pour elle. Elle devrait savoir que maintenant c'est moi le plus fort, c'est moi le patron et tous ces petits minables avec qui elle est sortie je les ai mis au pas à commencer par son frère. D'ailleurs celui- là on n'est pas prêt de le revoir et depuis que Batti et Augustin ont dégommé son ami berger il doit se chier dans le froc. Si ce moins que rien avait accepté de travailler pour moi, ça nous aurait rapprochés et sans doute elle aurait fini par céder mais maintenant j'ai pu avoir son numéro de téléphone et je lui ai fait parvenir le mien, je vais l'inviter, je suis persuadé qu'elle aime les hommes comme moi, les vrais qui en ont dans le pantalon et pas ces pédales. Elle va finir par accepter de dîner avec moi. Je vais la couvrir de cadeaux, les femmes aiment la puissance et l'argent, on peut toutes les acheter, ce n'est qu'une question de prix et j'ai les moyens de me payer n'importe laquelle. Je crois que c'est parce qu'elle me résiste qu'elle m'a toujours fait bander. Nazone arriva à sa voiture et y pénétra quand le téléphone sonna, c'était Marie Clémence.

— Bonjour Marie-Clémence, tu vas bien? Justement je pensais à toi, je souhaiterais t'inviter.

— C'est très gentil de penser à moi, mais je dois te passer quelqu'un qui veut te parler.

— Bonjour gros enculé, tu me reconnais c'est Jean Jean, je voulais te donner le bonjour de mon ami Antoine.

Nazone devint blême et n'eut pas le temps de réagir qu'une forte explosion déchiqueta la voiture en mille morceaux et son passager, suivie d'un incendie qui enflamma le garage et les trois autres bolides garés dans le sous-sol.
Petit Jean n'était plus venu en Corse depuis deux ans. Dans la nuit il s'était rendu au village en compagnie de Luigi et deux hommes venus de Sardaigne. Ils avaient surpris Batti et Augustin dans leur sommeil. Les deux éleveurs n'avaient pas eu le temps de réagir. Leurs assaillants les avaient bâillonnés et ligotés dans leur lit puis les avaient emmenés dans un van. En bas de la vallée écarté d'une bonne centaine de mètres de la route se trouvait un trou où les bergers avaient coutume autrefois de faire disparaître les cadavres d'animaux. Petit Jean avec Antoine, quand ils étaient gamins, bravaient l'interdit de leurs parents pour aller jeter des pierres dans la profonde crevasse et les entendre rouler jusqu'à ce que le bruit se perdant dans les entrailles de la terre devienne inaudible. Arrivés sur place les deux frères se mirent lamentablement à genoux cherchant à implorer la pitié de leurs bourreaux. Batti s'était uriné dessus et Augustin dégageait une odeur pestilentielle d'excrément. Mais rien ne pouvait y faire.
— Jamais vous n'auriez dû faire ça, « *ch'è tu brusgi à legne verde è ch'idda s'imprunisca a vostra porta !* » que ton corps soit brûlé au bois vert et que votre porte se

recouvre de ronces ! Petit Jean la main ferme pointa son arme sur la tête de Batti, puis appuya sur la gâchette, ce fût ensuite le tour d'Augustin. Les deux corps furent précipités dans le trou sans fond que les bergers avaient appelé autrefois « *U pozzu di l'infernu* » le puit de l'enfer. « *Ch'é vi manghjini i corbi in lu vangaronu !* » Que les corbeaux vous déchiquêtent dans le ravin ! Après quoi, silencieux, le commando regagna la villa. Marthe les attendait.

— C'est fait ! dit simplement Luigi en pénétrant dans la maison.

— Que vas-tu faire Jean Jean maintenant ?

— Après le coup de téléphone que je dois passer dans la matinée à ma sœur, je rentre. Maman est restée là-bas avec Lucia ma femme et notre petit bébé. Cela fait un an qu'il est né, nous allons le baptiser le mois prochain, il s'appelle Antonio Maria. Mado a accepté d'être la marraine et Paul Antoine ton fils comme tu le sais sera le parrain. Nous aimerions bien que tu l'accompagnes et bien entendu Luigi est attendu aussi. Marie Clémence doit nous rejoindre avec Benoît. Ils s'y rendront en voilier emmenés par un ami. Ils ont prévu de visiter l'archipel de la Maddalena et faire escale au port de Palau. C'est là où je travaille avec mon beau-frère Lino. Don Simone et Gabriella se sont occupés de tout avec l'aide de deux bergers dans un magnifique endroit dans la montagne Gallurese. On essayera de faire en sorte que ce soit une belle fête même si ce moment sera pour nous tous émouvant.

— Écoute Jean Jean, je viendrai et je vais m'organiser

pour que Marie soit elle aussi présente. Le choc a été tel qu'elle a perdu la tête et elle croit que Paul Antoine est son fils, c'est mieux ainsi. Depuis qu'elle vit avec moi, je l'ai installé dans la chambre de Max. Je lui ai fait faire une petite chapelle dans la villa et quelque fois le père Piotr viens lui dire la messe. C'est assez incroyable, à ces moments-là, son visage s'illumine d'un beau sourire, comme si elle avait une apparition. Ça paraît idiot mais j'ai l'impression qu'elle voit Antoine...

« *Bon anima indù idda hè* » bonne âme où qu'elle soit.

LUCCI DI GRANITU
Lumière de granit

Les ruines *di i caseddi** coulent leurs larmes dans les ronces
Quand soudain elles éclatent de rire de toutes les épines qui les sculptent
Et soupirent de joie d'avoir été délaissées par une généalogie indivise
Plutôt que de se soumettre à une liquidation sentimentale
Et que les nouveaux brigands ne prennent possession
De leurs secrets de familles
Les ruines trônent dans ce maquis, balafrées par des mains sans visage
Emprisonnées dans les registres du cadastre
Et les pierres rebelles haussent le ton dans le silence des arbousiers
Des cistes qui accueillent les confidences de cet abandon…
Les pierres rebelles n'entendent pas se laisser engloutir par un verdict sans appel
Elles ont leur mot à dire
Ces pierres de granit
Témoignages des chagrins et des joies enterrées par la fougère
Elles sont là
Ces pierres de granit
Impudiques elles délivrent leurs tourments
Dans les sanglots assoupis d'une végétation têtue
Elles signent leur incompréhension
Leurs plaintes griffent le crépuscule
Et subissent la prostitution habillée par une publicité du *tra di noi**

D’autres plus effrontées surgissent résistantes aux assauts
des furieux de béton

Et là, dans une prière païenne
Les pèlerins venus des quatre coins du maquis
Abritent leur crainte de vivre l’encerclement
Et j’entends le chant essoufflé des cloches
Qui transperce l’atmosphère inquiète d’un nouveau siège
Ruines de l’exil

Cavaneddu, 5 août 2010

Danièle Maoudj

* *Tra di noï* : entre- nous
* *I caseddi* : « **u caseddu** » est un abri des bergers dans les montagnes. La vie pastorale a rythmé le mode de vie en Corse de beaucoup de ses habitant durant des siécles, voir des millénaires. L'agro-pastoralisme impliquait une transmusence des familles et des bêtes des plaines l'hiver vers les montagnes l'été. De petites bâtisses, pour la plupart aujourd'hui abandonnées servaient de refuge. U caseddu, au delà de sa fonction, représente beaucoup dans l'imaginaire des Corses. De même que la ruralité dans l'ensemble de ses pratiques qui inspirent encore une manière parler, d'être et de penser. La montagne, comme beaucoup d'espaces ruraux de l'île, garde des empreintes de ce mode de vie lié à la nature et recouvertes le plus souvent par le maquis. Elles restent témoins d'un héritage en état d'abandon au profit d'une utopie contemporaine et attendent patiemment leur résurrection.

Achevé d'imprimer
Septembre 2021